Allitera Verlag
Krimi

M arkus Mauritz, geboren 1956, ist promovierter Politologe und seit seiner Studentenzeit als Journalist unterwegs. In den vergangenen fünfundzwanzig Jahren führten ihn zahlreiche Reportage-Reisen kreuz und quer durch Europa. Jahrelang kommentierte er für verschiedene Zeitungen das politische Geschehen und berichtete über historische Ereignisse. Den 11. September 2001 erlebte er als leitender Redakteur in München. Der Autor weiß also sehr genau, worum es in seinem Kriminalroman geht. Ähnlichkeiten mit der Wirklichkeit und lebenden oder schon toten Personen sind dennoch unbeabsichtigt und wären rein zufällig.

Markus Mauritz

Kubitsch und der große Scoop

München-Krimi

Allitera Verlag
Krimi

Weitere Informationen über den Verlag und sein Programm unter:
www.allitera.de

August 2011
Allitera Verlag
Ein Verlag der Buch&media GmbH, München
© 2011 Buch&media GmbH, München
Umschlaggestaltung: Alexander Strathern, München
Printed in Europe · ISBN 978-3-86906-177-1

29. April 2011
13:30 Uhr

Am Ende gibt es kein Entkommen. Deshalb spielte es auch keine Rolle, dass sich Arthur Kubitsch verspätet hatte. Er stand ein wenig unschlüssig vor dem frischen Grab. Die Trauergemeinde war längst verschwunden, sofern sich überhaupt ein paar Leute zu Sandras Beerdigung eingefunden hatten. Sandra war immer einsam gewesen. Wahrscheinlich war sie auch einsam gestorben.

Kubitsch wusste es nicht. Er hatte Sandra seit fast zehn Jahren nicht mehr gesehen. Er hatte sie einmal wie besessen geliebt, etliche verrückte Monate mit ihr erlebt, einige Artikel über sie geschrieben und dann aus den Augen verloren.

So war das damals im Sommer 2001, als alle Welt das grenzenlose Wachstum an den Aktienmärkten und anderswo mit immer noch tolleren Partys feierte und jedermann vom festen Glauben an die allein heilbringende Wirkung der Globalisierung durchdrungen war. Der Traum von einem globalen Dorf, das allen Menschen ein Zuhause bietet, endete sehr abrupt an jenem 11. September in New York. Seither hatte man sich in der neuen Welt-Unordnung weitgehend eingerichtet.

Kubitsch dachte nur noch selten an die alten Partyzeiten zurück. Erst der Anruf, dass Sandra tot sei, erinnerte ihn an das frühere Leben. Zu seinem eigenen Erstaunen konnte er dabei keinerlei Wehmut empfinden. Vielleicht hatte er Partys ohnehin nie sonderlich gemocht.

Kubitsch kamen die Blumen in den Sinn, die er eigens aus München mitgebracht hatte und die er noch immer in den Händen hielt. Achtsam wickelte er sie aus dem Papier und legte sie direkt vor das kleine Holzkreuz mit dem Schleier aus Billigsynthetik, das den Haufen Erde schmückte.

Der April war dieses Jahr viel zu trocken gewesen, und nun sog die Frühlingssonne noch den letzten Rest Feuchtigkeit aus dem Erdreich, das Sandras Körper für alle Ewigkeit bedecken würde.

Kubitsch dachte kurz an Sandras Schenkel und daran, ob denn deren Fleisch bis zuletzt hart und fest gewesen war. Nach zehn Jahren konnte man das nicht mit Gewissheit sagen.

Kubitsch beschloss, Sandra für immer als attraktive, junge Frau in Erinnerung zu behalten.

Er wusste aber auch, dass Sandra in ihrem Leben nie viel Glück gehabt hatte. Vielleicht hatte sie deshalb Selbstmord begangen. Am Ende gibt es eben kein Entkommen. Kubitsch verließ den Friedhof und fuhr zurück nach München.

11. September 2001
17:45 Uhr

So sieht das Ende aus. New York stand in Flammen. Die weltberühmte Skyline von Manhattan brannte und qualmte wie ein altes Müllkraftwerk. Arthur Kubitsch starrte abwechselnd auf den Fernseher vor ihm und auf Sandra, die heulend in einer Ecke des Sofas kauerte. Was er auf dem Bildschirm sah, war einfach unglaublich. An diesem Vormittag waren zwei Flugzeuge in das World Trade Center gerast. Seit ein paar Stunden waren dessen rauchende Türme live auf allen Kanälen zu sehen. Reporter berichteten von Tausenden von Toten und zeigten immer wieder dieselben Bilder einer weiß aufspritzenden gewaltigen Hochhausszenerie.

So etwas hatte die Welt noch nie gesehen. Zumindest nicht in Echtzeit. In New York wurde vor laufenden Kameras gestorben. Dennoch bezweifelte Kubitsch, ob Sandra die Fernsehbilder von jenseits des Atlantiks überhaupt wahrnahm. Jedenfalls warf sie ihm aus ihren verheulten Augen gelegentlich einen verächtlichen Blick zu, wenn er mit der Fernbedienung einen neuen Sender suchte. Eigentlich sollte er doch seine ganze Aufmerksamkeit ihr widmen.

Was Sandra an diesem Morgen erlebt hatte, war nämlich auch nicht ohne. Schon gar nicht aus Sicht eines Reporters. In dem Institut an der TU, in dem sie arbeitete, hatte jemand in der Nacht zuvor einen ihrer Kollegen ermordet. Kubitsch hatte den jungen Mann sogar flüchtig gekannt. Ein hochnäsiger, blasser Typ mit strohblonden Haaren, den ihm Sandra vor ein paar Wochen auf einem Empfang vorgestellt hatte.

Kubitsch erinnerte sich gut daran, wie unwohl er sich damals unter all den Professoren und deren Ehefrauen und Assistenten gefühlt hatte, und dass Sandras Kollege ihm ziemlich unsympathisch gewesen war. Nun hatte ihn also jemand umgebracht. Kubitsch verkniff sich zu fragen: »Weiß man schon, wer ihn ermordet hat?« Das hätte zu brutal geklungen, dachte Kubitsch. Daher sagte er: »Weiß man schon, wer's war?«

Sandra blickte ihn wütend an. Das Taschentuch in ihrer Hand war nur mehr ein feuchtes Knäuel, aber allmählich hörte sie auf zu weinen. Der Rock ihres Kostüms war ihr über die Knie gerutscht. Das sah wegen ihrer kräftigen Oberschenkel ziemlich unvorteilhaft aus. Nun zog sie etwas unentschlossen an dem Stoff.

»Nein, natürlich nicht«, sagte sie, »und nenn mich nicht ständig Sandra!« Kubitsch war sich nicht bewusst, sie Sandra genannt zu haben. Vor allem glaubte er nicht, dass die Polizei noch keine Spur vom Täter haben sollte. Er hatte schon eine Menge Gerichtsreportagen geschrieben. Die meisten dieser Verbrechen waren ziemlich schnell aufgeklärt worden. Aber solche Argumente ließ Sandra normalerweise nicht gelten. Kubitsch sagte daher nichts.

Als er eine Weile mit der Fernbedienung nach neuen Bildern aus New York gesucht hatte, meldete sich Sandra erneut vom Sofa aus: »Du weißt, dass ich es nicht leiden kann, wenn man mich Sandra nennt. Sandra klingt nach deutscher Tussi! Aber ich bin keine deutsche Tussi!«

Kubitsch wusste, dass Sandra eigentlich Aleksandra Schiwkowa hieß. »Mit ks, nicht mit x«, war einer ihrer Standardsätze. Sie war vor einiger Zeit aus Bulgarien gekommen und hatte als Computerexpertin in München rasch Karriere gemacht.

Anfangs fand Kubitsch es ziemlich sexy, dass sie teure, aber zu enge Röcke trug, über deren Bund sich die Haut in einer runden Falte wölbte, und dass sie über Dinge sprach, von denen er kein Wort verstand. Aber mittlerweile hatte er die Nase voll von ihrem Getue, wenn er eine Schallplatte mit gutem, altem Rock'n'Roll hören wollte, und von ihren Seufzern, wenn er nicht wusste, für was eine serielle Schnittstelle gut war.

Wieder krachte eines der beiden Flugzeuge in den Wolkenkratzer und sorgte für weißen Qualm unter einem makellos blauen New Yorker Himmel. Für einen Moment hing eine rotgoldene Feuerkugel wie ein ekelhaftes Geschwür an der stolzen Fassade. Aus dem Hochhausturm daneben quoll es bereits zäh und giftig. Schnitt. Verwackelte Bilder zeigten Menschen, die um ihr Leben rannten. Männer in weißen Hemden und dunklen Anzügen, Frauen in pastellfarbenen Kostümen, wie sie Sandra meistens trug, wenn sie ins Institut ging. Aus dem Off hörte man entsetzte Rufe.

Sandra kümmerte sich nicht um die brennenden Zwillingstürme in Manhattan. Der ganze Angriff auf das World Trade Center war ihr ziemlich egal. Sie wollte stattdessen über ihren toten Kollegen sprechen und wie sie ihn an diesem Morgen gefunden hatte.

Sandra war wie üblich als erste im Institut gewesen und hatte zunächst einmal Kaffee aufgesetzt. Typisch für dich, du Streberin, dachte Kubitsch, aber er sagte kein Wort. Vielmehr hörte er sich die Geschichte zum dritten oder vierten Mal an. Er war froh, dass Sandra endlich mit dem Heulen aufgehört hatte, und dass sie ihn nicht länger angiftete.

»Als ich die Tür zu seinem Büro aufmachte, lag er auf dem Boden. Und das viele Blut um ihn herum! Wie in einem Schlachthof!«
Sandra machte eine Pause. Kubitsch wusste ohnehin, was jetzt kam. Erst habe sie ihren Kollegen gar nicht erkannt, so entsetzlich habe er ausgesehen. Aber als sie neben ihm kniete, um vielleicht noch zu helfen, habe sie gesehen, dass es Waldemar Neumann war. Ausgerechnet Waldemar, mit dem sie sich so gut verstanden hatte. »Und sein Gesicht war ganz weiß«, sagte Sandra, »weiß wie Schnee.« Dann begann sie wieder zu heulen.

Klar, dachte Kubitsch, was sind schon Tausende von Toten im Fernsehen, verglichen mit einem Kollegen aus Fleisch und Blut, den man gemeuchelt unterm Schreibtisch findet. Aber irgendwie hatte er auch das Gefühl, dass es ihm diese Tausende von Toten in New York morgen ziemlich schwer machen würden, seinem Chef die Waldemar Neumann-Geschichte schmackhaft zu machen.

An normalen Tagen wäre das eine Story für die Seite eins mit genüsslich breitgewalztem human touch. So mögen es die Leser morgens auf dem Weg zur Arbeit. Und für ihn wäre 'ne schöne Stange Zeilenhonorar drin gewesen. Aber nach diesen Flugzeugattentaten reichte es wohl nur für einen Bericht im Lokalteil. Das war Kubitsch klar.

Im Fernsehen redeten unterdessen die Korrespondenten aus New York und Washington wie die Kriegsberichterstatter. »Die USA sind heute vor den Augen der ganzen Welt von einer beispiellosen Terrorwelle überrollt worden«, sagte einer der Reporter in sein Mikrofon. »Die Terrorangriffe haben die Welt erschüttert. Sie trafen zwei Bastionen der wirtschaftlichen und militärischen Supermacht USA: das Finanzzentrum Manhattan und das Pentagon in Washington«, tönte es aus einem anderen Sender. Alles deute auf Islamisten als Täter hin, weswegen der Bericht mit der schwerwiegenden Frage endete: »Wann schlägt das Imperium zurück?« Das Imperium waren die USA, das brauchte der Reporter seinen Zusehern in Deutschland nicht zu erklären. Dann erschien auf dem Bildschirm wieder das Gesicht des Moderators im Studio, der sehr betroffen in die Kamera blickte.

Allmählich begannen sich die Texte zu den Bildern auf allen Kanälen zu ähneln: »Ziele der Angriffe waren die Symbole der amerikanischen Macht: die Millionenstadt New York und die Hauptstadt Washington. Zwei in den USA entführte Passagierflugzeuge rasten am Morgen innerhalb von 18 Minuten ins World Trade Center in New York. Beide Türme fielen in sich zusammen. Kurz nach dem Anschlag stürzte ein ebenfalls entführtes Flugzeug auf das Verteidigungsministerium in Washington. Eine vierte Maschine stürzte bei Pittsburgh ab. Offenbar sollte sie den Präsidentenlandsitz Camp David treffen.«

11. September 2001
19:00 Uhr

Das ZDF hatte keine neuen Bilder. Die immer wieder gleichen Aufnahmen wirkten auf Kubitsch inzwischen ein bisschen wie die Wiederholungen der schönsten Bundesligatore samstags in der Sportschau, nur dass es die dann in Zeitlupe gab. Eigentlich hatte er an diesem Abend in ein Konzert der *Al Jones Blues Band* gehen wollen. Aber daraus würde nichts mehr werden. Nicht wegen der Bilder im Fernsehen. Da kommt nichts Neues mehr, dachte Kubitsch.

Er würde nicht ins Konzert gehen, weil Sandra in einem mittlerweile ziemlich zerknautschten Kostüm auf dem Sofa saß und über ihren toten Kollegen reden wollte und über den jämmerlichen Anblick, den dessen Leiche geboten hatte. Und darüber, wie die Polizei sie in die Mangel genommen hatte. Sie war schließlich die Hauptzeugin in einem Mordfall. Deshalb würde Kubitsch heute zu Hause bleiben und nicht zur *Al Jones Blues Band* gehen. Und auch deshalb, weil es eine Chance gab, noch ein paar Infos aus Sandra herauszukitzeln, die keiner seiner Kollegen bei den anderen Zeitungen haben konnte, wenn er morgen einen Artikel über den Mord in der TU schreiben würde.

Waldemar Neumann war erstochen worden. Jemand hatte ihm ein Messer in den Bauch gerammt Als Sandra ihn fand, lag er tot und zusammengekrümmt auf dem Boden. Der Hieb hatte zugleich ein Stück Darm durchtrennt, dessen Inhalt mit viel Blut aus Neumanns Unterleib gequollen war und den Geruch eines frisch geschlachteten Tiers verbreitet hatte. So beschrieb es Sandra immer wieder. Kubitsch hatte keine Ahnung, wie ein frisch geschlachtetes Tier riecht. Aber genau so würde er es morgen in seinem Artikel formulieren.

Kubitsch hatte das Szenario genau vor Augen. Die Assistenten-Büros hatte er zum ersten Mal gesehen, als er Sandra vor einem halben Jahr kennenlernte. Er sollte damals eine Reportage über junge Wissenschaftler aus Osteuropa schreiben. Schon am Telefon, als er sich mit Sandra verabredete, fand er ihren Akzent hinreißend.

Er traf sich mit ihr im Institut und konnte während des Interviews seine

Augen nicht von ihren kräftigen Händen mit den blutrot lackierten Fingernägeln lassen. Anschließend hatte er sie zu einer Tasse Kaffee eingeladen. Dann war sie ohne Umstände zu ihm nach Hause mitgekommen. Die Osteuropäerinnen sind einfach anders drauf, hatte er sich damals gesagt. So herrlich unkompliziert und gar nicht zickig.

»Ist dir denn sonst nichts in Neumanns Büro aufgefallen, als du reinkamst? War da irgendetwas anders als gewohnt?«

Kubitsch hatte das Gefühl, dass Sandra langsam wieder ihre Fassung gewann, denn jetzt gab sie ganz ruhig zurück:

»Das haben mich die Polizisten auch dauernd gefragt.«

»Und was hast du denen gesagt?«

»Nichts, es war alles normal.«

»Sah es vielleicht so aus, als habe Neumann mit seinem Mörder gekämpft? War was umgestoßen oder kaputt?«

»Nein, da war nichts kaputt. Außerdem hätte sich Waldemar doch nie gewehrt! Waldemar war ein so sanfter und gutmütiger Mensch.«

Sandra tupfte mit dem Taschentuch unter ihrer Nase herum. Dann wiederholte sie: »Waldemar war so gutmütig. Denk doch an die *Sarajevo Science Society*. Das war seine Idee. Ohne Waldemar hätte es die *Sarajevo Science Society* nie gegeben.«

Kubitsch hatte sich oft geärgert, dass Sandra so viel Zeit mit Neumann wegen dieses Hilfsvereins zugebracht hatte. Es ging wohl irgendwie darum, Geräte oder Instrumente oder alte Computer, die an deutschen Unis ausgemustert wurden und die niemand mehr brauchte, zu sammeln und nach Bosnien zu schicken. Dort fehlte es den Hochschulen an allem, hatte ihm Sandra erklärt. Genauer hatte Kubitsch das nie wissen wollen, weil Sandra ihren Kollegen dann in den höchsten Tönen lobte. Und überhaupt, was ging ihn Bosnien an! Fand Kubitsch.

»Wenn's keinen Kampf gab, heißt das doch, Neumann hat seinen Mörder gekannt? Ich meine, niemand lässt sich so einfach abmurksen! Männer wehren sich. Das machen sie aus Instinkt.«

Kubitsch erntete einen verächtlichen Blick und kam sich augenblicklich wie ein Idiot vor. Sandra hatte ihm oft genug erklärt, dass sie deutsche Männer für Weicheier hielt. Einer aus Bulgarien oder sonst wo von dort unten, der hätte sich gewehrt. So einer hätte wahrscheinlich selbst ein Messer in der Tasche gehabt und jeden Angreifer erledigt. Die Deutschen, die hätten doch keine Ahnung vom wirklichen Leben, sagte sie ihm immer wieder. Kubitsch wunderte sich seit einiger Zeit, dass er sich das gefallen ließ.

»Du bist wie diese Polizisten! Du kannst nicht aufhören zu fragen!«
Sandra wurde langsam sauer. Kubitsch kannte diesen Tonfall. Aber er ließ nicht locker:
»Sag doch, hat er seinen Mörder vielleicht gekannt?«
»Weiß ich doch nicht, ob Waldemar seinen Mörder gekannt hat. An einem Institut ist ständig was los. Das kannst du dir vielleicht nicht vorstellen, aber da kommt immer irgendwer zur Tür rein und will was von einem. Irgendwelche Studenten, die bei ihrer Arbeit nicht durchblicken, oder irgendein Kollege, der was braucht, oder was weiß ich!«
Sandra schnaubte kurz durch die Nase, als wollte sie Luft holen, dann zeterte sie ziemlich sauer weiter:
»Denk doch nur daran, dass bei mir seit Wochen ein Aktenordner verschwunden ist. Den hat mir garantiert jemand geklaut. Und die Putzfrau war's nicht, die kann damit sicherlich nichts anfangen!«
Kubitsch nickte. Sandra lag ihm seit geraumer Zeit mit diesem gestohlenen Ordner in den Ohren, und Kubitsch begriff zunehmend weniger, was es damit auf sich hatte. Gibt's eben einen blöden Aktendeckel weniger, dachte er sich. Aber er sagte das nicht.
Auch Sandra hatte heute offenbar kein großes Interesse an dem verschwundenen Aktenordner.
»Ich kann mir das mit Waldemar nur so denken: Da klopft's, dann steht einer da, und wenn der ein Messer rausholt und zustrict, hast du keine Chance!«
Für Kubitsch hörte sich das nun wirklich nach Balkan an. Zumindest wie er sich den Balkan vorstellte. Auf alle Fälle hatte das nichts mit den gesitteten Verhältnissen an einer zentraleuropäischen Uni zu tun.
»Kann denn Neumann in irgendeine Sache reingerutscht sein, dass ihm jemand einen professionellen Killer auf den Hals hetzt?«
»Vergiss es!«
»Irgendwelche krummen Geschäfte?«, fragte Kubitsch.
»Ausgeschlossen«, sagte Sandra überzeugt, »Waldemar hat nur für die Wissenschaft gelebt. Den hat sonst nichts interessiert.«
»Woran hat er zuletzt gearbeitet?« Vielleicht hatte Neumann eine bahnbrechende Entdeckung gemacht, hinter der jetzt dunkle Mächte her waren oder der KGB oder der CIA. Ein guter Zeitungsartikel fällt und steht mit der Fantasie des Reporters. Alles ist wahr, was man hinterher nicht dementieren muss. Zumindest nicht sofort.
Kubitsch hatte den Eindruck, dass Sandra bei der Vorstellung fast gelacht hätte.

»Waldemar hat sich mit Computerechtzeitprogrammen beschäftigt«, sagte sie. Dann, nach einer Pause, fiel ihr aber doch noch etwas ein:
»In letzter Zeit habe ich Waldemar ein paarmal mit so seltsamen Typen gesehen. Die haben irgendwie nicht in die Uni gepasst. Wenn die kamen, durfte niemand zu Waldemar ins Büro. Da war Waldemar wie ausgewechselt.«
»Hast du das der Polizei erzählt?«
»Natürlich nicht. Daran habe ich überhaupt nicht gedacht. Die haben so viel gefragt, dass ich gar nicht mehr wusste, wo mir der Kopf steht. Aber jetzt, wo du mich frägst, jetzt fällt es mir wieder ein.«
»Was waren das für Typen?«
»Keine Ahnung.«
»Waren sie jung oder alt? Wie sahen sie aus?«
»Du bist wie diese Polizisten. Du kannst nur fragen! Was weiß ich, wie die aussahen. Mittelalt. Graue Anzüge. Irgendwie sahen sie ziemlich tough aus. Nicht so wie typische Deutsche. Mehr wie aus einem Film. Die sahen gar nicht echt aus.«
Das war doch was für den Anfang, dachte Kubitsch. Ein paar hartgesottene Männer mit grauen Anzügen. Kubitsch hatte sofort ein Bild von ihnen vor Augen. Er wusste, wie sie aussahen. Mit Sicherheit hatten sie breite Schultern und kurze Haare. Sie würden Trenchcoats tragen. Immer! Nicht nur bei Regenwetter. Sie würden nicht viel reden und sich mit kurzen Kopfbewegungen verständigen. Selbst betrunkene Fußballfans in der U-Bahnstation unterm Hauptbahnhof würden um diese Kerle einen weiten Bogen machen. Und solche Typen verkehrten also in letzter Zeit bei Neumann!
»Würdest du den einen oder anderen von ihnen wiedererkennen?«
»Schwer zu sagen. Ich glaube schon. Die waren richtig auffällig. Solche Männer merkt man sich. Soll ich das der Polizei sagen?«
»Auf keinen Fall! Ich mach das schon. Verlass dich auf mich! Ich schreib da morgen eine Riesengeschichte«, sagte Kubitsch.
»Weißt du, ich glaube, die Polizei hat mich irgendwie in Verdacht.«
»Unsinn«, sagte Kubitsch. »Was soll die Polizei dich in Verdacht haben. Ich check das morgen mit den Kerlen ab, die bei Neumann waren. Das wird ein richtiger Scoop. Und dann soll die Polizei die Typen finden. Dann bist du auf alle Fälle aus dem Schneider.«
Kubitsch sah die Schlagzeile schon vor sich: »Physiker-Mord – Spur führt in die Unterwelt«. Oder besser mit Fragezeichen: »Führt die Spur in die Unterwelt?« So passte die Geschichte zusammen.
Oder warum sonst sollte jemand dieses Milchgesicht ermorden wollen?

Und warum sonst sollte ein moderner Mensch wie Neumann, der sich für – wie hatte Sandra das genannt? – Computerechtzeitprogramme interessierte, auf so archaische Weise ums Leben kommen?

Aber dann hörte er im Fernseher, dass die Flugzeugentführer in den USA auch nur mit Dolchen und Teppichmessern bewaffnet gewesen waren. Und trotzdem hatten sie ein Höllenfeuer verursacht, wie es sich ein Hollywoodregisseur nicht gruseliger hätte ausdenken können. Mit ein paar einfachen Messern hatten sie »eine glitzernde Ikone der Freiheit und des Wohlstands« zum Einsturz gebracht, wie der Sprecher im Fernsehen die Zwillingstürme immer wieder nannte.

12. September 2001
9:50 Uhr

Joachim M. Stachel war ständig in Bewegung. Selbst wenn er an seinem Schreibtisch saß, wirkte er wie ein Formel-1-Fahrer, der es nicht erwarten kann, endlich das Gaspedal voll durchzutreten, um allen davonzufahren. Und als Treibstoff warf Stachel ständig Tabletten gegen Sodbrennen ein. Auch an diesem Morgen, als Kubitsch zu ihm ins Büro kam, signalisierte sein wuchtiger Körper: Ich bin in Bewegung. Niemand hätte sagen können, wozu dies gut sein sollte. Klar war nur, Stachel war startbereit. Joachim M. Stachel war Chef der Lokalredaktion und der Schrecken aller, die mit ihm zu tun hatten.

»Kubitsch, was hast du in der Pipeline«, fauchte er statt eines »Guten Morgen« und ohne wirklich von seinem Designerschreibtisch aufzublicken. »Um halb elf ist Redaktionskonferenz. Da will ich von euch Geschichten zu diesen verdammten Anschlägen in den USA hören!«

»Geschichten zu den Anschlägen in Amerika? Wie stellst du dir das vor?«

Stachel überhörte den Widerspruch. Er teilte gern aus, war aber auch hart im Nehmen. Wahrscheinlich hielt er rüde Töne für normal. »Blödsinn, da gibt's zehntausend Tote. Da sind bestimmt Deutsche drunter. Vielleicht sogar ein paar aus München. Also sogar mit ziemlicher Sicherheit. Da müssen wir was draus machen. Hintergrund. Gespräche mit Angehörigen. Fotos. Mensch, Kubitsch, hat dir denn keiner beigebracht, wie das Geschäft läuft!«

So ähnlich hatte sich Kubitsch das Gespräch vorgestellt. Stachel war seit zwei oder drei Jahren in München. Zuvor hatte er als Chefreporter bei einer Berliner Boulevardzeitung gearbeitet. Nach Bayern war er wegen der schönen Berge gekommen. Jedenfalls behauptete er das. Es gab aber auch das Gerücht, dass man ihn in Berlin gefeuert habe, weil er es mit den Tatsachen selten sehr genau nahm. »Die ganze Wahrheit passt sowieso nicht auf eine Zeitungsseite, deshalb gibt es immer nur die halbe Wahrheit zu lesen«, war einer seiner Lieblingssprüche, wenn bei der Redaktionskonferenz einer der jüngeren Kollegen mit irgendwelchen Bedenken ankam. Von Bedenken hielt Stachel nichts.

»Ich hab noch was Besseres. Das wird der totale Scoop«, sagte Kubitsch und versuchte, möglichst begeistert zu klingen. Stachel legte Wert darauf, dass seine Reporter mit Begeisterung an eine Geschichte herangingen. Stachel verzog seine Oberlippe, bis sein Gesicht wie eine Grimasse aussah, und wartete darauf, dass Kubitsch weitererzählte.

»In der TU hat man gestern einen jungen Wissenschaftler umgebracht. Wahrscheinlich steckt die russische Mafia dahinter. Vielleicht auch die jugoslawische. Ich muss das erst ausrecherchieren.«

»Ah, komm, das ist doch nicht juicy. Eine Story muss juicy sein!«, sagte Stachel, lehnte sich zurück und verschränkte die Arme, um Langeweile zu demonstrieren. Aber Kubitsch wusste, dass Stachel angebissen hatte.

»Die Geschichte ist absolut heiß. Der Typ hat irgendwas mit einem neuen Computerprogramm rausgefunden. Ich weiß das, weil, ich hab da eine Informantin im Institut sitzen. Der Typ wollte das Zeug an die Amis verkaufen oder an wen weiß ich! Das war total geheim. Top secret, verstehst du?«

»Was sind denn das wieder für Weibergeschichten? Informantin. Wenn ich das schon höre! Irgendeine Institutsmaus abgeschleppt?«

Stachel hing am Haken. Kubitsch spürte das genau.

»Nein wirklich, da müssen wir was draus machen. Das wird 'ne Riesensache. Ich hab da Infos, an die kommen die andern nie ran. Das geht bis ganz oben. Das haben wir exklusiv.«

»Na gut. Erzähl mal! Zwei Minuten.«

Im Klartext hieß das, die Geschichte war praktisch im Blatt. Kubitsch rechnete kurz im Kopf: Wenn ihm Stachel neunzig Zeilen einräumte, waren das hundertvierzig Mark. Dazu noch zwei Fotos, eines vom Mordopfer, das musste ihm Sandra besorgen, ein anderes vom Tatort. Zur Not reichte auch eins von der Bürotür davor. Dann waren das schon zweihundertsechzig Mark. Natürlich würde Kubitsch den Artikel so schreiben, dass ein paar Fragen offenblieben, dann könnte er in den nächsten Tagen noch zwei- oder dreimal nachdrehen.

Wichtig war nur, dass die Polizei den Täter nicht allzuschnell zur Strecke brachte. Alles in allem würde ihm der tote Neumann einen runden Tausender einbringen. Nicht schlecht für einen unsympathischen Typen, dachte Kubitsch. Er musste Stachel nur noch ein paar saftige Brocken präsentieren, dann war die Miete für die nächsten zwei Monate so gut wie auf dem Konto.

Kubitsch zog die Luft geräuschvoll durch die Zähne, überlegte kurz und fing dann an: »Dieser Waldemar Neumann war so eine Art mathematisches

Wunderkind. Also so einer wie der Bill Gates, sag ich mal. Der hat seinen Profs noch was vorgemacht. Ich weiß das alles von einer seiner Kolleginnen. Deswegen kam der auch auf dieses Wahnsinnscomputerprogramm. Eigentlich hätte das nun der Uni gehört, also praktisch dem Staat, denn er hat es ja in seiner Dienstzeit geschrieben. Jedenfalls hätte er es nicht verkaufen dürfen, weil das hätte man irgendwie auch militärisch nutzen können.«

Kubitsch hoffte, sein Chef würde ihn endlich unterbrechen, denn je mehr Unsinn er erzählte, desto mehr musste er sich später für seinen Artikel aus den Fingern saugen. Und für ein bisschen von dem, was er jetzt mit viel Verve vortrug, brauchte er hinterher entsprechende Anhaltspunkte. Auf Sandra konnte er sich dabei nicht verlassen. Die hatte selbst keine Ahnung. Vor allem das mit der Mafia hätte er vielleicht besser nicht gesagt, denn über kurz oder lang würde die Polizei den Täter schnappen, und das konnte dann weiß der Teufel wer sein. Besser war da der Aspekt mit der mathematischen Begabung. Denn natürlich versteht ein Computerexperte immer etwas vom Rechnen. Das brauchte man nicht zu beweisen. Außerdem ist Mathematik von Haus aus etwas Geheimnisvolles. Jedenfalls für die meisten Menschen. Und dass ein hoffnungsvoller, fleißiger Jungwissenschaftler hinterhältig ermordet wurde, das trieb jeder Oma die Tränen in die Augen. Mit einem solchen Stoff hatte Kubitsch nie Schwierigkeiten.

Deshalb verkniff er sich, nochmal mit den Mafiosi oder den Amerikanern anzufangen, die dieses Computerprogramm angeblich kaufen wollten. Das konnte nur ins Auge gehen. Stattdessen sagte er: »Also dieser Neumann war sagenhaft talentiert. Der hätte vielleicht eines Tages den Nobelpreis bekommen. Und sein Tod ist absolut mysteriös.« Damit war er aus dem Schneider, fand Kubitsch. Etwas in der Art konnte er schreiben.

»Na gut«, überlegte Stachel. »Wie sieht's mit den Fakten aus?«

»Um elf ist 'ne Pressekonferenz im Polizeipräsidium. Da geh ich auf alle Fälle hin. Und dann werde ich in der Uni recherchieren. Vielleicht erwische ich einen von den Profs oder irgendeine Sekretärin. Irgendwas finde ich schon noch heraus für die morgige Ausgabe.«

»Aber nicht wieder so ein Blödsinn wie damals mit deiner Schutzgeldgeschichte!« Stachels strenger Blick sollte heißen: ich vergesse nichts.

Kubitsch sah schuldbewusst zurück. Vor ein paar Monaten war er finanziell völlig abgebrannt gewesen. Seine Bank hatte ihm sogar das Konto gesperrt. Da war ihm Heidi Damberger eingefallen, die seit vielen Jahren in der Nähe des Ostbahnhofs einen Pizzaladen hatte. Italienische Pasta, das klang nach Schutzgeld, fand Kubitsch. In der Redaktionskonferenz erklärte er rasch entschlossen, er sei einer Bande von Erpressern auf der Spur, die bei den italienischen Restaurants kräftig abzockte. Stachel war begeistert. Die Geschichte käme als Anriss auf die Seite eins, sagte er. Nur Heidi reagierte nicht so, wie Kubitsch gehofft hatte. Sie war sogar ziemlich sauer. Niemand zahle Schutzgeld, sagte sie. Das sei in Deutschland undenkbar. Schon gar nicht in München. Man sei hier doch nicht in Palermo. Gut, sie habe ihm einmal erzählt, dass alle italienischen Köche beim selben Großhändler einkaufen müssten. Und sie wisse nicht, was wäre, wenn sie sich ihr Zeug woanders besorgen würden. Aber das habe doch nichts mit Schutzgeld zu tun!

Kubitsch war dann eine ganze Weile nicht mehr in der Redaktionssitzung aufgekreuzt, und um Heidis *Il Giardino* machte er auch längere Zeit einen weiten Bogen. Schließlich gab es genug andere Pizzaläden. Stachel sah ihn seither immer mit etwas Missmut an.

Jetzt war Kubitsch auf alle Fälle erleichtert, dass Stachel wegen der Mafiakiller nicht mehr nachgefragt hatte. Mit etwas Glück würde er das bis zum Abend vergessen haben. Immerhin waren da gestern in New York ein paar tausend Menschen ums Leben gekommen. Die Hintergrundgeschichten über die Angehörigen der Opfer aus München und die Sicherheitsmaßnahmen am Flughafen draußen in Freising würden Stachel sicherlich den ganzen Tag in Bewegung halten. Wer konnte schon sagen, ob sich Stachel am Abend überhaupt noch an den toten Wissenschaftler erinnern würde? Was ist schon einer, verglichen mit so vielen, sagte sich Kubitsch. Er hatte das Gefühl, dass es Zeit war zu gehen.

Als er schon fast an der Tür war, rief ihm Stachel hinterher: »Achtzig Prozent müssen stimmen. Sonst nehm ich die Story nicht.«

12. September 2001
10:34 Uhr

Kubitsch kam fast eine halbe Stunde zu früh ins Polizeipräsidium. Am Eingang zum Pressezimmer im Erdgeschoß trug er sich in die Anwesenheitsliste ein, die eine dicke Polizeibeamtin in Zivil verwaltete. In dem engen Raum drängelten sich schon eine Menge Kollegen. Früher wäre das eine gute Gelegenheit gewesen, noch rasch ein paar Zigaretten zu rauchen, aber heute brachten die Kollegen stattdessen Kaffee in Pappbechern mit, um ihre Lässigkeit unter Beweis zu stellen.

Einen Moment lang wunderte sich Kubitsch über den großen Medienauftrieb, den der tote Wissenschaftler ausgelöst hatte. Eigentlich hatte er gehofft, dass nur wenige der Konkurrenzblätter einen Redakteur auf die Geschichte ansetzen würden. Das machte es immer leichter, weil dann sein Chef nichts Besonderes von ihm erwartete. »Kiss – keep it short and simple«, bekam er dann zu hören, wenn er wissen wollte, wie viel Platz er für seinen Artikel habe.

Aber nun begriff Kubitsch, dass auch seine Kollegen trotz der Anschläge in den USA ihre Zeilen abliefern mussten, für den Fall, dass bei so viel Weltpolitik noch ein paar Spalten für andere Geschichten übrigblieben.

Kubitsch ergatterte einen Platz an einem der Stehtische entlang des Fensters. Mit dem Fuß schob er einige der Kabel beiseite, die über den abgetretenen blauen Teppich zu einem grün und rot blinkenden Schaltkasten an der Wand liefen.

Zwei Fernsehteams hatten bereits Kameras und Scheinwerfer aufgebaut. Die mit Transparentpapier abgedeckten Lampen tauchten das Zimmer in milchiges Hell. An der gegenüberliegenden Wand stand eine spindeldürre Reporterin auf einer Kiste, um etwas größer zu sein, und sprach ihren Aufsager in eine Fernsehkamera.

Neben Kubitsch probierte einer der Rundfunkreporter sein Tonbandgerät aus: »Soundcheck. Soundcheck.« Dann rief er jemandem, den Kubitsch im Gedränge nicht sehen konnte, zu: »Irgendwo gibt's 'ne Rückkoppelung.«

Die meisten im Raum kannte Kubitsch von früheren Terminen. Nur eine junge Kollegin in einer atemberaubend ausgebeulten, pinkfarbenen Bluse war ihm neu. Jetzt kam Otmar Denixer zur Tür herein. Denixer war der Star unter den Polizeireportern der Stadt, weil seine Reportagen hin und wieder bundesweit im Fernsehen zu sehen waren. Sofort umlagerten ihn einige der Kollegen, und Robert Zigmundt, der bislang neben Kubitsch telefoniert hatte, fertigte seinen Gesprächspartner am Handy ab: »Du, ich ruf dich später zurück!« Aber offenbar hatte auch Denixer keine neuen Informationen. Kubitsch hörte, wie er »I don't know« sagte.

Dann gab es erneut Bewegung an der Eingangstür. Pressesprecher Rudolph Lammer betrat den Raum. Unter dem Arm trug er einen dicken Packen rosafarbener DIN-A4-Blätter. Sofort versuchte jeder, an ein Exemplar der Presseerklärung zu kommen. Lammer genoss seinen Auftritt. Mit einer Miene, die verständnislos wirken sollte, so als wollte er sagen: Ich weiß gar nicht, warum ihr alle hier seid!, ließ er sich die Papierblätter aus der Hand ziehen.

Im Schlepptau hatte Lammer zwei weitere Beamte. Kubitsch erkannte sie an ihren makellosen, aber unmodernen Anzügen. Zu dritt bahnten sie sich einen Weg zu dem für sie reservierten Tisch, auf dem bereits ihre Namensschilder warteten.

Lammer drehte den Ständer des Mikrofons hin und her, bis er glaubte, es habe die optimale Stellung. Dann sagte er, dass die Pressekonferenz eröffnet sei, dass es alle Informationen auch auf der Homepage des Polizeipräsidiums gebe und dass Manfred Mucker, der Leiter des Morddezernats, ein Statement vorbereitet habe.

Mucker zog das Mikrofon auf seine Seite des Tisches und begann ohne Umschweife seinen Text herunterzulesen: »Am 11. September 2001, gegen 8:30 Uhr, betrat die Informatikerin Aleksandra S. das Büro ihres Kollegen Waldemar N. in der Technischen Universität in der Arcisstraße. Dort fand sie Waldemar N. leblos auf dem Boden liegen. Der hinzugezogene Notarzt konnte nur noch den Tod feststellen und entdeckte Anhaltspunkte dafür, dass ein Fremdverschulden vorliegen dürfte. Die verständigten Polizeibeamten veranlassten die sofortige Einschaltung der Mordkommission, die die weiteren Ermittlungen übernahm. Nach derzeitigem Erkenntnisstand ist von einem Tötungsdelikt auszugehen. Hinweise auf Täter oder Tatmotiv liegen derzeit nicht vor. Gibt es von ihrer Seite noch Fragen?«

Lammer reckte seinen Kopf in die Höhe, um besser erkennen zu können, wer aller die Hand hob. Irgendwo vorne, vom Gewühl aus Rücken, Hinterköpfen und Kameras für Kubitsch verborgen, fragte eine piepsige Stimme: »Wie wurde er ermordet?«

»Nach bisherigem Kenntnisstand wurde er durch Gewaltanwendung in den Bauchbereich getötet«, sagte Mucker und betonte geschäftsmäßig die Formulierung »getötet«.

»Stimmt es, dass er erstochen wurde?«

Kubitsch war ein wenig erstaunt, dass sich solche Details schon herumgesprochen hatten. Er hatte eigentlich gehofft, das könnte zu jenen Einzelheiten gehören, die nur er wusste. Das hätte auf Stachel Eindruck gemacht. Damit hätte er ein bisschen was von der Pleite mit den Schutzgelderpressern, die es nicht gab, wettmachen können. Aber es war klar, dass sich Neumanns Tod gestern wie ein Lauffeuer an der Uni verbreitet hatte, und dass Studenten und Sekretärinnen jede Einzelheit, die sie gehört hatten, mit Wonne weiter erzählten.

»Das kann ich soweit bestätigen. Ich bitte aber um Nachsicht, dass ich zum gegenwärtigen Zeitpunkt dazu keine näheren Angaben machen kann, um den Ermittlungserfolg nicht zu gefährden«, sagte Mucker.

»Wie wurde er gefunden?«

»Er lag zusammengekrümmt auf dem Boden.«

»Was können Sie uns zum Todeszeitpunkt sagen?«

»Da müssen wir natürlich den Obduktionsbericht abwarten. Aber wie es vorläufig aussieht, trat der Tod am frühen Morgen ein.«

Kubitsch dachte kurz nach und kam zum Schluss, dass Sandra verdammt viel Glück gehabt hatte. Wäre sie früher ins Institut gekommen, wäre sie Neumanns Mörder direkt in die Arme gelaufen. Dann wären wohl zwei Computerexperten auf dem Teppich verblutet.

»Wissen Sie, wie der Täter in das Gebäude gelangt ist?«

Mucker machte ein besorgtes Gesicht: »Die Uni wird um 7 Uhr geöffnet. Ab dann kann praktisch jeder rein.«

»Es gibt also keine Hinweise auf einen Einbruch?«

Kubitsch ärgerte sich ein bisschen, dass ihm diese Frage nicht eingefallen war. Natürlich: Wenn Mucker davon sprach, dass jeder das Gebäude betreten konnte, hieß dies, dass er nicht von einem Einbrecher ausging und der Täter entweder nach 7 Uhr morgens ins Institut gekommen war oder er sich am Abend zuvor hatte einschließen lassen. Alles war möglich.

»Tut mir leid, aber zurzeit sind die Kollegen von der Spurensicherung noch mit der Tatortaufnahme beschäftigt. Sobald wir dazu etwas Näheres wissen, werden wir Sie selbstverständlich informieren.«

Das hielt Kubitsch für eine glatte Lüge. Schließlich hatte die Polizei seit gestern morgen Zeit gehabt, jede Ecke des Instituts zu durchforsten. Mucker hätte es längst gewusst, wenn jemand in die Uni eingebrochen wäre. Wenn er mit dieser Information nicht rausrückte, musste es dafür einen bestimmten Grund geben.

Als Kubitsch noch überlegte, wie er das herausfinden könnte, deutete Lammer auf ihn. Kubitsch stellte die Frage, die ihm schon gestern durch den Kopf gegangen war und die ihm auch Sandra nicht beantworten konnte: »Gibt es Hinweise auf einen Kampf? Hat sich Herr Neumann gewehrt?«

»Aber ich bitte Sie!« Mucker lächelte nachsichtig. Dass plötzlich Neumanns Name auftauchte, ließ ihn kalt wie den im Leichenschauhaus liegenden dazugehörenden Toten. »Wir stecken doch noch mitten in unseren Nachforschungen. Zum gegebenen Zeitpunkt werden wir Sie darüber informieren. Gibt es noch weitere Fragen?«

Robert Zigmundt warf Kubitsch einen schadenfrohen Blick zu. Dann kam er selbst an die Reihe, eine Frage zu stellen: »Herr Hauptkommissar Mucker, weiß man denn, um wie viel Uhr Waldemar N. gestern morgen in sein Büro kam? Oder war er etwa die ganze Nacht dort?«

Mucker war mit der Frage zufrieden, und Zigmundt blickte noch einmal in Richtung Kubitsch.

»Zurzeit sind wir mit der Rekonstruktion des Vortags beschäftigt«, sagte Mucker. Dann machte er eine kurze Pause, als müsse er überlegen, ob er den nächsten Satz preisgeben solle. »Gegen Mitternacht wurde Waldemar N. in seinem weißen Porsche in der Nähe des Kapuzinerplatzes gesehen.«

Das war für Kubitsch eine Überraschung. Am Kapuzinerplatz standen nachts manchmal Stricher und warteten auf Freier. Und wieso besaß Neumann überhaupt einen Porsche? Davon hatte Sandra nie etwas erwähnt. Ein Porsche passte nicht zum Bild des strebsamen Jungwissenschaftlers. Kubitsch würde seine Geschichte vielleicht drehen müssen. Er würde ihn dann nicht als weltfremden Rechenmeister darstellen, sondern als erfolgsverwöhnten Wissenschaftsmanager. Vor allem aber: Was für ein Spiel spielte Mucker? Worauf wollte er hinaus?

»Gehen die Ermittlungen in Richtung Homosexuellenmilieu?«

Natürlich, diese Frage hatte jetzt kommen müssen. Mucker hatte sie provoziert, und zwar mit voller Absicht, da war sich Kubitsch sicher.

»Wir ermitteln in alle Richtungen, auch im Bekannten- und Kollegenkreis. Wir befinden uns erst am Anfang unserer Nachforschungen.«

Vorne tönte wieder die Piepsstimme: »Wie war die Leiche bekleidet?« Gemeint war natürlich: War sie überhaupt bekleidet? Oder war Neumännchen nackt? Kubitsch musste sich eingestehen, dass seine Kollegen verdammt schnell denken konnten. Aber in diesem Fall kannte er die Antwort bereits, denn Sandra hätte es ihm bestimmt erzählt, wenn sie ihren Kollegen unbekleidet gefunden hätte.

»Waldemar N. trug einen dunklen Anzug, dazu ein weißes Hemd und schwarze Lackschuhe«, sagte Mucker ungerührt. Kubitsch glaubte in seiner Stimme einen Anflug von Schadenfreude zu hören. Denn diese Schlagzeile hätte er der Journaille nie gegönnt: »Sex-Mord an der Uni«.

Aber die Piepsstimme ließ nicht locker: »Gibt es Hinweise, ob noch weitere Personen im Büro waren?«

»Ich würde sagen, zumindest der Täter«, schnarrte Mucker und genoss das Gelächter, das sofort einsetzte. Der Piepser würde für den Rest der Pressekonferenz seinen Mund halten. Das war sicher.

12. September 2001
12:35 Uhr

Wirklich nur eine Minute!«
Kubitsch begriff, dass Professoren noch weniger Zeit hatten als leitende Redakteure. Aber seit sie sich bei ihren Projekten nicht mehr auf das Geld vom Staat verlassen konnten, waren Forscher heiß auf Publicity. Vorbei die Zeiten, in denen es sich ein Physikprofessor mit weißer Rauschemähne leisten konnte, den Fotografen die Zunge herauszustrecken. Heute entschied ein gelungener Fernsehauftritt oder ein gutes Zeitungsinterview unter Umständen darüber, ob ein Wirtschaftskonzern bereit war, eine Versuchsreihe zu finanzieren.

»Nehmen Sie doch erst mal Platz!«

Das klang nach deutlich mehr als sechzig Sekunden. Kubitsch überlegte, dass sein Gegenüber wohl um einiges jünger war als er. Dennoch glänzte über Sebastian Pachmayrs rundem Gesicht eine gepflegte Glatze. Die wenigen oberhalb des Sakkokragens verbliebenen Haare trug er kurz geschoren. Ein richtiger intellektueller Eierkopf, dachte Kubitsch. Laut sagte er: »Herr Pachmayr«, den Titel Professor ließ er weg, als er auf dem Fensterbrett eine Baseballkappe mit den ineinander verschlungenen Buchstaben »N« und »Y« liegen sah, »es geht um Ihren Assistenten Waldemar Neumann. Um Ihren verstorbenen Assistenten Waldemar Neumann«, verbesserte sich Kubitsch.

»Ja«, sagte Pachmayr gespannt. »Darf ich Ihnen Kaffee anbieten?«

»Nein, vielen Dank! Ich will Sie auch gar nicht lange aufhalten. Ich hab nur ein paar Fragen. Was war denn Herr Neumann für ein Typ?«

Pachmayr lehnte sich langsam zurück und legte die Kuppen seiner Finger aufeinander. Kubitsch hatte den Eindruck, dass sie sorgfältig maniküriert waren. »Was soll ich sagen? Neumann war sehr fleißig, aber sehr verschlossen. Also, viel kann ich Ihnen wirklich nicht sagen. Wussten Sie übrigens, dass er noch bei seinen Eltern lebte?«

Kubitsch wusste das nicht. »Hier in München?«

»Ja, ja, in der Baaderstraße. Glaube ich. Fragen Sie die Sekretärin, die gibt Ihnen die Adresse. Aber sagen Sie keinem, dass Sie sie von mir haben!«

Kubitsch würde sich hüten, überhaupt jemandem etwas zu sagen, bevor sein Artikel gedruckt war. Die trauernden Eltern, das war der klassische Stoff für eine herzerweichende Story. Die musste Kubitsch um jeden Preis exklusiv haben. An normalen Tagen würde ihm Stachel eine solche Geschichte aus den Händen reißen. Kubitsch ärgerte sich über die New Yorker Anschläge.

»Seit wann kannten Sie eigentlich Herrn Neumann?«

»Der hat schon hier studiert, als ich noch Assistent war.«

»Und wie war er als Student?«

»Wissen Sie, früher hätte man wahrscheinlich gesagt, er war ein richtiger Streber. Immer ordentlich. Saß meistens in der ersten Reihe. Ein Einzelgänger. Hatte wenig Kontakt zu seinen Kommilitonen, glaube ich. Aber immer hervorragende Zensuren. Die guten Studenten sind heute alle so. Um es ganz klar zu sagen, Neumann war einer der besten Studenten, die ich je kannte. Deswegen habe ich ihm später ja auch die Stelle bei mir angeboten.«

»Wenn Herr Neumann noch bei seinen Eltern lebte, war er denn nicht verheiratet?«, wollte Kubitsch wissen.

»Da habe ich nie was mitbekommen.« Pachmayr schob die Unterlippe kurz vor. »Ich glaube, der hatte nicht mal 'ne Freundin. Wissen Sie, in der Wissenschaft ist es heute nicht mehr so einfach. Wenn Sie da nicht wirklich ihre ganze Energie reinhängen und absolut mobil sind, dann bringen Sie keinen Fuß auf den Boden.«

Das klang für Kubitsch plausibel. Vielleicht machte sich Neumann einfach nichts aus Sex. Und dass man sein Auto am Kapuzinerplatz gesehen hatte, musste nun wirklich nichts bedeuten. Nur der schnelle Sportwagen ließ Kubitsch keine Ruhe.

»Wussten Sie, dass Herr Neumann einen Porsche fuhr?«

»Nee, nie gesehen, warum?«

»Ich meine nur. Das ist doch ein bisschen ungewöhnlich. Finden Sie nicht auch?« Kubitsch beobachtete Pachmayr genau. Aber der verzog keine Miene. Er beugte sich nur leicht nach vorn und tippte mit den Fingerkuppen aneinander. Jetzt war sich Kubitsch sicher, dass Pachmayr regelmäßig zur Maniküre ging. Für derart gepflegte Nägel reichte der Einsatz von Wasser und Seife nicht.

»Also, um die Autos meiner Mitarbeiter kümmere ich mich wirklich nicht. Ich weiß auch nicht, was für ein Auto meine Sekretärin fährt.«

»Ist Ihnen denn in letzter Zeit sonst was aufgefallen? Kann es sein, dass Herr Neumann irgendwelche Kontakte außerhalb der Uni hatte?«

»Sie meinen, ob er sich um einen Job in der Privatwirtschaft umsah?«

»Nein, das habe ich eigentlich nicht gemeint.«

Kubitsch wusste selbst nicht so genau, was er eigentlich gemeint hatte. Aber über die geheimnisvollen Besucher, von denen ihm Sandra gestern erzählt hatte, hätte Pachmayr etwas wissen können.

Der redete allerdings von etwas ganz anderem: »Das ist natürlich immer möglich, dass ein guter Wissenschaftler von der Industrie abgeworben wird. Sie glauben ja gar nicht, was man mir schon für Angebote gemacht hat. Was ich hier als Professor verdiene, das sind doch in der freien Wirtschaft nur Peanuts. Wenn ich heute in die Industrie gehe, verdiene ich locker das Dreifache. Aber wissen Sie, für mich ist das eine Frage der Ehre. Sie verstehen das vielleicht nicht. In Ihrem Job ist das anders. Aber mir geht es um wissenschaftliche Erkenntnis. Um die Wahrheit. Das werden Sie wahrscheinlich nicht verstehen.«

»Doch, doch«, sagte Kubitsch, weil er fand, etwas antworten zu sollen. Kubitsch hielt es für ziemlich normal, dass Professoren gerne über sich sprachen. Zumindest lieber als über andere.

»Manchmal denke ich ernsthaft darüber nach, in die freie Wirtschaft zu gehen«, sagte Pachmayer. »Man muss doch sehen, wo man bleibt. Wissen Sie, an der Uni ist das heute auch nicht mehr so wie früher. Sie werden das nicht verstehen, Sie haben wahrscheinlich nie studiert.«

»Doch«, sagte Kubitsch vorsichtig, aber er hatte nicht den Eindruck, als habe ihm Pachmayr zugehört. Kubitsch hatte vielmehr das Gefühl, dass Pachmayrs Geduld zu Ende ging. Wahrscheinlich stand der nächste Termin an. Pachmayr begann in einem dicken Kalender zu blättern, der vor ihm auf dem Schreibtisch lag. Ohne Kubitsch dabei anzublicken, fragte er: »Kann ich Ihnen sonst noch helfen?«

Kubitsch blickte auf seine Uhr. Es ging auf halb eins zu. Aus Pachmayr war nichts Vernünftiges mehr herauszubringen. Von irgendwelchen Verstrickungen, in denen Neumann womöglich gesteckt hatte, wusste Pachmayr nichts. Kubitsch hatte auch so genug erfahren, um seinem Artikel ein wenig Fleisch zu geben. Er stand auf, um zu zeigen, dass er verstanden hatte. »Wenn ich noch Fragen hätte, dürfte ich Sie anrufen?«

»Selbstverständlich. Jederzeit. Sie können übrigens auch gern mal einen Artikel über unser Institut bringen.« Pachmayr lachte aufmunternd.

»Vielen Dank für den Tipp. Das ist eine prima Idee. Darüber habe ich auch schon nachgedacht«, log Kubitsch. »Ach, eine letzte Frage: Was sind eigentlich Computerechtzeitprogramme?«

Pachmayr grinste. »Das erkläre ich Ihnen beim nächsten Mal, wenn Sie den Artikel über mich schreiben«, sagte Pachmayr und streckte die Hand zum Abschied aus. Kubitsch griff zu, bedankte sich höflich und ging. Im

Vorzimmer ließ er sich noch rasch die Adresse von Neumanns Eltern geben. Bis zur Baaderstraße war es nicht weit. Er würde mit der Trambahn erst bis zum Stachus fahren und dort in die Linie 17 umsteigen. Kubitsch hatte noch Zeit für eine Tasse Kaffee.

12. September 2001
12:59 Uhr

Vor der eindrucksvollen Glasfassade des Audimax hatte jemand zwei Reihen Biertische und etliche abgewetzte Sitzbänke aufgestellt. Als Kubitsch aus dem Lehrstuhlgebäude kam, hockten dort ein paar junge Leute und tranken lässig Bier aus Flaschen. Vielleicht Studenten, die Waldemar Neumann gekannt hatten, dachte Kubitsch. Nach dem Gespräch mit Pachmayr hätte er adrette Nachwuchswissenschaftler mit Laptops und glockenhellem Lachen in einem Schwabinger In-Café wahrscheinlich nicht ertragen. Kubitsch beschloss, auf die Mittagspause zu verzichten und sich zu den Leuten an den Tisch zu setzen.

Auf dem freien Teil der Bank lag eine Zeitung. Keine von denen, für die er schrieb, sondern eine seriöse. Kubitsch hob die Zeitung auf und legte sie auf den Tisch, während er fragte, ob der Platz frei sei. Fünf Köpfe drehten sich ihm kurz zu. Einer nickte.

Kubitsch setzte sich. Er hatte keine Ahnung, ob er sie bei einem Gespräch gestört hatte. Jedenfalls sagte jetzt keiner ein Wort. Der junge Mann, der neben ihm auf der Bank saß, strich mit seinem dünnen Kinnbart über Daumen und Zeigefinger. Jedesmal, wenn er dabei sein Gesicht zur Seite legte, musterte er Kubitsch aus den Augenwinkeln. Am Tisch wurde währenddessen weiter eisern geschwiegen. Kubitsch deutete mit dem Kinn auf die Zeitung. »Terror-Krieg gegen Amerika«, prangte es groß und unmissverständlich auf dem Blatt. Die halbe Seite darunter bedeckte ein verschwommenes Foto. Es war dasselbe Motiv, das am Abend zuvor sämtliche Fernsehsender gezeigt hatten, die braun und grau qualmende Skyline von New York.

»Ganz schöner Hammer«, sagte Kubitsch nach einer kleinen Pause.

»Sowas musste ja mal passieren«, sagte einer der fünf, der Kubitsch direkt gegenüber saß. Der Satz klang wissend. Die vier anderen nickten zustimmend. Und dann fügte er noch hinzu: »Die Globalisierung macht die Menschen immer ärmer. Das konnte nicht gutgehen.«

Kubitsch verstand nicht, was die Globalisierung mit den Anschlägen in New York zu tun haben könnte. Aber in den vielen Jahren als Reporter hatte er gelernt, dass man Informanten recht geben muss, wenn man sie zum Sprechen bringen will. Ein Satz wie »ich bin ja ganz ihrer Meinung« lockert Zungen besser als peinliche Verhöre.

»Ich bin ja ganz eurer Meinung«, begann Kubitsch und hoffte, dass seine abgetragene Lederjacke und seine etwas zu langen Haare ihm zusätzliches Vertrauen einbrachten, »aber was hat das eine mit dem anderen zu tun?«

»Hey man, listen«, mischte sich jetzt ein dritter ein, auf dessen T-Shirt »Boykottiert Bacardi« stand. Er sagte nicht: »Mensch, hör mal zu!«, er sagte: »Hey man, listen!«, so wie er es hunderte Male in amerikanischen Filmen gehört hatte: »Hey man, listen! Ich war am 20. Juli in Genua.«

Kubitsch fiel ein, dass sich Mitte Juli in Genua Demonstranten aus aller Welt mit italienischen Polizisten eine blutige Straßenschlacht geliefert hatten, als dort einer dieser zahllosen G7- oder G8-Gipfel stattfand. Kubitsch nahm an, dass Boykottiert-Bacardi davon sprach, und er sprach in wunderbar breitem Bairisch, das man unter jungen Münchnern schon lange nicht mehr hörte. Wahrscheinlich stammte Bacardi aus der Oberpfalz oder aus Niederbayern. Vielleicht aus irgendeinem dieser Orte im Bayerischen Wald, die die längste Zeit des Winters eingeschneit waren.

»Ich war am 20. Juli in Genua. Hier!« Aus seinem Mund klang es freilich wie: »I bin am 20. Juli in Gänua g'wen. Do!« Der junge Mann zog eine regenbogenfarbene Trillerpfeife aus seiner Hosentasche. Dann hielt er sie in die Höhe wie ein Staranwalt in einem amerikanischen Gerichtsdrama das Beweisstück. »Die hab ich mir in Genua gekauft. Für einen Dollar. Damit wollten wir gegen die Globalisierung demonstrieren. Sonst nix!« Der Genua-Veteran schnaubte verächtlich durch die Nase. »Aber die Bullen haben uns niedergeknüppelt wie die Schwerverbrecher. Damit, dass die Tränengas schmeißen, damit habe ich gerechnet. Ich habe auch Zitronen dabeigehabt und Essig und ein Halstuch. Aber damit, dass die schießen, damit hat keiner gerechnet.«

Kubitsch hatte keine Ahnung, was Essig und Zitronen und Tränengas miteinander zu tun haben könnten. Aber aus der Reaktion der vier anderen am Tisch schloss er, dass es wohl mittlerweile zum Curriculum des gymnasialen Chemieunterrichts zählte, wie man sich vor Tränengas schützt. Kubitsch hörte weiter zu.

»Weißt du, dass der Absatz von General Motors größer ist als das Bruttosozialprodukt aller afrikanischen Staaten südlich der Sahara«, warf jetzt der mit dem dünnen Spitzbart ein.

Kubitsch wusste das nicht. Im Moment war ihm das auch ziemlich egal.

29

Nur Bacardi regte sich darüber furchtbar auf: »Die Amis haben es einfach übertrieben. Die wollen der ganzen Welt ihr System überstülpen.«

»Das war eine Warnung an die USA: Haltet euch raus aus dem Mittleren Osten!«, stimmte ihm der Spitzbart zu.

Kubitsch hatte absolut keine Lust auf politische Debatten. Politik interessierte ihn schon seit dem Ende seiner Studentenzeit nicht mehr: »Sagt mal, was ganz anderes, habt ihr was mitbekommen von dem Assi, den sie gestern umgebracht haben?«

»Den Neumann?«

»Ja, genau! Kanntet ihr den?«

»Warum willst du das wissen?«

»Ich bin Journalist. Ich muss da einen Artikel drüber schreiben.«

»Ach so«, sagte der mit dem dünnen Kinnbart enttäuscht, »Journalist!«

»Kanntet ihr den Neumann?«

»Das war ein Arschloch«, sagte der am Ende des Tischs, der bisher geschwiegen hatte. »Das war ein Riesenarschloch!«

»Ich war gerade bei Pachmayr. Der sagt, Neumann war ein Spitzenwissenschaftler«, widersprach Kubitsch.

Die fünf blickten sich mit einem Grinsen an, das wohl bedeuten sollte: Wieder einer, der absolut nichts checkt.

»Pachmayr ist eine Pflaume. Oder hast du jemals von ihm irgendeine Publikation gelesen?«

Kubitsch konnte sich nicht erinnern, überhaupt jemals etwas Naturwissenschaftliches gelesen zu haben, außer vielleicht einen Aufsatz im Reader's Digest über schwarze Löcher, und den hatte er nicht verstanden. Sein »Nein« war deshalb absolut ehrlich.

Bacardi nahm einen Schluck aus der Bierflasche und beugte sich mit Verschwörermiene vor: »Pachmayr will Minister werden. Dem geht die ganze Wissenschaft am Arsch vorbei.«

Triumphierend lehnte er sich wieder zurück und freute sich über Kubitschs verblüfftes: »Minister? Was für ein Minister?«

»Kultusminister! Was denn sonst?«

»Wie kommt ihr denn da drauf?«

»Hey man, das weiß doch jeder hier. Und deshalb hat er den Neumann gebraucht. Der hat ihm die ganze Arbeit abgenommen.«

»Dann ist das mit Neumann für Pachmayr ein ziemlicher Schlag?«

»Aber sicher! Für Pachmayr läuft das jetzt nicht mehr so, nachdem der Neumann hinüber ist. Aber sonst weint dem Neumann hier keiner eine Träne nach. Der hat sich aufgeführt, als wenn er der Prof wäre. Der hat einige auf dem

Gewissen, die nur wegen ihm durchgefallen sind. Ich kann dir nur sagen ... Ehrlich, der Neumann ist schon vergessen. Auch wenn's brutal klingt.«

Kubitsch glaubte nicht, dass einer wie Bacardi ahnte, was wirklich Brutalität war. Und für Mord gab es nur drei Gründe: Habgier, Leidenschaft oder Rache. Vielleicht war das ja der Schlüssel zu Neumanns Tod. Vielleicht hatte er einmal zu oft den Lebenstraum eines jungen Studenten zerstört. Vielleicht war Neumann an seiner eigenen Hybris verblutet.

»Kennt ihr denn ein paar Namen von Studenten, die Neumann auf dem Gewissen hat?«, fragte Kubitsch in die Runde.

»Vergiss es! Du gehörst doch auch zum Establishment. Von uns erfährst du nichts.« Wieder Schweigen am Tisch.

Kubitsch fragte sich, ob er irgendwo einen Fehler gemacht hatte. Möglicherweise hatte er zu forsch nach Namen gefragt. Namen sind immer ein Problem. Die Leute plaudern, wenn sie das Gefühl haben, unerkannt zu sein. Das hatte Kubitsch schon als Volontär begriffen, wenn er in der Fußgängerzone Umfragen machen musste. Kubitsch würde sich bei Sandra erkundigen. Die wüsste die Namen der Studenten, die in letzter Zeit durch irgendwelche Prüfungen gerauscht waren.

»Okay Leute, nichts für ungut. War nur eine Frage«, versuchte Kubitsch die Situation zu retten. »Ich will nicht neugierig sein.«

Kubitsch erntete fünf verächtliche Blicke. »Hör zu«, sagte Bacardi. Er sagte nicht mehr »listen«, er sagte jetzt: »Hör zu. Mit dem Establishment bin ich fertig. Ich weiß genau, was du willst. Du willst uns nur aushorchen. Dir geht es doch nur ums Geld für deine Story. Und dafür ist dir alles egal. Wie den Politikern, denen ist auch alles egal. Aber mit uns nicht! Wir lassen uns nicht mehr verarschen.«

Kubitsch hatte nicht vorgehabt, irgendjemanden zu verarschen. Er hatte ein ganz anderes Problem. Aber das hätte Bacardi nie im Leben begriffen. Dem ging es ums Prinzip, nahm Kubitsch an. Aber er musste eine vernünftige Story an Land ziehen. Eine Story, die richtig juicy war. Sonst müsste er dem Hausbesitzer erklären, warum er die Miete schon wieder nicht pünktlich zahlen konnte. Und mit den Infos, die er bislang zusammen hatte, ließ sich noch kein vernünftiger Artikel schreiben. Jedenfalls keiner, der Hand und Fuß hatte.

Es war kurz vor zwei. Bis sechs musste Kubitsch seine Geschichte fertig haben. Spätestens bis halb sieben.

Unter Sandras Handynummer meldete sich nur die Mailbox. Und in ihrem Büro hob niemand ab.

12. September 2001
14:32 Uhr

Kubitsch mochte das Glockenbachviertel. Früher hatten hier einmal kleine Leute gelebt und Zugewanderte aus Osteuropa. In der Baaderstraße fand er rasch das Haus, in dem die Neumanns wohnten. Der gelb getünchte Bau war offensichtlich nach dem Krieg rasch in eine Bombenlücke gestellt worden. Nun stand er wie Aschenputtel inmitten der schick renovierten Zwanzigerjahre-Architektur.

In die Toreinfahrt neben der Haustür hatte jemand mit rostroter Farbe gesprüht: »Amis raus aus USA. Winnetou ist wieder da«. Eine klare Message, dachte Kubitsch. Er drückte auf den Klingelknopf neben dem Namen Neumann. Er überlegte kurz, ob Waldemars Eltern möglicherweise gar nicht zu Hause waren: Unerwartete Todesfälle bereiteten den Hinterbliebenen immer viel Arbeit. Aber nach ein paar Sekunden krächzte aus der Sprechanlage ein unsicheres »Ja?«.

Dies war der entscheidende Moment. Sollte ein anderer Journalist bereits hier gewesen sein, würde ihm niemand die Tür öffnen. Wer als Erster bei den Angehörigen ist, räumt das Feld ab, das war eine alte Regel. Nach dem ersten Interview waren die Hinterbliebenen so sauer, dass sie mit keinem Reporter mehr reden wollten.

»Mein Name ist Arthur Kubitsch. Darf ich Ihnen erst mal mein aufrichtiges Beileid aussprechen? Ich hätte ein paar wichtige Fragen«, sagte Kubitsch langsam in die Sprechanlage. Er gab sich Mühe, viel Mitgefühl in seine Stimme zu legen.

Der Türöffner summte. Es war noch kein anderer Reporter vor ihm hier gewesen. Kubitsch drückte die Tür mit dem weit geschwungenen Bügel auf und stieg die Treppe hinauf. Im ersten Stock sah er eine alte Frau, die mit verweinten Augen aus einer der Wohnungstüren blickte.

»Ja«, sagte sie. Sonst nichts. Nur ein einfaches »Ja«, mit einer Stimme, aus der jede Emotion gewichen war.

»Guten Tag! Mein aufrichtiges Beileid«, wiederholte Kubitsch. »Darf ich einen Moment zu Ihnen reinkommen?«

Die Frau trat einen Schritt zurück, um ihn einzulassen, und ging dann in das Wohnzimmer voraus. Kubitsch folgte ihr. In der Ecke, auf einem grauen Plüschsofa saßen ein Mann, offenbar Waldemars Vater, und eine junge Frau. Vor ihnen auf einem Couchtisch standen drei Teegläser. Auch der Mann hatte geweint. Die geröteten Augenringe wirkten in dem grauen Gesicht wie Farblinien auf einer Kreidezeichnung. Die junge Frau sah eigenartig gefasst aus. Alles an ihr gefiel Kubitsch, die stark nach oben geschwungene Oberlippe, ihre schwarzen Lackstiefel mit den hohen Absätzen, und dass sie ihn gnadenlos arrogant unter ihren dunkel geschminkten Augenlidern ansah.

Kubitsch machte keine Umstände. Ohne darauf zu warten, dazu aufgefordert zu werden, setzte er sich auf einen der beiden freien Polstersessel, die im gleichen Grau wie das Sofa gehalten waren.

»Guten Tag«, sagte er nun in Richtung des Manns und der jungen Frau, »ich darf auch ihnen mein aufrichtiges Beileid aussprechen.« Kubitsch zog ein kleines Notizbuch aus seiner Jackentasche und legte es neben die Teegläser auf den Tisch. »Ich komme von der Presse. Wir haben da noch ein paar Fragen.«

Der Mann blickte seine Frau an, die immer noch im Türrahmen stand. Die beiden wechselten ein paar Sätze in einer sehr melodischen Sprache, deren Laute weit hinten im Rachen gebildet wurden. Kubitsch sah über den Tisch hinweg zu der jungen Frau, unter deren Plisseerock sich zwei sehr lange und sehr schlanke Oberschenkel abzeichneten. Dann verstand er: Neumanns Eltern sprachen russisch.

Was für eine Story, dachte Kubitsch. Die Familie war voller Hoffnungen von irgendwo aus dem Osten der damaligen Sowjetunion nach Deutschland gekommen. Mit Fleiß und Eifer hatten sie hier ein neues Leben angefangen, und der Sohn war sogar auf dem besten Weg, Professor zu werden. Natürlich! Jetzt verstand Kubitsch: deswegen auch der Porsche! Ein Mercedes war für einen Ossi-Aufsteiger als Statussymbol ganz gut, aber ein Porsche, der war nicht zu toppen. Und jetzt war der Sohn tot!

»Meine Eltern fragen, was Sie wissen wollen?«, wandte sich nun die junge Frau an ihn. Sie sprach sehr näselnd, aber ohne jeden Akzent, fand Kubitsch.

»Kommen Sie aus Russland?«
»Aus Kasachstan. Wieso?«
»Nur so. Seit wann leben Sie hier?«
»Seit 1992. Was hat das mit dem Mord an meinem Bruder zu tun?«
»Nichts, ich bin nur ein bisschen überrascht.«
»Dass ein Russlanddeutscher an der Uni arbeitet?«

Ihr Blick war vernichtend. Kubitsch überlegte, wie er sie dazu bringen konnte, mit ihm am nächsten Samstag auszugehen. Realistisch betrachtet, schätzte er seine Chancen gleich null ein. Er versuchte es mit einem: »Wie heißen sie eigentlich?«

»Jana. Was hat das mit dem Mord an Wolodja zu tun?«

»Wolodja?«

»Ja, Wolodja. Waldemar, mein Bruder.«

»Ach so. Ja, also ich war eben bei Professor Pachmayr.«

Jana sagte etwas auf russisch zu ihren Eltern. Dann begann ein ziemlich heftiger Disput zwischen den dreien, von dem Kubitsch kein Wort verstand. Er blickte sich im Zimmer um. Die Wand hinter ihm bedeckte ein wuchtiger Wohnzimmerschrank. Die Regalböden waren mit bunt bemalten Tassen, Porzellanfiguren und blassen Plastikblumen gefüllt. In den Glasfüllungen steckten abgegriffene Fotografien von Menschen vor einer leeren Landschaft, wie sie Kubitsch noch nie gesehen hatte. Er nahm an, dass die Aufnahmen in Kasachstan gemacht worden waren.

»Meine Eltern meinen, Professor Pachmayr ist ein schlechter Mensch«, sagte Jana auf Deutsch. »Wolodja hat so viel für ihn gearbeitet, und jetzt wollte er ihn entlassen.«

»Was!«, entfuhr es Kubitsch. »Ich hab doch vor einer Stunde mit ihm geredet, und er hat ihren Bruder über den grünen Klee gelobt.«

Jana zuckte mit den Schultern. »Wolodja kam am Sonntag nach Hause und hat es uns gesagt. Wir waren alle so schrecklich traurig.«

»Aber warum denn? Warum wollte er Wolodja entlassen?«

»Wir wissen es nicht. Wolodja hat es auch nicht gewusst.«

»Es musste doch einen Grund geben«, ließ Kubitsch nicht locker. Wieder begannen die drei, in ihrer Sprache zu palavern. Kubitsch fragte sich, ob Jana einen Freund habe. Einen Ehering trug sie jedenfalls nicht, und Kubitsch war sich sicher, dass Russinnen keine halben Sachen machten. Ein lockeres Verhältnis zwischen gemeinsamer Waschmaschine und getrennten Discobesuchen konnte er sich bei einer Frau wie Jana nicht vorstellen.

»Wolodja war furchtbar traurig, aber er hat nicht gewusst, warum ihn Professor Pachmayr entlassen wollte.« Jana blickte Kubitsch streng an.

»Er hat es nicht gewusst oder er hat es nicht gesagt?«, fragte er trotzdem.

»Er hat es nicht gewusst!«

Das klang wie das »Njet« sowjetischer Generalsekretäre bei UN-Vollversammlungen. Jana wollte ganz eindeutig nicht mit sich reden lassen.

»Würden Sie meine Eltern jetzt allein lassen!« Das war keine Frage, das war ein Rauswurf.

10. September 2001
15:09 Uhr

Kubitsch blickte auf seine Uhr. Es war kurz nach drei. Zu spät, um noch einmal in die TU zurückzufahren, fand er. Schließlich wollte er noch einen Artikel schreiben. Kubitsch würde heute wohl nicht mehr herausfinden, was Pachmayr dazu bewogen hatte, seinem Wunderknaben den Stuhl vor die Tür zu setzen. Und damit konnte er sich die Schmusefragen an die Eltern nach ihrem begabten Sprössling schenken, der schon in der Grundschule die Lehrer mit seinem mathematischen Talent verblüfft hatte, der nie den Geburtstag seiner Mutti vergaß und der trotz seiner dreißig Jahre jeden Abend pünktlich nach Hause kam oder was sonst Kubitsch gehofft hatte zu hören.

Kubitsch hatte also ein Problem. Der Artikel, den er in ein paar Stunden fertig haben musste, war nicht ausrecherchiert. Und er sah keine Chance, sich jetzt noch zusätzliche Infos zu verschaffen. Kubitsch ärgerte sich über sich selbst. So war es immer! Er war viel zu locker an die Geschichte rangegangen. Er hatte sich gestern von Sandra mit ein paar Belanglosigkeiten abspeisen lassen. Er war ohne vernünftige Fragen zur Pressekonferenz ins Polizeipräsidium gegangen. Er hatte windelweich mit Pachmayr verhandelt. Er hatte das Gespräch mit den Studenten in der TU versiebt. Und nun noch die Pleite mit Waldemar Neumanns Eltern! Seine ganze Hoffnung setzte er jetzt auf die New Yorker Toten und dass seine Kollegen von den Konkurrenzblättern nur über die Pressekonferenz berichten würden.

Kubitsch stand auf, um sich höflich zu verabschieden. Er wollte einen guten Eindruck hinterlassen. Schließlich würde er bald wiederkommen müssen. Aber noch bevor er etwas Freundliches sagen konnte, erhob sich Jana:
»Warten Sie! Ich gehe mit Ihnen.« So, als sei er ihr neuer Verehrer, den die Eltern begutachtet hatten, bevor er ihre Tochter zum ersten Mal ausführt, marschierte Jana mit Kubitsch im Schlepptau aus der Wohnung.

An der Tür drehte er sich noch einmal um. Die Neumanns blickten ihnen traurig hinterher. Aber Kubitsch hatte nicht das Gefühl, dass sie sich über ihre Tochter wunderten. Sie verstanden wahrscheinlich überhaupt nichts mehr. Vielleicht hatten sie nie mehr etwas verstanden, seit sie aus Kasachstan hierher gekommen waren.

Im Treppenhaus erkundigte sich Kubitsch: »Wo müssen Sie hin?«

»Nach Hause!« Der Tonfall hieß: Dies ist keine Einladung, mach dir keine Hoffnungen, lass mich jetzt in Frieden.

Wortlos stiegen sie die restlichen Stufen hinunter. Als sie auf die Straße hinaus traten, schlug ihnen kalter Regen entgegen. Kubitsch zog den Zipp seiner Lederjacke hoch. Jana ignorierte das Schmuddelwetter.

In einem der Autos, die auf der gegenüberliegenden Straßenseite parkten, saß ein junger Mann mit kurzen blonden Haaren. Kubitsch registrierte seinen neugierigen Blick und war ein wenig stolz, dass man Jana möglicherweise für seine Freundin hielt. Dann musste er sich allerdings beeilen, mit ihr Schritt zu halten. Er versuchte erst gar nicht mehr, mit ihr ins Gespräch zu kommen.

Zwei Querstraßen weiter blieb sie abrupt neben einem VW-Käfer stehen, zog einen Schlüssel aus der Tasche, warf Kubitsch ein »Tschüs« zu, ohne ihn anzusehen, sperrte den Wagen auf, rutschte auf den Fahrersitz, startete und ließ Kubitsch einsam auf dem Trottoir zurück.

10. September 2001
15:48 Uhr

Kubitsch hatte Glück. In der Redaktion drehte sich alles um die Anschläge in New York. Die Volontärin war damit beschäftigt, die Presseerklärungen, die während des Tages aus dem Faxgerät geflattert waren, nach brauchbaren Stellungnahmen zu durchforsten. Paul Johann Koch, den Joachim M. Stachel für den Zauberlehrling unter seinen Reportern hielt, hatte tatsächlich in Bogenhausen eine Frau aufgestöbert, deren Ehemann bislang im World Trade Center gearbeitet hatte und von dem seit gestern jedes Lebenszeichen fehlte.

Fotos der möglichen Witwe, die ein paar Familienbilder aus gemeinsamen Tagen in München in die Kamera hielt, hatte Koch auf seinem Schreibtisch verstreut. Er brauchte das wegen der Atmosphäre beim Schreiben, wie er jedem erklärte, der neu in der Redaktion war.

Einen Arbeitsplatz weiter saß Susanne Hütrecht vor einem Bildschirm, in dem gerade eine der morgigen Zeitungsseiten entstand. Zwischen den Schreibtischen war Stachel in Bewegung. Streng genommen, bewegte er sich nicht zwischen den Schreibtischen, sondern darüber. Immer im Aufbruch zu neuen, noch aufregenderen Schlagzeilen, weg von allem, was nach beruhigendem Durchschnitt klang. Normalität ist keine Nachricht.

Kubitsch versuchte, nicht weiter aufzufallen. Eine Grundsatzdebatte mit Stachel über die Funktion des Boulevards war das Letzte, worauf er jetzt Lust hatte. Kubitsch setzte sich an einen freien Computer. Während der Rechner hochfuhr, notierte er auf einem kleinen Zettel, was er wusste:

Waldemar Neumann, von Beruf Physiker, dreißig Jahre alt, Assistent bei Professor Pachmayr, war am Tag zuvor, wahrscheinlich kurz nach 7 Uhr morgens, in seinem Büro ermordet worden. Der Täter war ziemlich brutal vorgegangen und hatte Neumann erstochen. Die Polizei hatte noch keine heiße Spur, vermutete aber anscheinend eine Verbindung zum Strichermilieu.

Neumann war, nach allem, was Kubitsch bislang herausgefunden hatte, ein angepasster Aufsteigertyp gewesen, ein fleißiger Arbeiter, ein Streber, das hatte sogar sein Chef gesagt, und bei den Studenten nicht sonderlich beliebt. Neumann hatte aber offensichtlich noch eine andere Seite, wie Kubitsch von Sandra erfahren hatte. In seiner Freizeit kümmerte er sich darum, dass die Uni in Sarajevo mit gebrauchtem, technischen Gerät aus der Bundesrepublik versorgt wurde. Dass Neumann unter einem Helfersyndrom litt, konnte sich Kubitsch beim besten Willen nicht vorstellen, aber vielleicht hatte das ganze mit Neumanns Herkunft zu tun. Die Typen aus dem Ostblock halten ja alle zusammen, sagte sich Kubitsch. Zwei Tage vor seinem Tod hatte Neumann erfahren, dass ihm ein Karriereknick drohte, denn Pachmayr wollte ihn feuern. Offenbar kam das ziemlich überraschend.

Nun griff Kubitsch nach einem dicken Rotstift und unterstrich alles, was er auf der Pressekonferenz im Polizeipräsidium erfahren hatte und deshalb nicht weiter überprüft werden musste. Nur die Stelle mit dem »Strichermilieu« kennzeichnete er nicht. Hinter das Wort »Karriereknick« machte er ein großes Fragezeichen. Diesen Aspekt musste er noch nachrecherchieren und ihn sich für einen späteren Artikel in den kommenden Tagen aufheben.

Kubitsch griff noch einmal nach dem Telefon und wählte Sandras Nummer. Es meldete sich wieder nur die Tonbandansage der Mailbox, die so wenig Sex hatte wie das Lautsprechergekrächze in der Trambahn. Dabei hatte Kubitsch so sehr gehofft, Sandras Stimme zu hören.

Den Titel für seinen Bericht hatte sich Kubitsch bereits auf dem Weg in die Redaktion überlegt, und der war eigentlich zwingend: »Junger Wissenschaftler brutal ermordet«. Damit war das Wesentliche gesagt. Aber wahrscheinlich würde Stachel die Schlagzeile sowieso umschreiben. In der Regel war der Chef mit keiner seiner Überschriften einverstanden. Dann begann Kubitsch, den Text Satz für Satz herunterzutippen. Die atemberaubende Story, die er Stachel am Morgen versprochen hatte, würde so natürlich nicht entstehen. Aber Stachel schwebte ohnehin zwischen verzweifelten Ehefrauen und den neuen Sicherheitsbedürfnissen, nachdem arabische Terroristen die freie Welt angegriffen hatten.

Kubitsch hielt sich vor allem an die polizeiliche Presseerklärung auf rosarotem Papier und baute ein paar O-Töne aus der Pressekonferenz und aus seinem Gespräch mit Pachmayr ein, damit alles nach eigener Recherche aussah. Was er von den Studenten erfahren hatte, konnte er nicht verwenden. Natürlich erwähnte er, dass Neumann gegen Mitternacht am Kapuzinerplatz gesehen worden war und sich dann seine Spur verlor. Mehr schrieb er nicht darüber, alles Weitere sollten sich die Leser selber denken, und selbstverständlich schrieb er auch nichts über irgendwelche Mafiaverstrickungen. Sollte Stachel ihn deswegen morgen zur Rede stellen, konnte er sich damit herausreden, dass er dafür noch mit einer zweiten Quelle sprechen müsse. Das verlange die journalistische Sorgfaltspflicht. Stachel würde ihn zwar wie einen Idioten anstarren, aber zumindest vorläufig damit in Ruhe lassen.

Als Kubitsch seinen Artikel fertig hatte, ging er zu Susanne Hütrecht, die sich noch immer mit dem Umbruch der Seiten für die morgige Ausgabe abmühte.

»Ich bin soweit«, sagte er zu ihr, »du kannst den Text platzieren.«

An ein Foto hatte er natürlich nicht gedacht, aber dafür wäre angesichts der angehenden Münchner Witwe, deren Bild das obere Drittel der Seite ausfüllte, und Kochs sicherlich zu Tränen rührender Reportage ohnehin kein Platz gewesen. Okay, sechzig Mark weniger, dachte Kubitsch.

Susanne Hütrecht sah genervt zu ihm hoch, war aber doch froh, die drei noch weißen Spalten auf der Seite unten füllen zu können.

»Du hast uns gestern ganz schön im Stich gelassen«, sagte sie dann vorwurfsvoll. »Du glaubst nicht, was hier los war.«

Kubitsch zögerte kurz. Bei den ersten Fernsehbildern von den brennenden Wolkenkratzern hatte er gestern instinktiv sein Handy ausgeschaltet. Das sagte er natürlich nicht. Er antwortete: »Hör mal, ich bin nur ein freier Mitarbeiter. Ich werde für die Zeilen bezahlt, die ihr ins Blatt nehmt. Für sonst nichts. Kannst du dir vielleicht vorstellen, was das heißt?«

Kubitsch bereute sofort, so heftig reagiert zu haben. Es gab keinen Grund, Susanne anzupfeifen. Im Gegenteil, sie hatte ihm oft genug schon geholfen, wenn es Ärger mit Stachel gab. Aber offenbar hatte Susanne ihm gar richtig zugehört, denn statt einer Antwort sagte sie jetzt: »Du kanntest doch auch die Eva Glaschke?«

Natürlich kannte Kubitsch die Kollegin aus der Wirtschaftsredaktion, die vor ein paar Jahren aus Düsseldorf nach München gekommen war. Eva Glaschke war stets fröhlich, wie es Kubitsch von einer Rheinländerin erwartete, trug ihre schwarzen Haare sportlich kurz geschnitten und begeisterte sich mehr für Skiwochenenden in den Alpen und Segelpartien auf dem Ammersee als für das wunderbare Wachstum an den internationalen Aktienmärkten. Kubitsch fand dies zwar ein wenig seltsam für eine Wirtschaftsredakteurin, aber durchaus sympathisch.

»Wieso? Was ist mit ihr?«, fragte Kubitsch.

»Sie ist seit gestern in New York verschwunden.«

Kubitsch zog sich einen freien Drehstuhl heran und setzte sich neben

Susanne. »Was heißt verschwunden? Und überhaupt, was macht die in New York?«

»Eva hat vor zwei Wochen ein Reportage-Stipendium für die USA bekommen, und ihre erste Station war eben New York. Am Montag habe ich das letzte Mal mit ihr telefoniert. Sie wollte etwas für uns machen über einen Schuhputzer, der seinen Stand in der Wall Street hat und in seiner Freizeit mit Aktien spekuliert. Aber jetzt kann ich sie nicht erreichen. Ich habe es schon den ganzen Tag versucht.«

»Vielleicht sind einfach die Leitungen gestört«, sagte Kubitsch. »Bei dem, was da los ist!«

»Kann sein.«

Susanne wandte sich wieder der Zeitungsseite auf dem Bildschirm zu, und Kubitsch betrachtete ihre Finger, die unbewusst ein paar Befehle auf die Tastatur tippten. Susanne Hütrecht benutzte keinen Nagellack. Sie ging auch nicht ins Nagelstudio.

»Meinst du, ihr ist etwas passiert?«, begann er das Gespräch erneut.

»Keine Ahnung. Komisch ist das schon. Eigentlich wäre es normal, dass sie sich meldet und uns eine Geschichte anbietet. Wenn man bei so einer Sache schon drüben ist!«

Kubitsch dachte nach. Er war mit Eva Glaschke ein paarmal durch die Kneipen gezogen. Aber eigentlich wusste er fast nichts über sie. Sie hatte BWL studiert und ein Jahr in London gelebt. Zu ihren Eltern hatte sie kaum Kontakt. Es brachte also nichts, bei ihr zu Hause in Düsseldorf anzurufen. Und dann war da wohl noch ein Bruder. Der machte irgendwas mit Computern. Aber das tat heute ohnehin fast jeder, dachte Kubitsch. Laut sagte er: »Ich habe ihre Handynummer. Ich werde später versuchen, sie anzurufen.«

Susanne blickte ihn ein bisschen verwundert an. »Wie kommst du zu ihrer Handynummer?«

Kubitsch brummelte etwas, was unverständlich klingen sollte. Selbstverständlich hatte er versucht, Eva ins Bett zu bekommen. Einmal hatte er sie sogar dazu gebracht, mit ihm in seine Wohnung zu gehen. Aber mehr war nicht. Sie habe morgen einen anstrengenden Tag, hatte sie alle seine Annäherungsversuche abgewehrt. Da könne sie sich nicht entspannen. Deshalb hörten sie sich nur ein paar alte Schallplatten an. Die *Allmond Brothers live at Fillmore East* und irgendetwas von *Ten Years After*. Dann war sie gegangen. Aber immerhin hatte sie ihre Handynummer zurückgelassen. Das erzählte er Susanne freilich nicht. Außerdem hatte er Eva ohnehin nie angerufen. Vielleicht war jetzt der richtige Zeitpunkt dafür – sofern sie überhaupt noch lebte.

12. September 2001
17:36 Uhr

Als Kubitsch aus der Redaktion kam, hielt er es für an der Zeit, wieder einmal bei Heidi Damberger eine Pizza im Stehen zu essen und eine Flasche Bier zu trinken. Er war mit seiner Geschichte viel früher fertig als gedacht, und dass sie ihn damals, als er die Schutzgeld-Story schreiben wollte, wie eine Schwimmweste hängen ließ, hatte er ihr inzwischen verziehen. Schließlich hatte sie es auch nicht leicht. Und wer wollte sich schon mit der Mafia anlegen? Außerdem machte sie ihm immer einen Sonderpreis. Das schätzte Kubitsch an ihr.

Heidi stammte aus der Oberpfalz oder vielleicht auch aus Oberfranken. Da war sich Kubitsch nie ganz sicher. Jedenfalls lebte sie seit mehr als dreißig Jahren in München. Als junge Frau hatte sie die Provinz verlassen und in Schwabing bei einem Verlag Arbeit gefunden, der sich auf die Veröffentlichung von Gesetzestexten und anderen Paragrafenwerken spezialisiert hatte. Nach wie vor behauptete Heidi, dies sei die beste Zeit in ihrem Leben gewesen.

Als sie schon etwas in die Jahre gekommen war, lernte sie einen viel jüngeren Spanier kennen, den sie nach drei Monaten heiratete und mit dem sie die kleine Pizzeria eröffnete. Ihr Spanier musste ja von etwas leben, und Paragrafen konnte sie ohnehin keine mehr sehen.

Das Geschäft ging mäßig, vor allem als in den Neunzigerjahren der Börsenboom über die Welt hereinbrach. Niemand wollte seinen Hunger länger mit Billigpasta in Bahnhofsnähe stillen. Seither waren nur mehr die Edelläden in den Toplagen gefragt, wo es wenigstens Saltimbocca oder Rucola an Avocado mit frischen Garnelen gab und wo man von einem vornehmen Ober an den Tisch geführt wurde. Irgendwann war der Spanier über alle Berge.

Seither stand Heidi allein am Pizzaofen. Optimistisch wie sie war, glaubte sie aber fest daran, dass die Zeiten wieder schlechter würden. »Dann kommen die Leute wieder zu mir«, sagte sie. »Dann ist es vorbei mit Tischdecken, Stoffservietten und dem ganzen Zirkus. Eine Pizzaschnitte für vierfünfzig ist doch eine reelle Sache.«

In diesem Punkt gab ihr Kubitsch recht. Auch sonst beneidete er Heidi um ihr Leben. Oder vielleicht mehr um die Art, mit der sie ihr Leben meisterte. Er selbst war noch immer auf der Jagd nach dem großen Scoop, aber Heidi war zufrieden mit den Pizzen, die sie aus dem Backofen holte.

Als Kubitsch in den Laden kam, herrschte ungewohnte Betriebsamkeit. Das lag nicht an der von Heidi erhofften Börsenbaisse, sondern nur daran, dass auch am Tag nach den New Yorker Anschlägen in den meisten Haushalten Fernsehen angesagt war. Kulinarisch verhielten sich die Menschen in Krisenzeiten so ähnlich wie bei Bundesligaspielen: Bier, Junkfood und dazu die Glotze anschalten.

Trotzdem spürte Kubitsch sofort, dass Heidi etwas auf der Seele lag. Sie hatte offenbar geweint. Sonst fasste ihr Kubitsch gern an ihr spitzes Kinn, wo die Haut allmählich welk wurde, und sagte: »Ich schau dir in die Augen, Kleines.« Das hatte er in dem Film *Casablanca* mit Humphrey Bogart und Ingrid Bergmann so oft gehört. Heidi mochte diese simplen Späße. Etwa wenn er so tat, als wolle er sie bezirzen. »Deine blauen Augen sind tief wie ein Bergsee«, sagte er dann, und strich mit der flachen Hand über ihre blonde Dauerwelle.

Aber heute brauchte er ihr mit solchem Schmus nicht zu kommen. Heidi hatte ein Problem.

»Was ist denn los mit dir«, sagte er zu ihr.

»Irgend so ein Schwein hat mein Auto gestohlen«, antwortete sie.

»Scheiße«, sagte Kubitsch. Er wusste, dass sich Heidi den Mercedes erst vor kurzem gekauft hatte. Er hatte sich gewundert, dass sie sich ein so teures Fahrzeug überhaupt leisten konnte.

Auf das Rückfenster hatte sie den Schriftzug *Il Giardino – Münchens vielleicht beste Pizza* anbringen lassen. Reklame muss sein, sagte Heidi. *Il Giardino* nannte sie ihr Lokal, weil sie vom Land kam und Gärten liebte. Oft sprach sie davon, sich wenigstens einen Schrebergarten zuzulegen, um ein wenig Gemüse anzubauen und vielleicht auch ein paar Kräuter für die Küche.

»Scheiße«, sagte Kubitsch noch einmal, um sein Mitgefühl auszudrücken. »Was machst du jetzt?«

»Was soll ich schon machen? Ich war bei der Polizei und habe Anzeige erstattet. Aber die können mir natürlich auch nicht helfen. Es werden ja ständig Autos gestohlen, haben die mir gesagt. Weißt du, das kommt nur von der Grenzöffnung! Früher gab's das nicht.«

»Aber du bist doch versichert«, sagte Kubitsch.

»Ja klar, das Geld bekomme ich zurück. Aber der ganze Ärger und der Schreibkram. Kannst du mir da helfen? Du bist doch Journalist.«

»Gerne«, sagte Kubitsch. Die Aussicht, unverständlich formulierte Fragen auf vielseitig gefalteten Formblättern auszufüllen, war für Kubitsch ein Graus. Aber Heidi würde sich bestimmt mit etlichen Gratispizzen revanchieren. Das versöhnte ihn.

12. September 2001
22:27 Uhr

Kubitsch kam müde und mit ausreichend Bier im Bauch nach Hause. Im Treppenhaus drückte er auf den Lichtschalter. Als die Neonlampe aufflammte, sah er Sandra auf den Stufen sitzen. Der enge Rock war weit über ihre runden Knie gerutscht. Kubitsch wusste sofort, dass sie seine Hilfe brauchte. Sie hatte noch nie auf ihn gewartet. Sie kam gelegentlich vorbei, und wenn er nicht zu Hause war, hinterließ sie allenfalls eine kurze Nachricht auf einem kleinen Zettel: »Ruf mich an!« Kein Gruß, kein Name, schon gar kein Bitte. So war sie eben.

Und jetzt hockte sie verloren wie ein ausgesetztes Kätzchen im Dunkeln auf der Treppe vor seiner Wohnungstür. Kubitsch hatte das Gefühl, es könnte vielleicht doch wieder werden wie früher.

»Hallo«, sagte er zu Sandra, »was machst du denn hier?«

»Du hast schon wieder deine Cowboystiefel an«, antwortete Sandra. »Weißt du eigentlich, wie lächerlich du damit aussiehst?«

Kubitsch wusste, dass Sandra Cowboystiefel nicht mochte. Aber er hatte nicht damit gerechnet, Sandra an diesem Abend zu sehen.

»Warum hattest du heute den ganzen Tag dein Handy ausgeschaltet?«, fragte er.

»Die Bullen haben mich den ganzen Tag verhört. Was ist? Willst du nicht endlich die Tür aufsperren? Oder soll ich dir die ganze Geschichte hier im Treppenhaus erzählen?«

Kubitsch beeilte sich, den Schlüssel ins Schloss zu stecken und umzudrehen. Sandra griff über seinen Arm hinweg auf die Klinke und öffnete die Wohnungstür. In der Diele kickte sie ihre Pumps in eine Ecke und ging barfuß ins Wohnzimmer. Dort warf sie sich auf das Sofa und fragte Kubitsch, was er zu trinken da habe?

Kubitsch kannte ihren Geschmack und hatte vorsichtshalber immer eine Flasche Prosecco im Kühlschrank und zwei saubere Sektgläser im Küchenschrank. Sandra trank nur Prosecco. Und sie bestand auf sauberen Gläsern.

Kubitsch ging in die Küche und kam mit den beiden Sektflöten und der geöffneten Flasche zurück ins Wohnzimmer.

»Jetzt erzähl erst mal in aller Ruhe. Was ist denn passiert?«, sagte er, während er den Prosecco über den dünnen Glasrand rinnen ließ. Nach Heidi Dambergers Pizza und dem vielen Bier hatte er eigentlich keinen Appetit auf Wein. Aber Kubitsch begriff, dass Sandra heute Abend seine Hilfe nötig hatte.

»Ich hab dir doch erzählt, dass die Polizei mich in Verdacht hat!«

Das hatte sie natürlich nicht, aber Kubitsch hatte keine Lust auf überflüssige Diskussionen, wer denn nun schon und wer nicht. Daher sagte er: »Aber warum denn bloß?«

»Weil ich eine Ausländerin bin. Begreifst du denn gar nichts?«

»Das redest du dir nur ein. Ich war doch heute auf der Pressekonferenz. Die Polizisten denken, dass Neumann von einem Stricher umgebracht wurde. Ehrlich, das kannst du mir glauben.«

»Wieso von einem Stricher?«, fragte Sandra ein wenig überrascht.

»Das wollte ich eigentlich von dir wissen. War Neumann schwul?«

»Naja, da gab's schon ein paar Gerüchte. Aber das ist doch Unsinn! Was war denn sonst noch auf deiner Pressekonferenz?«

»Eigentlich nichts. Die haben noch keine Ahnung.«

»Und wie kommen die auf einen Stricher?«

»Jemand hat Neumann nachts auf dem Kapuzinerplatz gesehen.«

»Ja und?«

»Auf dem Kapuzinerplatz stehen nachts manchmal Stricher rum.«

»Und das ist alles?«

»Ich glaube schon.« Kubitsch war sich plötzlich selbst nicht mehr so sicher, ob das mit dem Kapuzinerplatz eine so tolle Nachricht war.

»Hast du eigentlich gewusst, dass Neumann einen Porsche fuhr?«

»Einen Sportwagen?«

»Ja, einen weißen Porsche.«

»Nein«, antwortet Sandra, »ich habe gar nicht gewusst, dass Waldemar überhaupt ein Auto hatte. Ist das wichtig?«

»Vielleicht. Ein Porsche kostet ein Heidengeld. Da fragte man sich doch, wo er die Kohle her hatte. Neumann war doch auch nur ein Assistent.«

»Ich hab dir doch von den Leuten erzählt, die ihn in letzter Zeit öfter besucht haben«, sagte Sandra und nippte an ihrem Glas. Der Prosecco hatte sie offensichtlich deutlich entspannt. Jedenfalls klang ihre Stimme nicht mehr so aggressiv wie vorhin.

»Glaubst du, dass Waldemar von denen Geld bekommen hat? Für sein weißes Sportauto zum Beispiel?«, fragte sie.

Kubitsch dachte nach. Der Gedanke gefiel ihm. Das war gestern sogar sein erster Gedanke gewesen, als ihm Sandra von dem Mord erzählt hatte. Nur klang das zunächst zu sehr nach einer Revolvergeschichte. Aber langsam lief die Story rund wie ein neuer Volvo. Dieses Milchgesicht Neumann hatte vielleicht irgendetwas Vernünftiges erfunden, irgendetwas mit Computern. Und das wollte er unter der Hand verscherbeln. Pachmayr war ihm auf die Schliche gekommen. Deshalb wollte er ihn feuern.

»Sag mal, hast du eigentlich gewusst, dass euer Prof diesem Neumann gekündigt hatte?«, fragte Kubitsch.

»Wer? Pachmayr?«, fragte Sandra verständnislos zurück.

»Na klar, wer sonst?«

»Das halte ich für ein totales Gerücht. Wo hast du das denn her?«

»Von Neumanns Eltern.«

»Wie kommst du zu Neumanns Eltern?«

»Mit der Trambahn. Die wohnen in München. Hast du das nicht gewusst?«

»Nein. So gut kannte ich Waldemar auch wieder nicht.«

»Ihr seid doch ständig wegen dieser Sarajevo-Geschichte zusammengehockt. Hat er dir denn nie was Privates von sich erzählt? Er war doch dein Kollege. Da spricht man doch miteinander. Da kennt man sich doch!«

»Tut mir leid, ich habe es nicht gewusst. Wir haben miteinander gearbeitet. Da hat man keine Zeit für solchen Kinderkram.«

Kubitsch war sich nicht recht sicher, was er davon halten sollte. Aber dann fiel ihm ein, dass er über die meisten seiner Kollegen auch nicht viel wusste: »Also du hattest keine Ahnung, dass Pachmayr und Neumann über Kreuz waren?«

»Was meinst du mit: über Kreuz waren?«

»Dass sie sich zerstritten hatten!«

»Nein, davon hatte ich keine Ahnung. Kann das mit den Männern zu tun haben, die ich in letzter Zeit bei Waldemar gesehen habe?«

»Schon möglich. Ist dir denn zu denen noch was eingefallen?«

»Ja, die sprachen miteinander Bosnisch.«

»Neumann kam doch aus Russland. Wieso sprach der Bosnisch?«

»Waldemar kam aus Kasachstan, aber für einen, der Russisch kann, ist Bosnisch ganz leicht zu verstehen.«

»Sag mal, Sarajevo liegt doch in Bosnien? Oder täusche ich mich?«

»Nein, nein, das stimmt schon. Sarajevo liegt in Bosnien.«

»Hatten die Typen vielleicht etwas zu tun mit eurer *Sarajevo Society*?«

»Ausgeschlossen, dann hätte ich sie ja gekannt. Nein, das waren mit Sicherheit keine Wissenschaftler, Das waren ganz harte Kerle. Die sahen wie richtige Kriminelle aus.«

»Das hast du gestern nicht gesagt.«

»Das ist mir erst heute wieder eingefallen. Deshalb habe mich doch die ganze Zeit so gewundert, was die bei Waldemar wollten.«

Kubitsch war zufrieden. Das würde Stachel verdammt juicy finden. Das war eine Geschichte, die war so richtig sexy, dachte Kubitsch. Er brauchte nur noch ein paar Fakten. Aber die müssten sich beschaffen lassen. Kubitsch sah Sandra in die Augen. Sie lächelte, und sie zog ihre Beine ein wenig stärker an, sodass ihr Rock noch eine Spur weiter über ihre kräftigen Oberschenkel rutschte. Und sie lächelte, als habe sie das selbst gar nicht bemerkt.

13. September 2001
8:55 Uhr

Der Donnerstag begann mit kaltem Regen. Kubitsch hatte es eilig, in die Redaktion zu kommen. Er wollte einige Fehler, die er am Vortag gemacht hatte, auswetzen. Dazu musste er erst einmal lesen, was die anderen Zeitungen über den Mord an Waldemar Neumann schrieben. Vor dem Verlagsgebäude parkte ein dunkler Mercedes mit einem blonden, kräftigen Mann am Steuer. Kubitsch hatte beide schon einmal gesehen, aber er wusste nicht wo. Vielleicht stand das Auto öfter vor dem Haus, und es war ihm bislang nur nicht aufgefallen?

Der Pförtner blickte kurz auf und murmelte ein muffiges »Guten Morgen«. Kubitsch kümmerte sich nicht darum und stieg in den ersten Stock hinauf, wo sich die Lokalredaktion befand. Einer der Redakteure saß schon an seinem Schreibtisch und kaute Weißbrot, das er in kleinen Häppchen aus einer Papiertüte zupfte. Kubitsch fühlte sich unbeobachtet und suchte zunächst seinen Artikel in der heutigen Ausgabe.

Stachel hatte wie erwartet den Titel umgeschrieben: »Bluttat in der Uni – wer steckt dahinter?«, hieß er jetzt. Stachel liebte Überschriften mit Fragezeichen. Wahrscheinlich machte man das in Berlin so, dachte Kubitsch. Aber sonst war sein Text völlig unverändert.

Dann blätterte Kubitsch die anderen Zeitungen durch. Er stellte fest, dass die Konkurrenz nichts Neues über den Neumann-Mord herausgefunden hatte. Mehr oder weniger hatten alle nur die Pressemitteilung der Polizei abgeschrieben.

Unterdessen trudelten weitere Kollegen ein. Sie sahen alle ein bisschen verkatert aus. Vielleicht steckte ihnen noch die Aufregung der beiden vergangenen Tage in den Knochen. Vielleicht waren sie aber gestern Abend nach Redaktionsschluss in der *American Bar* versackt, die nur eine Straße weiter lag und in der die Redakteure gern feierten, weil sich dort gelegentlich ein paar Promis sehen ließen.

Kubitsch griff zum Telefonhörer. In der Pressestelle des Innenministeriums arbeitete ein Bekannter von ihm, der etwas über den Neumann-Mord wissen konnte. Jerry McCraven hatte jahrelang in Frankfurt als Polizeireporter gejobbt und als Sohn eines farbigen GI schwarzes Kraushaar und eine ziemlich dunkle Hautfarbe. Irgendwann hatte er die Nase davon voll gehabt, jede Nacht mit einer schwer bepackten Kameraausrüstung von Tatort zu Tatort zu hetzen. Als ihm schließlich ein Zuhälter androhte, ihm die Ohren abzuschneiden, suchte sich Jerry einen ruhigeren Job in München. Sein Faible für große und kleine Gauner hatte er sich an seinem neuen Arbeitsplatz bewahrt.

Es summte ziemlich lange in der Leitung, dann meldete sich McCraven.
»Hallo, ich bin's, Arthur«, sagte Kubitsch, »wie geht's denn so?«
Kubitsch hasste es, mit der Tür ins Haus zu fallen. Lieber redete er erst eine Weile um den Brei herum.
»Hallo, hallo, hallo«, antwortete McCraven, offenbar von Kopf bis Fuß auf Kommunikation eingestellt. »Was verschafft mir das Vergnügen?«
Kubitsch stellte sich das runde Mischlingsgesicht vor, aus dessen Mund die Worte in hessischem Singsang nur so sprudelten. »Schlägst du dich noch immer als Zeilenknecht durchs Leben?«
Was sollte Kubitsch antworten? Dass er auch gern einen ruhigen Job hätte, bei dem man am Monatsende eine Stange Geld aufs Konto bekommt? Da würde es ihn nicht bekümmern, als Angestellter den Launen des Chefs schutzlos ausgeliefert zu sein. Alles erschien ihm seit Wochen besser als die Freiheit eines Freelancers.
Aber Kubitsch fragte nur: »Sag mal, hast du was von dem Mord an diesem Waldemar Neumann gehört? Du weißt schon, den sie vorgestern in der TU gefunden haben.«
»Der Jungphysiker, dem man den Bauch aufgeschlitzt hat?«
McCraven wusste also Bescheid. Das hatte Kubitsch allerdings erwartet. Die morgendliche Zeitungslektüre gehörte für einen Pressesprecher zum Tagesgeschäft, und als ehemaliger Polizeireporter las McCraven mit Sicherheit jede Revolverstory.
»Richtig«, sagte Kubitsch und wartete darauf, dass McCraven munter weiterplauderte.
»Die Sache ist gediegen«, meinte McCraven, aber aus seinem Mund klang es mehr nach: »Die Sache is gediesch'n«, mit einem ganz langen »i«. »Ich habe heute Morgen schon eine halbe Stunde mit Mucker telefoniert. Der lacht sich krumm und bucklig über euch!«
Kubitsch begriff nicht: »Über wen?«
»Über euch Reporter-Pfeifen. Über wen denn sonst?«

Kubitsch überlegte kurz, was gestern auf der Pressekonferenz schief gelaufen sein könnte. Alle hatten knallharte Fragen gestellt, fand Kubitsch. Und die Zeitungsartikel, die er heute Morgen gelesen hatte, waren auch tadellos. Schließlich hatte sich jeder gewissenhaft an die Pressemitteilung gehalten, die Lammer verteilt hatte.

»Was findet Mucker so lustig?«, fragte Kubitsch nach einer Weile ins Telefon. Er spürte, dass sich McCraven köstlich amüsierte.

»Ist denn keiner von euch Schlaumeiern auf die Idee gekommen, nach der Tatwaffe zu fragen?«

McCraven genoss die kurze Sprechpause, die nun entstand. Daran hatte Kubitsch tatsächlich noch nicht gedacht.

»Tatwaffe? Ein Messer halt. Neumann wurde erstochen«, sagte Kubitsch noch immer verunsichert.

McCraven lachte schallend, dann wiederholte er gespielt naiv: »Ein Messer halt. Mensch Arthur! Das ist doch die entscheidende Frage. Lass dir was von einem alten Profi sagen: Wer die Tatwaffe hat, hat auch den Täter. Jedenfalls meistens. Zumindest oft.«

Kubitsch fand, dass McCraven ziemlich übertrieb. Messer ist Messer, dachte Kubitsch. Aber McCraven wusste offenbar mehr. Deshalb fragte er ihn: »Was ist mit dem Messer?«

»Die Polizei hat es gefunden. In einem Mülleimer in der Nähe der Uni.«

Kubitsch war verdutzt. Das hätte Mucker auf der Pressekonferenz eigentlich von sich aus mitteilen können. Es gab keinen Grund für diese Geheimniskrämerei.

»Woher weiß man, dass dieses Messer die Tatwaffe ist?«, fragte Kubitsch, nur um zu beweisen, dass auch er sich nichts vormachen ließ.

»Gentest«, antwortete McCraven. »Sie haben die Blutspuren auf dem Messer mit dem Blut Neumanns verglichen.«

Kubitsch zog die Luft hörbar durch die Nase: »Ach so, Gentest. Und was ist das für ein Messer?«

»Endlich, Arthur, das ist 'ne gediesch'ne Frage!«

Kubitsch begann, sich über McCraven zu ärgern. Der hatte seinen Hintern im Trockenen, verschickte ab und zu eine lieblos geschriebene Pressemitteilung seines Ministers übers Internet und brauchte sich nicht ständig zu überlegen, woher das Geld für die Miete kommt. Und jetzt spielte er den Oberschlauen, nur weil ihm ein drittklassiger Sheriff einen Tipp gegeben hatte.

»Also raus mit der Sprache! Was ist mit dem Messer?«, bohrte Kubitsch ungeduldig weiter.

»Das Messer ist ein Bajonett. Und zwar eines der alten Sowjetarmee. Gab's nur im Ostblock. Passt auf 'ne Kalaschnikow. Bingo?«
McCraven genoss jeden Satz. Aber bei Kubitsch machte nichts »bingo«: »Ja und? Ist es eben aus der alten Sowjetunion!«
»Mensch, Arthur, denk doch mal mit! Wo soll bei uns so eine Waffe herkommen? Das ist doch eine ganz heiße Spur.«
»Schon einmal was von der DDR gehört. Dort sind die Sowjets vierzig Jahre lang rumgeturnt, und zwar nicht mit Hula-Hoop-Reifen, sondern mit richtigen Schießgewehren. Und die DDR-Soldaten, die hatten doch auch Kalaschnikows mit passenden Bajonetten. Glaubst du nicht, dass in Ostdeutschland jede Menge von dem Schrott rumliegt?«
Jetzt machte McCraven eine Pause. Kubitsch nutzte die Gelegenheit, seinem Ärger von vorhin weiter Luft zu machen: »Das habt ihr euch ja schön ausgedacht, du und dieser Mucker. Sowjetbajonett!«
Kubitsch sagte »Sofjetbajonett«, damit das Wort möglichst verächtlich klang. »Wenn du nicht mehr zu bieten hast, dann danke ich dir für deine sachdienlichen Hinweise, Jerry«, verabschiedete sich Kubitsch mit einem Lachen, das möglichst nicht gespielt klingen sollte.

Er hatte seinem Kumpel den Vormittag gründlich verdorben. Für den Rest des Tages würde McCraven seine Infos etwas zurückhaltender verbreiten, hoffte Kubitsch. Aber insgeheim gab er McCraven völlig recht: Natürlich war ein sowjetisches Bajonett für einen Mord in München eher ungewöhnlich. So etwas konnte man nicht einfach in irgendeinem Laden kaufen. Vor allem aber schleppte niemand ein Bajonett in der Hosentasche mit, als sei es ein Schweizer Armeemesser.

Kubitsch konnte sich keinen rechten Reim darauf machen, aber eins schien ihm immer wahrscheinlicher zu werden: Wer Neumann erstochen hatte, hatte die Tat geplant. Mord aus Leidenschaft kam für Kubitsch damit kaum noch in Frage. Blieben Habgier oder Rache als Motiv. Aber was sollte es bei einem Uni-Assistenten aus kleinen Verhältnissen zu holen geben? Und was konnte so einer auf dem Kerbholz haben, dass sich jemand an ihm blutig rächen wollte?

Kubitsch notierte das Wort »Bajonett« auf seinem Block und steckte das Notizbuch in die Jacke. Stachel war noch nicht da. Offenbar erholte auch er sich noch vom gestrigen Tag. Aber Kubitsch wusste auch so, was er zu tun hatte. Abgesehen davon, verspürte er wenig Lust, seinem Chef in die Arme zu laufen, und machte sich auf den Weg. Er war zum Frühstücken mit James Eckstein im *Roma* verabredet.

13. September 2001
10:37 Uhr

Obwohl es immer noch leicht regnete, saßen die meisten Gäste des *Roma* im Freien unter den großen Sonnenschirmen und lauschten dem Rauschen der vorbeifahrenden Autos. Mit Eckstein verband Kubitsch die Liebe zum Rock'n'Roll und dass er im vergangenen Jahr über ihn eine Reportage geschrieben hatte, als Jimmy zusammen mit den *Beach Boys* bei einem Reunion-Konzert in Hamburg auftrat.

Eckstein stammte aus Kalifornien und war in den Sechzigerjahren in München gestrandet. Damals galt Schwabing als Mekka der bayerischen Hippies, und Arnold Schwarzenegger träumte in einer kleinen Wohnung in der Nähe des Isartors von einer Karriere in Hollywood. Eckstein hatte Schwarzenegger zwar nie kennengelernt, aber er wusste, wo sich das Fitnessstudio befand, in dem der große Arnie damals seine Muckis trainierte. Jimmy erklärte das jedes Mal so überzeugend, als sei er Schwarzeneggers bester Freund gewesen.

Wenn hübsche, junge Männer zuhörten, erzählte er sogar von wilden Autofahrten auf der Leopoldstraße in Schwarzeneggers türkis lackiertem 58er Opel Rekord mit weißem Dach. Natürlich war kein Wort davon wahr, und die Zeit, in der Eckstein bei hübschen, jungen Männern landen konnte, war längst vorbei. Aber trotz der vielen Jahre, die seither vergangen waren, hatte sich James Eckstein in einem Punkt nicht verändert: Er hoffte noch immer auf einen Plattenvertrag, der ihn über Nacht berühmt machen würde, so berühmt wie den Terminator.

An diesem Tag wollte Eckstein aber nicht über seine nächsten Karriereschritte reden, sondern über die Attentate in den USA. »Ich kann es immer noch nicht fassen. Hast du es im Fernsehen gesehen?«

Kubitsch dachte an den Dienstagabend, als er mit Sandra in seiner Wohnung gehockt und sich ihre Geschichte über Waldemar Neumann angehört hatte. Aber trotzdem hatte er die Bilder vom qualmenden New York gesehen. Als Sandra gestern bei ihm war, war das für ihn schon kein Thema mehr gewesen. Am Nachmittag wollte Kubitsch versuchen, Sandra in der Uni zu finden. Er hatte noch ein paar Fragen.

»Ich habe es erst ganz spät erfahren, erst abends von Al Jones«, sagte Eckstein. »Er fragte mich, ob unter den Toten Freunde von mir sind.« Kubitsch hatte ursprünglich auch zum Konzert der *Al Jones Blues Band* in den *Bayerischen Hof* gehen wollen, aber dann aus Rücksicht auf Sandra darauf verzichtet. Amüsant fand es Kubitsch, dass Eckstein selbst jetzt keine Chance verpasste, so zu tun, als sei er mit allen Rock'n'Rollern dieser Welt dick befreundet. »Ich habe Al gesagt, ein paar aus meiner Familie leben zwar in Washington, aber weit vom Pentagon entfernt.«

Trotz seiner rund fünfunddreißig Jahre in München presste Eckstein die deutschen Worte hervor, als habe er gerade einen gewaltigen Bissen Big Mac im Mund: »Ik habe Äl gesagt, ein paar aus mainer Familie läben zwar in Washington, aber wait vom Pentagon öntförnt.«

»Hast du mit denen schon telefoniert?«, wollte Kubitsch wissen.

»Nein. Keine Chance. Alle Leitungen sind tot«, antwortete Eckstein. Kubitsch dachte an Eva Glaschke, die sich zurzeit irgendwo in New York rumtrieb, sofern ihr nicht einer der Twin Towers aufs Haupt gestürzt war. Jedenfalls fand er es beruhigend, dass auch Eckstein noch keinen Kontakt zu seiner amerikanischen Verwandtschaft hatte.

»Gestern habe ich den ganzen Tag im Internet gesurft. Ich wollte mir selbst ein Bild von der Sache machen und von dem, was jetzt kommt. Bush lässt sich das nicht gefallen. Okay?«

Kubitsch verstand. Es würde Krieg geben. Allerdings weit weg von Europa. Ihn brauchte das nicht weiter zu beunruhigen. Er interessierte sich nicht für die toten Amerikaner, nur für den toten Waldemar Neumann. Trotzdem fragte er: »Und, wie geht es weiter? Was glaubst du?«

»Es wird eine längere Kampagne gegen den Terrorismus geben. Wir werden sie ausräuchern. Weißt du, was ich denke? Aber der Westen steht zusammen. Ihr Deutschen seid so toll.« Bei diesem Satz legte Eckstein seine Hand auf Kubitschs Unterarm. »Ihr seid so toll. Ihr seid so solidarisch mit uns. Das werden wir euch nie vergessen.«

Kubitsch presste die Lippen aufeinander und nickte leicht mit dem Kopf. Es war ein gutes Gefühl, von den Amerikanern gebraucht zu werden. »Klar«, versprach er, »ihr könnt euch auf uns verlassen.«

»Weißt du, Arthur, das Wichtigste ist jetzt, dass wir bei unserem way of life bleiben. Sonst hätten die Terroristen gewonnen. Aber denk mal an die Pioniere, die jetzt aus dem ganzen Land nach New York City fahren, um zu helfen. Die Freiheit siegt immer.«

Eckstein war von seinen eigenen Worten tief bewegt. Kubitsch auch ein bisschen.

»Ja, das sehe ich genauso«, sagte er ein wenig unbeholfen. »Aber mal eine ganz andere Sache. Sagt dir der Name Waldemar Neumann etwas?«

Eckstein überlegte kurz: »So ein schlanker Blonder? Der kam früher ab und zu in den Club. Wieso?«

»Den haben sie am Dienstag in seinem Büro erstochen. Ich schreibe gerade eine Story darüber«, sagte Kubitsch.

»Verdammt«, zischte Eckstein, »das war ein so hübscher Kerl.«

Kubitsch hielt es für ziemlich normal, dass Eckstein einen völlig anderen Geschmack als er hatte, wenn es um junge Männer ging.

»In letzter Zeit hast du ihn also nicht mehr gesehen?«

»Nein, der hatte einen neuen Freund.« Kubitsch blickte ziemlich entgeistert, und Eckstein grinste über das ganze Gesicht. »Das war die ganz große Liebe. Herrlich! Aber der Typ war furchtbar eifersüchtig. Und außerdem war er verheiratet. Schwierige Sache.«

Kubitsch brauchte ein paar Augenblicke, bis er das alles verdaut hatte. Die »große Liebe« – das klang nach einem der Fortsetzungsromane, die früher in Tageszeitungen abgedruckt wurden und die seine Großmutter jahrelang ausgeschnitten und gesammelt hatte. Aber damals ging es bei der »großen Liebe« ausschließlich um Männer und Frauen. Freilich, warum sollte es nicht auch unter Homos die große Liebe geben, sagte sich Kubitsch. Die Zeiten ändern sich. Einen Mord aus Leidenschaft schloss er allerdings aus, seit ihm McCraven den Tipp mit dem Bajonett gegeben hatte. Trotzdem fragte er weiter: »Hast du den neuen Freund mal kennengelernt?«

Eckstein strahlte: »Ein Traum. Pechschwarze kurze Haare. Und so ein Hintern.« Eckstein hielt seine betenden Hände hoch, bis gerade einmal ein Tennisball dazwischen gepasst hätte. Kubitsch hielt diese Beschreibung weder für besonders realistisch, noch für sehr hilfreich. Im Grunde hätte sie auch für Eva Glaschke zugetroffen. Und für die hätte sich Eckstein bestimmt nicht erwärmt. In diesem Punkt war sich Kubitsch absolut sicher. Und Neumann auch nicht, wie er mittlerweile herausgefunden hatte.

»Weißt du, wie er heißt?«

»Keine Ahnung. Peter, Friedrich, Joachim, Ralf, was weiß ich, wie Deutsche halt so heißen. Ich habe nie mit ihm gesprochen.«

»Hast du eine Ahnung, wer das wissen könnte?«

»Na klar kenne ich einen, der das ganz genau wissen müsste.« Eckstein grinste wie der Frosch in einem amerikanischen Zeichentrickfilm: »There were goings-on which you obviously aren't aware of.« Dass Kubitsch den Satz nicht verstand, freute Eckstein noch mehr. Dann wiederholte er ihn auf

Deutsch: »Da sind Dinge vorgefallen, von denen du offenbar nichts weißt. Waldemars Ex sollte den Namen kennen.«

»Ja und ...« Kubitsch verlor allmählich die Geduld. »Sag schon! Wie heißt er?«

»Professor Sebastian Pachmayr«, antwortete Eckstein genüsslich.

13. September 2001
12:52 Uhr

Sandra hockte wie eine Glucke vor dem Computer in ihrem Büro. Sie trug wieder ein teures, aber für ihre Figur viel zu enges Kostüm. Kubitsch fragte sich, wie viele davon sie wohl in ihrem Schrank hängen hatte. Sie sah keineswegs überrascht aus, als Kubitsch zur Tür hereinkam, allenfalls ein wenig genervt. Aber das tat sie in letzter Zeit immer, wenn sie ihn sah.

»Was ist denn?«, sagte sie statt eines Grußes.

»Warum hast du mich heute nicht angerufen?«, fragte Kubitsch zurück. Er war erstaunt über ihre Kälte. Noch vor kurzem hatte sie nicht genug von ihm bekommen können. Das war jedenfalls sein Eindruck gewesen.

»Es gab nichts Neues. Außerdem habe ich ziemlich viel um die Ohren, wie du siehst«, antwortete Sandra.

Kubitsch sah nichts. Ihr Schreibtisch war völlig leer. Nicht einmal ein Foto hatte sie darauf stehen. Alles, was sie zum Arbeiten brauchte, war in ihrem Computer gespeichert.

»Mein Aktenordner ist auch nicht wieder aufgetaucht. Ich frage mich nur, wer den gestohlen hat? Damit kann doch keiner was anfangen!«

Kubitsch nickte, um Verständnis zu signalisieren. Sandra kam seit einiger Zeit immer wieder auf diesen gestohlenen Ordner zu sprechen. Aber sie sagte nie, was sie darin abgeheftet hatte.

»Was redet man so über Waldemar Neumann?«, fragte Kubitsch. Sandras dämlicher Aktenordner war ihm nämlich ziemlich egal.

»Da kümmert sich jetzt die Polizei drum«, sagte Sandra.

»Ich denke, die verdächtigt dich. Hast du gestern gesagt.«

»Das war gestern. Jetzt suchen sie doch diesen Stricher. Oder hast du gestern wieder bloß Blödsinn gequatscht?«

Kubitsch verkniff sich eine Antwort. Stattdessen fragte er: »Warum hast du mir nicht gesagt, dass Neumann schwul war?«

»Du hast mich nicht gefragt.«

»Doch, das habe ich«, sagte Kubitsch. »Ich habe dich gestern gefragt, ob du wusstest, dass Neumann schwul war.«

»Ja und? Ist doch nix Besonderes, wenn einer schwul ist.«

»Und dass Neumann euren Pachmayr gefickt hat?«

»Das hat jeder gewusst«, antwortete Sandra gelangweilt. Kubitsch wunderte sich über ihre Gelassenheit. Bislang war sie ihm nicht durch nennenswerte Toleranz aufgefallen. Im Gegenteil, über Homos redete Sandra, als seien sie Angehörige einer niederen Tierart, die nur im Westen vorkommt. Bei ihr zu Hause auf dem Balkan gab es das nicht. Jedenfalls hatte Kubitsch diesen Eindruck, wenn er ihr zuhörte.

»Warum hast du es mir dann nicht längst erzählt?«, fragte Kubitsch.

Sandra zuckte mit den Schultern: »Ist doch uninteressant.«

»Das finde ich nicht«, antwortete Kubitsch. »Vielleicht wurde Neumann ja von einem seiner Buben ermordet.«

»Blödsinn«, sagte Sandra. »Die sind doch viel zu friedlich, um sich gegenseitig weh zu tun. Die haben doch alle Angst vor Schmerzen. Was kümmerst du dich überhaupt um die Sache?«

»Rein beruflich. Ich soll darüber eine Geschichte schreiben.«

Sandra reagierte nicht. Journalismus war für sie kein Beruf. Jedenfalls keiner, den ein vernünftiger Mensch ausübte. Früher in Bulgarien oder sonst wo im Ostblock, da hatten Journalisten Macht. Aber hier im Westen ging es doch nur darum, die Leser zu verdummen.

»Ich finde nicht, dass das Blödsinn ist«, sagte Kubitsch. »Schon gar nicht, wenn ich daran denke, dass Neumann mit Pachmayr Schluss gemacht hat. Er hatte nämlich einen neuen Stecher.«

Sandra starrte Kubitsch überrascht an. Offenbar hatte sie vom Ende des professoralen Liebesglücks noch nichts gewusst.

»Ach so«, entfuhr es ihr nach einer Schrecksekunde. »Ich habe schon gemerkt, dass es zwischen den beiden nicht mehr so recht stimmte.«

»Als ich dich gestern gefragt habe, ob die beiden über Kreuz waren, da hast du davon nichts gewusst.«

»Das war gestern. Da habe ich nicht daran gedacht.«

»Und noch etwas: Dein hochverehrtes Neumännchen war bei den Studenten nicht gerade beliebt!«

Sandra legte ihre kräftigen Oberschenkel mit einer sehr langsamen Bewegung übereinander. Sie trug heute keine Pumps, sondern schwarze Sandalen mit sehr dünnen Riemchen und hohen Absätzen. Ihre Zehennägel hatte sie genauso dunkelrot lackiert wie sonst nur ihre Fingernägel. Kubitsch wunderte sich, dass sie ihn plötzlich so freundlich anlächelte.

»Das ist schon wahr«, sagte sie. »Ich habe mich auch oft gewundert, dass er die jungen Leute so hart anpackt. Aber glaub mir, die guten Studenten haben sich darum geprügelt, zu ihm ins Seminar zu dürfen. Bei Waldemar haben sie nämlich wirklich etwas gelernt.«

»Ich habe gehört, er hat sie reihenweise durchfallen lassen.«

»Natürlich hat Waldemar viel verlangt. Er war eben ein echter Crack. Er wollte hier am Institut nur die Besten haben. Da konnte er nicht jeden durchkommen lassen. Aber dass er sie reihenweise rausgeprüft hätte, kann man wirklich nicht behaupten. Ganz im Gegenteil.«

»Aber er hat sie rausgeprüft?«

»Er wollte eben nur die Besten hier haben«, wiederholte Sandra. »Ich habe auch schon darüber nachgedacht, ob vielleicht einer von denen ...« Sie sprach den Satz nicht zu Ende.

»Du willst sagen, ob einer von denen ausgeflippt ist?«

»Ausgeschlossen ist das nicht. Oder was meinst du? Du bist doch Journalist. Du hast doch da Erfahrung.«

Kubitsch fand, das hätte Sandra längst schon einmal erkennen können. Er zog kurz die Luft durch die Nase, um noch einen Augenblick Zeit zum Überlegen zu haben. Dann sagte er: »Die Polizei hat übrigens die Tatwaffe gefunden. So ein Bajonett, wie es die Soldaten bei euch früher hatten. Eines, das auf eine Kalaschnikow passt.«

»Wir haben hier auch eine Menge Studenten aus Osteuropa«, sagte Sandra schnell. »Solche Bajonette gibt es noch viele bei uns.«

»Woher weißt du das?«, fragte Kubitsch.

»Ich komm doch von dort. Ich kenn mich aus.«

»Dann meinst du, das sei kein Problem für einen eurer Studenten, sich so ein Ding zu beschaffen?«

»Das ist für niemanden ein Problem. So ein Messer kann sich jeder besorgen. Wo lebst du denn? Das ist doch nicht mehr so wie früher, als alle Grenzen dicht waren«, sagte Sandra.

Kubitsch überlegte kurz. Sandra hatte wahrscheinlich recht.

»Hat man auf dem Messer Fingerabdrücke gefunden?«, fragte sie.

Natürlich hatte Kubitsch bei seinem Gespräch mit McCraven daran nicht gedacht. Solche Fehler passierten ihm häufig. Er ärgerte sich über sich selbst. Zu Sandra sagte Kubitsch: »Ach, Fingerabdrücke! Das ist heute nicht mehr so entscheidend. Wichtiger sind jetzt diese DNA-Analysen. So mit Erbgut und so. Verstehst du?«

»Und, hat man da was gefunden?«

»Nur das Blut von Neumann. Deswegen wissen die ja so genau, dass es die Tatwaffe war. Sonst hat man nichts gefunden«, sagte Kubitsch. Er hoffte, damit recht zu haben. McCraven hatte weiter nichts erzählt. Sandra schenkte Kubitsch ein warmes Lächeln. Vielleicht ahnte sie doch, was sie an ihm hatte, dachte er.

»Kannst du mir denn ein paar Namen nennen? Von denen, die bei ihm durchgefallen sind? Bei Neumann, meine ich«, fragte Kubitsch.

»Selbstverständlich. Das waren doch nur ganz wenige. Zwei oder drei im letzten Semester.«

»Weißt du, wie sie heißen?«

Sandra überlegte: »Einer hat mir besonders leid getan. Dragan Miroschnikow. Der stammt wie ich aus Bulgarien. Aber der war die meiste Zeit beim Kellnern in der Kneipe, um sich ein bisschen Geld dazuzuverdienen. Die Studenten aus dem Osten haben es einfach schwer. Und der andere, das war einer mit so 'ner langen Mähne. Der war mehr beim Demonstrieren als in der Uni. Gegen die Globalisierung. Ich weiß auch nicht, warum man sich wegen so einem Scheiß die Karriere verbaut. Der hieß Gelfert. Thomas Gelfert, glaube ich.«

Kubitsch schrieb die beiden Namen in sein Notizbuch. Sandra beobachtete ihn dabei. Sie wollte mit Sicherheit nicht in die Sache hineingezogen werden. Kubitsch verstand das. Umso anständiger fand er es von ihr, dass sie ihm trotzdem half.

»Was machst du heute Abend?«, fragte er.

»Tut mir leid«, antwortete sie. »Ich habe heute keine Zeit. Ich habe hier zu tun. Mir fehlen zwei Tage. Ständig die Polizei, da bin ich zu nichts Vernünftigem gekommen.«

»Aber jetzt lassen sie dich in Ruhe?«

»Zum Glück! Ich werde hier ja für das Arbeiten bezahlt. Ich bin doch nicht die Auskunft.«

Kubitsch nickte verständnisvoll. So ist das eben zwischen Männern und Frauen, dachte er. Zumindest wenn beide berufstätig sind. Vielleicht würde er heute Abend Jana Neumann anrufen. Eventuell auch erst morgen, falls Sandra dann wieder keine Zeit haben sollte. Heute war er bei Guido und Hannelore Gruber eingeladen, bei denen es immer Tipps für Aktiengeschäfte gab.

13. September 2001
13:29 Uhr

Pachmayrs Büro lag direkt gegenüber. Es war aber dreimal so groß wie die Kämmerchen, in denen die Assistenten untergebracht waren. Das hatte Kubitsch bei seinem gestrigen Besuch bei Sandras Professor festgestellt. Er klopfte und öffnete die Tür, ohne auf ein »Herein« zu warten.

Pachmayr hob den Kopf und brummte unfreundlich: »Jetzt nicht!«

Kubitsch trat ein, schloss die Tür hinter sich und sagte: »Ich habe nur eine einzige Frage.« Dabei hob er unbewusst einen Zeigefinger, wie damals in der Schule oder später im Seminar an der Uni.

»Ach, Sie schon wieder!« Pachmayr warf einen langen Blick zur Decke und raunzte Kubitsch an: »Lassen Sie sich doch von meiner Sekretärin einen Termin geben.«

Gestern hatte sich Kubitsch pflichtschuldigst verabschiedet, als ihm der Professor zu verstehen gab, dass er keine Zeit mehr für ihn habe. Heute würde er sich nicht abfertigen lassen. In den vergangenen vierundzwanzig Stunden hatte er eine Menge über die Verhältnisse am Institut erfahren. Kubitsch stellte sich Pachmayr und Neumann vor, wie sie sich heimlich küssten. Vielleicht sogar hier im Büro zur Entspannung nach einer Vorlesung oder bevor Neumann loszog, um einem Studenten auf den Zahn zu fühlen und ihn dann mit Wonne durchfallen zu lassen. Das gab Kubitsch Selbstvertrauen.

Kubitsch war selbst dreimal durch eine Prüfung gerasselt, bis er zwangsweise exmatrikuliert wurde. Er hatte auch demonstriert, nicht gegen die Globalisierung, die gab es damals noch nicht, aber zum Beispiel gegen den Bau des Flughafens im Erdinger Moos und in Bonn gegen den NATO-Doppelbeschluss, und er hatte auch neben dem Studium gejobbt. München war schon immer ein teures Pflaster. Aber dennoch fand er es ungerecht, dass er damals diesen einen Schein nicht bekommen hatte. Was wohl aus dem Assistenten geworden war, der ihm damals sein Studium vermasselt hatte?

»Ich will doch nur wissen, warum Sie Neumann entlassen wollten?«

Pachmayr starrte ihn fassungslos an:

»Wie? Was haben Sie gesagt?«
»Warum wollten Sie Ihren Neumann vor die Tür setzen? Sie waren doch mit ihm so zufrieden. Das haben Sie mir gestern erzählt.«
»Woher wissen Sie ...?«
»Von seinen Eltern. Sie haben mir doch die Adresse gegeben.«
»Und Sie sind da tatsächlich hingegangen?«
»Ja, natürlich. Was haben Sie denn gedacht?«
»Und von denen haben Sie das?«
»Ja, sag ich doch!«
»Die können doch gar kein Deutsch!«
»Nein, aber Neumanns Schwester war da. Die hat gedolmetscht.«
Pachmayr war immer noch fassungslos. »Ich wusste gar nicht, dass der eine Schwester hatte. Dann setzen Sie sich mal!«

Kubitsch nahm auf der Designercouch gegenüber dem Schreibtisch Platz. Pachmayr schob die Unterlippe kurz vor. Diese Marotte hatte Kubitsch bereits am Vortag an ihm beobachtet.
»Es stimmt schon, ich habe Neumann tatsächlich damit gedroht, seinen Vertrag nicht zu verlängern«, sagte Pachmayr. »Es gab da seit einiger Zeit Ärger am Institut wegen eines Hilfsvereins für die Universität Sarajevo.«
»Die *Sarajevo Science Society*?«
»Ja, stimmt! Die SARSEISO.« Pachmayr blickte zwar ein wenig erstaunt, fragte aber nicht, woher Kubitsch davon wusste.
»Wir habe den Verein vor einem Jahr gegründet. Neumann, eine meiner Assistentinnen, eine gewisse Aleksandra Schiwkowa, und ich. SARSEISO. nannten wir das Ganze als Gag. Sollte eigentlich keine große Sache werden. Nur ein wenig gegenseitige Hilfe unter Wissenschaftlern. Aber dann hat sich plötzlich das Wirtschaftsministerium eingemischt. Die wollten das gigantisch aufziehen wegen der Kontakte ins ehemalige Jugoslawien. Neue Märkte, verlängerte Werkbänke, Clusterbildung und von was die Politiker eben sonst noch ständig reden. Und dass die Amerikaner schon dort seien, und dass das ein wichtiger Zukunftsmarkt vor unserer Haustür sei. Erst fand ich das ganz prima. Kann ja nie schaden, wenn man einen direkten Draht in die Staatskanzlei hat. Aber dann lief das Ganze irgendwie aus dem Ruder.«

Im August war Pachmayr nach Sarajevo gefahren, und alles was er dort sah, hatte ihm Unbehagen bereitet. In Rajlovac, wo seit dem Ende des Bosnienkrieges die SFOR untergebracht war, hatte er Hajrudin Zdrale, den

Rektor der Universität Sarajevo, getroffen. In einem kleinen Restaurant hatten sie in der Gesellschaft von Zuhältern und deren Begleiterinnen zu Abend gegessen. Die Häuser in der Nachbarschaft waren mit gelben Plastikbändern abgesperrt, weil noch überall Minen versteckt waren. Im Hotel hatte Pachmayr die Bekanntschaft eines jungen Ungarn gemacht, der mit einem Lastwagen voller Computer aus Budapest nach Sarajevo gekommen war und jetzt seit drei Wochen auf sein Geld wartete. Und am Ende hatte ihn Zdrale in das serbische Behelfskrankenhaus jenseits der grünen Grenze mitgenommen, wo die Frischoperierten in heruntergekommenen Krankenzimmern dahindämmerten. Für einen Münchner war das zu viel. So etwas wollte Pachmayr nicht sehen.

»Wissen Sie, mit solchen Leuten kann man doch keine Geschäfte machen«, erklärte er Kubitsch entrüstet.

»Wieso Geschäfte? Ich denke, es geht um eine Hilfsorganisation!«

»Schon, aber die im Wirtschaftsministerium haben gesagt, ein bisschen Geld könne man doch verlangen. Schließlich seien die Geräte voll funktionsfähig. Und die da unten seien froh darüber.«

»Aber der Sarajevo-Verein erhält sie umsonst?«

»Was hätten wir denn tun sollen? Das Zeug hatten wir ja schon da! Das konnten wir doch nicht mehr zurückschicken. Und deshalb gab es seit einiger Zeit Stress.«

»Stress mit wem?«, wollte Kubitsch wissen, obwohl er es sich bereits denken konnte.

»Die Schiwkowa und der Neumann, die haben von nichts anderem mehr geredet. Die wollten das Zeug unbedingt verkaufen. Wenn schon das Wirtschaftsministerium dahintersteht, haben die gesagt. Aber wissen Sie, die Schiwkowa kommt aus Sofia und hat offenbar noch die besten Kontakte da runter. Und Neumann stammt aus Russland. Da weiß man ja auch nie! Jedenfalls war ich strikt dagegen. Und wie sollte man das Geld auch verbuchen. Die Schiwkowa und der Neumann, die meinten, wir sollten es behalten. Stellen sie sich das vor! Deswegen habe ich den beiden gesagt, entweder ihr vergesst Sarajevo, oder ihr fliegt raus! Verstehen Sie, ich kann doch keine Assistenten brauchen, die nicht hundert Prozent ihrer Arbeitszeit hier einbringen.«

Dass auch Sandra mit ihrem Prof Ärger hatte, war Kubitsch völlig neu: »Und die beiden hatten gute Beziehungen nach Sarajevo, sagten Sie?«

»Sicher, Sie wissen doch wie das ist.«

Kubitsch hatte keine Ahnung, wie das war. Aber das sagte er nicht. »Und dieser Schiwkowa haben Sie auch gedroht? Ich will sagen, der haben Sie auch damit gedroht, sie rauszuschmeißen?«

»Ich glaube schon. So genau weiß ich das heute auch nicht mehr. Sie denken da vielleicht ganz falsch. Es war halt ein Streit unter Kollegen. So etwas kommt an einem Lehrstuhl schon mal vor. Das ist wirklich nichts für die Zeitung. Das ist doch eigentlich völlig normal.«

Kubitsch wunderte sich, dass ihm Sandra von der Sache nie etwas erzählt hatte. Aber angeblich hatte sie auch nicht gewusst, dass Pachmayr und Neumann im Clinch lagen. Das hatte sie ihm eben noch einmal bestätigt. Nur dass es zwischen den beiden nicht mehr so stimmte. Aber das waren Liebesangelegenheiten. Das hatte nichts mit Sarajevo und dem Hilfsverein zu tun.

Deswegen fragte Kubitsch: »Geht es vielleicht um etwas anderes? Geht es darum, dass Sie persönlich ganz andere Ambitionen haben?«

»Was soll das jetzt!« Pachmayr sah Kubitsch streng an. Aber der wollte sich diesmal nicht einschüchtern lassen.

»Ich habe da so was läuten hören, dass Sie in die Politik wollen.«

»Kokolores! Sie wissen doch, was die Leute für einen Stuss reden. Ich habe einfach viele Neider. Da darf man nicht alles glauben. Bloß weil ich in letzter Zeit ein paarmal einen Termin mit dem Minister hatte.«

Das Telefon klingelte. Pachmayr nahm den Hörer ab.

»Ich will jetzt nicht gestört werden. Der soll warten. Oder sagen Sie ihm, er soll später wieder kommen!« Zu Kubitsch sagte er: »Meine Sekretärin.«

Kubitsch machte eine lässige Handbewegung, um zu zeigen, dass er sich um solche Kleinigkeiten nicht kümmerte.

»Es gibt da auch noch andere Gerüchte.«

»Nämlich?« Pachmayr fing an, nervös zu werden. Pachmayr klopfte aufgeregt mit seinen manikürten Fingernägeln auf die Schreibtischplatte. Kubitsch konnte fühlen, wie es in seinem Hirn jetzt arbeitete. Er wusste offenbar nicht so recht, ob er explodieren und Kubitsch hinauswerfen sollte, oder ob es vielleicht besser war zu verhandeln.

Schließlich sagte Pachmayr: »Hören Sie, mir geht die Sache langsam auf die Nerven. Ich will das jetzt einfach vom Tisch haben. Sie vermuten alles Mögliche, aber glauben Sie mir, da steckt nichts dahinter. Da können Sie recherchieren, wie sie wollen. Ich mache Ihnen jetzt folgenden Vorschlag: Ich gebe Ihnen tausend Mark, und Sie vergessen die Geschichte. Verstehen Sie: Sie haben keine Arbeit und mehr Geld, als Ihnen irgendein Verlag für den Artikel zahlen würde!«

Kubitsch lehnte sich in den Stuhl zurück und atmete tief ein. Das war eine Entwicklung, mit der er ganz und gar nicht gerechnet hatte. Pachmayr sprach von Geld. Um Geld drehte sich doch letztlich immer alles. Nur deshalb saß er hier, weil er einen Zeitungsartikel mit möglichst vielen Zeilen schreiben wollte. Und für jede einzelne Zeile gab es Geld. Jede Zeile bedeutete: eine Mark und zwanzig Pfennig. Für tausend Mark müsste er deutlich mehr als achthundert Zeilen abliefern – zehn satte Dreispalter. Eine Menge Arbeit!

Kubitsch zog er ein Päckchen Tabak aus der Tasche und begann, eine Zigarette zu drehen. Kubitsch war sicher, dass Pachmayr Nichtraucher war. Einer wie er musste Nichtraucher sein. Kubitsch war neugierig, wie er reagieren würde. Er blickte über seine Hände hinweg, in denen die Zigarette langsam Form annahm. Pachmayr hatte Angst.

Tausend Mark, das ist die Miete für zwei Monate, dachte Kubitsch. Laut sagte er:

»Aber als Journalist bin ich der Wahrheit verpflichtet.«

»Also gut, zweitausend«, sagte Pachmayr. Dass Kubitsch bereit war zu verhandeln, gab ihm ein wenig Selbstsicherheit zurück.

»Es geht natürlich auch um meine Ehre als Reporter«, sagte Kubitsch.

»Wie viel?« Pachmayr wollte rasch Klarheit haben.

Kubitsch feuchtete mit der Zunge das Papier an und klebte die Zigarette zusammen:

»Fünftausend.«

»Dreitausend!« Pachmayr zuckte mit keiner Miene.

Kubitsch dachte kurz nach, dann sagte er:

»In Ordnung.«

Jetzt hatte Pachmayr seine Beherrschung wieder vollkommen zurückerlangt:

»Kommen Sie morgen früh um neun in mein Büro und holen Sie sich das Geld. Und noch etwas: Unterstehen Sie sich, Ihren Glimmstängel hier anzustecken«, sagte Pachmayr streng.

Es gibt also doch noch Grenzen, dachte Kubitsch und schob sich die Zigarette hinters Ohr.

13. September 2001
14:15 Uhr

Kubitsch machte sich gut gelaunt auf den Weg zur U-Bahn. Die Rolltreppe war wieder einmal kaputt, und er musste die metallgerippten Stufen zu Fuß hinuntersteigen. Unten ging er an dem kleinen Kiosk vorbei, an dem die Arbeiter aus Ostdeutschland freitags noch ein Bier tranken, bevor sie sich auf den Weg zum Hauptbahnhof machten, um übers Wochenende nach Thüringen oder Sachsen zu fahren. Das Einzige, was in der U-Bahn wieder mal funktioniert, sind die Beamboards an den Wänden, dachte Kubitsch.

In der U-Bahn holte er sein Notizbuch aus der Tasche und las, was er heute während des Tags notiert hatte. Viel war es nicht. In die erste Zeile des Blatts hatte er das Wort »Bajonett« geschrieben. Nach seinem Deal mit Pachmayr würde er wohl seinen heutigen Artikel um die Tatwaffe herum schreiben müssen. Er versuchte, sich noch einmal an die Einzelheiten seines Telefonats mit McCraven zu erinnern. Unter dem Wort »Bajonett« standen die beiden Namen Dragan Miroschnikow und Thomas Gelfert, zwei der Studenten, die Neumann hinausgeprüft hatte, und die deshalb ein Motiv für den Mord hatten. Miroschnikow hatte Kubitsch nicht im Telefonbuch gefunden, wohl aber Thomas Gelfert. Er würde ihn morgen anrufen. Allerdings fiel es Kubitsch schwer, sich einen mitteleuropäischen Studenten als Mörder vorzustellen. Miroschnikow klang da schon bedeutend gefährlicher.

In der Redaktion war Stachel gerade dabei, Angst und Schrecken zu verbreiten. Offenbar war ihm nichts, was die Redakteure heute bislang abgeliefert hatten, gut genug. »Ich tu' doch, was ich kann«, hörte Kubitsch die Volontärin klagen. Und Stachel fauchte zurück: »Das ist es ja! Das ist doch das Problem mit Ihnen!«

Kubitsch war auf das Schlimmste vorbereitet, als er Stachel fragte, wie viele Zeilen er für Neumann habe.

»Scheiße, jetzt komm mir nicht mit so was. Deine Geschichte gestern war der totale Mist!«

Kubitsch blickte sich um. Keine Spur von Schadenfreude. Die Kollegen duckten sich vor ihren Bildschirmen, als böten diese Schutz vor atomaren Katastrophen. Ganz offensichtlich war heute schon jeder verbal füsiliert worden. Selbst Paul Johann Koch sah kleinlaut von seinem mit Schwarz-Weiß-Fotos übersäten Schreibtisch hoch.

»Wie viel soll ich schreiben?«, fragte Kubitsch noch einmal. Irgendeine Anweisung brauchte er schließlich.

»Scheiß drauf! Dreißig Zeilen. Interessiert doch eh keinen!« Kubitsch nahm an, dass Stachel heute Morgen von der Chefredaktion mächtig Zunder bekommen hatte. Wahrscheinlich war irgendetwas mit den Berichten zu den New Yorker Anschlägen schiefgelaufen. Vielleicht hatte die Konkurrenz etwas ausgegraben, was Stachel nicht hatte, vielleicht steckte der Ku-Klux-Klan hinter allem oder der Vatikan. Auf alle Fälle fühlte sich Kubitsch unschuldig.

»Ich könnte vielleicht auch ein Foto von Neumann besorgen!«

»Scheiß auf das Foto! Will doch keiner wissen, wie der Kerl aussah!«

Kubitsch begriff langsam, dass er heute nicht mehr sonderlich viel an der Neumann-Story verdienen würde. Ausnahmsweise störte ihn das diesmal kaum. Morgen gab es bei Pachmayr Bares.

Er setzte sich an einen der Computer und begann mit seinen dreißig Zeilen: »Im Fall des ermordeten Physikers Waldemar N. – wir berichteten – verfolgt die Polizei eine erste heiße Spur. Wie unsere Zeitung aus einer gut unterrichteten Quelle gestern erfuhr, wurde inzwischen die Tatwaffe sichergestellt. Dabei handelt es sich um ein Bajonett aus den Beständen der Roten Armee der ehemaligen Sowjetunion. Wie diese Waffe nach München gelangte, ist noch ungeklärt. Wie weiter verlautete, ist mittlerweile eine Verbindung zur organisierten Kriminalität nicht mehr auszuschließen.«

Natürlich hatte Kubitsch ein bisschen Bedenken wegen des Hinweises auf die Mafiakiste. Aber selbst Sandra hatte doch von irgendwelchen dubiosen Kontakten erzählt. Und mit irgendetwas musste er ja Stachel ködern, sonst wäre sein morgiger Neumann-Artikel so tot wie der russlanddeutsche Physiker im Leichenschauhaus. Außerdem nahm er an, dass McCraven und Mucker auch in diese Richtung dachten, sonst hätten sie nicht diesen Tanz wegen der Tatwaffe aufgeführt.

Als er seinen Text fertig hatte, gab er ihn an Susanne Hütrecht weiter, die wie jeden Tag die morgigen Seiten zusammenbaute.

»Hast du was von Eva Glaschke aus New York gehört?«, fragte er leise.

»Nein«, antwortete sie, »weißt du was Neues?«

»Ich auch nicht«, sagte Kubitsch. Dann machte er sich schnell auf den

Weg, um Stachel nicht auf sich aufmerksam zu machen. Als er aus dem Gebäude kam, parkte der Mercedes, den er schon heute Morgen gesehen hatte, auf dem Trottoir. Aber diesmal saß der Blondschopf nicht am Steuer, sondern lehnte lässig an der Fahrertür. Er trug einen Mantel mit Pelzkragen und ein Headset, das einen schwarzen Bogen über seine hellen Haare spannte. Er sah Kubitsch direkt in die Augen.

13. September 2001
19:45 Uhr

Hannelore Gruber öffnete die Tür. Sie hatte sich eine mit weißen und blauen Rauten bedruckte Schürze um die Hüfte gebunden.
»Du bist es«, sagte sie zu Kubitsch und bot ihm den rechten Ellbogen zu Gruß an. »Ich bin noch beim Kochen«, erklärte sie mit Blick auf ihre nassen Hände. »Komm rein! Du kennst dich ja aus.«
Hannelore verschwand sofort wieder in der Küche. Kubitsch hängte seine Lederjacke an einen der Garderobenhaken und folgte dem langen Korridor in Richtung Wohnzimmer, aus dem Bruce Springsteens *Born in the USA* hämmerte.
Kubitsch wunderte sich jedesmal, wie schlecht der Architekt die Wohnung geschnitten hatte. Dabei war der Altbau total entkernt worden, bevor die Grubers die Etage im neuerdings wieder angesagten Schwabing vor ein paar Jahren gekauft hatten. Die sinnlos lange Korridorwand hing voll mit Souvenirs von ungezählten Urlaubsreisen. Das Prachtstück war ein Indianerteppich, den Guido und Hannelore vergangenen März aus Arizona mitgebracht hatten. Früher hingen an dieser Stelle drei venezianische Masken, aber die schmückten jetzt die Toilette. Das alte Europa war nicht mehr sonderlich attraktiv.

Als Kubitsch das Wohnzimmer betrat, hörte er Guido gerade sagen: »Mir ist doch völlig egal, was vor hundert Jahren war. Ich lebe heute.« Elfi Circolo, die zu Beginn des Jahres nach Berlin gezogen war, gab ihm recht.
»Bei uns ist jeden Tag Party«, sagte sie mit Betonung auf »bei uns«.
Kubitsch kannte Elfi noch von früher. Seit sie weg war, hatte sie München offenbar als denkbar langweilig in Erinnerung. In München war nichts los. Jedenfalls nichts, was Berlin hätte standhalten können.
Die anderen Gäste hatte Kubitsch noch nie gesehen. Guido stand sehr förmlich auf und stellte Kubitsch vor: »Das ist Arthur Kubitsch, einer der besten Reporter der Stadt. Er könnte schon längst in Hamburg oder sonst wo Chefredakteur sein, aber er will einfach nicht weg aus München.«

Das war natürlich frei erfunden. Niemand in Hamburg oder sonst wo hatte Kubitsch jemals ein Angebot gemacht. Aber die Grubers liebten es, sich mit wichtigen Menschen zu umgeben und priesen deshalb jeden ihrer Bekannten in den höchsten Tönen. Auf diese Weise kamen sie schließlich auch im erlauchten Kreis der Schönen und Berühmten an. Das Leben war eben eine Definitionsfrage.

Dann deutete Guido auf ein ungleiches Pärchen, das sehr souverän in der Ecke der Couch saß und in erster Linie mit sich beschäftigt war. Er ganz in Schwarz mit grauen Haaren, sie in Bagwan-Orange mit vielen Reifen an den Extremitäten. Bei jeder Bewegung klimperte sie wie ein japanisches Windspiel.
»Das ist Professor Koblreiter mit seiner Lebensabschnittsgefährtin.« Bei dem Wort Lebensabschnittsgefährtin blinzelte er Kubitsch so auffällig zu, dass es jeder sehen konnte. »Professor Koblreiter hat an der TU Dresden einen Lehrstuhl für Politikwissenschaft oder so was aufgebaut und ein ganz wichtiges Buch geschrieben, als er noch in München war.«
Aha, dachte Kubitsch, auch einer von denen, die zeitlebends Privatdozent geblieben wären, wenn man nicht vor zehn Jahren die DDR-Wissenschaft komplett abgewickelt und mit Billigimporten aus dem Westen ersetzt hätte. Das wichtige Buch, von dem Guido sprach, dürfte wohl Koblreiters in unverständlichem Politologendeutsch geschriebene Doktorarbeit gewesen sein.

»Das ist unsere ganz liebe Freundin Karen Smith!« Guido zeigte auf eine sportive Blondine in Minirock und Turnschuhen. Karen fühlte sich neben Koblreiter und dessen viel zu junger Begleiterin anscheinend ziemlich unwohl. »Karen kommt aus Amerika und studiert bei uns Deutsche Literatur.«
Karen sagte höflich »hello«. Sie überlegte offenbar, ob dies eine günstige Gelegenheit sei, sich einen anderen Sitzplatz zu suchen.

»Und das ist Paul von Havers«, stellte Guido den Mann vor, neben dem er eben noch auf dem Sofa gesessen war. Havers war ungefähr in Kubitschs Alter, hatte aber bereits reichlich Speck auf den Hüften angesetzt.
»Paul und ich sind gemeinsam zur Schule gegangen«, erklärte Guido, »aber er hat es zu etwas gebracht, im Gegensatz zu mir.«
Guido wartete einen Augenblick, damit die Anwesenden über den »Joke« lachen konnten. Guido arbeitete in einer Bank und betreute die Privatkunden von M bis Z.

»Paul ist Unternehmensberater in den neuen Bundesländern«, fügte er dann hinzu.

Havers grinste über sein feistes Gesicht. Als international tätiger Businessman war er sich seiner Bedeutung voll und ganz bewusst.

»Ach ja, und das ist Fräulein Enzensberger.« Guido nickte mit einer kurzen Kopfbewegung in Richtung auf eine junge Frau, die an der Sofakante saß und Kubitsch erwartungsvoll anblickte. »Fräulein Enzensberger arbeitet in dieser legendären Bäckerei, von der ich euch erzählt habe, wo wir immer diese wunderbaren Baguettes kaufen.« Zu jeder Fete gehörte eben jemand, der alle anderen grenzenlos bewundern musste. So einfach waren die Spielregeln, wie Kubitsch wusste.

»Liebling!«, rief Guido in Richtung Küche. »Kommst du mal! Wir wollen anstoßen.« Hannelore, immer noch mit weißblauer Schürze, kam eilends in den Raum. Sie hatte eigentlich keine Zeit, aber sie wusste, was sich für eine gute Gastgeberin gehörte.

Guido griff nach zwei Sektgläsern und reichte sie an seine Frau und an Kubitsch weiter. Die anderen Gäste waren längst versorgt.

»Also dann, auf einen schönen Abend!«

»Auf einen schönen Abend!«, murmelte es zurück.

Hannelore verdrückte sich wieder in die Küche, Guido setzte sich neben seinen erfolgreichen Kollegen aus Grundschultagen und Kubitsch auf den einzigen freien Platz zwischen Professor Koblreiter und Fräulein Enzensberger.

»Was sagen Sie als Journalist zu der Sache in New York?«, wandte sich Koblreiter sofort an ihn. Aber was nach einer Frage klang, war durchaus nicht als Frage gemeint. Denn als Politikprofessor wusste Koblreiter natürlich längst, was von der Sache in New York zu halten war. Nur hätte er seine Gedanken nicht so formuliert, dass sie ein Laie verstehen könnte. Die Wirklichkeit war für Nichtakademiker viel zu kompliziert. Er wollte nur hören, was einfache Menschen so dachten.

Kubitsch hätte lieber mit Fräulein Enzensberger geplaudert, die sich für den großen Abend bei den Grubers ein buntes Sommerkleid angezogen hatte, in dem sie jetzt ein wenig overstyled und viel zu farbenfroh wirkte. Aber sie blickte immer noch erwartungsvoll.

Auch Koblreiters Begleiterin wartete darauf, dass Kubitsch etwas Bahnbrechendes zu den Terroranschlägen in den USA sagen würde, etwas, das bislang noch keiner gesagt hatte. Angesichts dessen, dass seit Dienstag über nichts anders gesprochen wurde, eine ziemlich schwierige Aufgabe.

Kubitsch legte die Stirn in Falten, als würde er überlegen, dann sagte er sehr bedächtig: »Ich denke, man muss das vielleicht ein wenig differenzierter sehen.«

Das hatte gesessen. Die beiden jungen Frauen waren beeindruckt, und Koblreiter musste sich eine neue Strategie zurechtlegen. Jedenfalls sagte er einen Moment lang nichts. Dann dehnte er ein »Das ist richtig« in die Runde. Differenzieren war immer richtig, das hatte Kubitsch aus seiner Studentenzeit behalten.

»Ich wundere mich sowieso, dass Sie jetzt hier sind und nicht drüben vor Ort«, nahm Koblreiter den Gesprächsfaden wieder auf und warf seiner Freundin einen triumphierenden Blick zu.

»Ach wissen Sie, wir Journalisten haben alle unsere Spezialgebiete. Es geht ja gar nicht mehr anders. Man muss sich auf ein bestimmtes Thema spezialisieren«, antwortete Kubitsch und war gespannt, wie Fräulein Enzensberger reagieren würde. Sie hatte sich inzwischen leicht nach vorn gebeugt, um nichts zu überhören. Den Ausschnitt ihres Kleides fand Kubitsch atemberaubend.

Aber Koblreiter ließ nicht locker: »Was ist denn Ihr Spezialgebiet?«

»Ich beschäftige mich vor allem mit herausragenden Kriminalfällen«, antwortete Kubitsch.

»Interessant«, sagte Koblreiter. Es war deutlich zu spüren, dass er Kriminalfälle ganz und gar nicht für interessant hielt. Bei Kriminalfällen ging es um die Niederungen des menschlichen Seins, um animalische Instinkte, die man bestenfalls mit den Mitteln der empirischen Sozialforschung analysieren konnte. Mehr nicht. Trotzdem sagte er: »Da haben sie wohl nicht viel zu tun. Wirklich spannende Fälle gibt es hier doch keine.«

»Täuschen Sie sich nicht! Zurzeit recherchiere ich eine Geschichte, die wird noch bundesweit für Schlagzeilen sorgen. Eine ziemlich verwickelte Sache. Da wurde bei uns in München ein Physiker ermordet. Und Sie können sich ja denken, da geht es um streng geheime Dinge.«

Kubitsch hatte nicht den Eindruck, Koblreiters Neugierde geweckt zu haben. Aber die zwei Mädels hörten gespannt zu, und Fräulein Enzensberger meldete sich sogar zu Wort: »Erzählen Sie doch! Was ist mit dem Physiker?«

»Wissen sie, ich bringe Ihnen am besten meine Storys mal vorbei, die ich darüber geschrieben habe. Wo wohnen Sie denn?«

»Nein, nein, Herr Kubitsch! Erzählen Sie doch! Das ist viel spannender«, lachte sie, und Kubitsch fragte sich, ob er möglicherweise die gleichen schlechten Manieren hatte wie dieser Professor Koblreiter.

»Hast du gewusst, dass in München neuerdings Physiker ermordet werden?«, rief Koblreiter mit gespielt guter Laune Guido zu.

»Natürlich, das war einer meiner besten Kunden«, rief Guido zurück. Seine Stimme klang ein kleinwenig betrübt.

Kubitsch glaubte dennoch, Guido mache wieder einen seiner Witze: »Du hast Waldemar Neumann gekannt?«

»Sag ich doch! War seit Jahren einer meiner Kunden. Letzte Woche habe ich mit ihm ein erstklassiges Vermögensprogramm durchgerechnet. Scheiße, dass er abgemurkst wurde!«

»Wieso Vermögensprogramm?«, wandte Koblreiter ungläubig ein. »Wie soll denn ein deutscher Professor zu einem Vermögen kommen?«

»Keine Ahnung. Vielleicht hat er geerbt. Geld besaß er jedenfalls. Und das nicht zu knapp. Übrigens war er noch nicht einmal Professor. Er war erst Assistent. Professoren-Lehrling sozusagen.«

»Darf man fragen, um welche Summe es sich dabei gehandelt hat? Das Vermögensprogramm meine ich«, wollte Kubitsch wissen.

Koblreiter lachte säuerlich. Früher hatte er seine Lebensabschnittsgefährtinnen für gewöhnlich geheiratet, und nach drei Scheidungen sah es mit seinen Vermögensverhältnissen nicht sehr rosig aus. Guido hingegen genoss seine Rolle als finanzstrategischer Insider sichtlich.

»Tut mir echt leid, Arthur. Bankgeheimnis«, fügte er entschuldigend hinzu.

»Nur so ungefähr, dass man halt eine Vorstellung hat«, fragte Kubitsch, »es bleibt doch unter uns. Ist doch Ehrensache.«

»Es war ein sechsstelliger Betrag. Das kann ich euch verraten«, seufzte Guido, dem sein schlechtes Gewissen augenblicklich anzusehen war, nachdem er gegen ein allerheiligstes Berufsethos verstoßen hatte. Noch nicht einmal seiner Hannelore sagte er solche Sachen. »Das muss aber wirklich unter uns bleiben. Sonst komme ich in Teufels Küche.«

Sechsstellig, ging Kubitsch durch den Kopf. Das hieß, mindestens hunderttausend Mark, vielleicht aber sogar eine knappe Million. Bei allem, was er bislang über Neumann wusste, konnte das Geld nur von der *Sarajevo Science Society* stammen. Oder von seinen kriminellen Besuchern. Oder sowohl als auch? Vielleicht war Neumännchen mit seinen bosnischen Wissenschaftskollegen schon ins Geschäft gekommen, und Pachmayr wusste nichts davon? Oder Pachmayr wusste es sehr wohl, und das war der eigentliche Grund, warum er seinen Assistenten loswerden wollte? Alles war denkbar, dachte Kubitsch. Und wie viel hatte Sandra damit zu tun? Kubitsch hatte mehr und mehr das Gefühl, dass sie nicht immer ganz ehrlich zu ihm war. Kubitsch fand es seltsam, dass sie seit einem halben Jahr ein Verhältnis hatten und sie ihn noch nie zu sich nach Hause eingeladen hatte. Sie wollte das nicht. Kubitsch wusste nur, dass sie irgendwo in Milbertshofen wohnte. Sandra hatte Ärger mit Pachmayr. Genauso wie Neumann. Darüber hatte Kubitsch noch gar nicht wirklich nachgedacht. Wieder so ein Fehler, ärgerte er sich.

Paul von Havers zeigte sich von der Diskussion unbeeindruckt: »Ein sechsstelliger Betrag«, wiederholte er gelangweilt, »das sind doch Peanuts!« Echtes Geld werde nur in den neuen Bundesländern verdient, sagte er, und an der Börse. Der DAX werde im kommenden Jahr wieder die Achttausendermarke knacken.

Guido schätzte die weltwirtschaftliche Lage ähnlich ein: »Was wir im Augenblick erleben, ist nur eine leichte Delle. Nach diesen Anschlägen müssen die Amis ihre Wolkenkratzer wieder aufbauen. Dann zieht die Konjunktur an wie eine Eins. Ich empfehle meinen Kunden, cool zu bleiben und Aktien zu kaufen, vor allem die aus der zweiten Reihe. Erfolg ist die Summe richtiger Entscheidungen«, sagt er dann noch, und es klang, als habe er diesen Satz schon oft heruntergebetet. Kubitsch glaubte nicht, dass er ihn sich selbst ausgedacht hatte.

Endlich steckte Hannelore ihren Kopf zur Tür herein. »Ihr könnt kommen, ich bin fertig«, verkündete sie fröhlich. Kubitsch sah, dass sie die weißblaue Schürze ausgezogen hatte und nun einen bordeauxroten Hosenanzug trug. Die Sektgläser in der Hand, folgten ihr die Gäste in die Küche. Kubitsch achtete darauf, am großen Esstisch den Platz neben Fräulein Enzensberger zu ergattern.

»Ich heiße übrigens Arthur«, sagte er zu ihr. Das hatte sie freilich bereits gewusst, aber so erfuhr Kubitsch, dass sie mit Vornamen Jutta hieß. »Ein schöner Name«, sagte er. Aber auch das half ihm nichts.

In der Mitte des Tischs stand eine bunte Sammlung kleiner Töpfchen und Schälchen mit bonbongroßen, liebevoll verpackten Würfelchen, die genießbar, aber kalt und salzig aussahen.

»Ich liebe Sushi«, verkündete Guido, und Kubitsch hielt es nicht für angebracht zu fragen, ob es auch etwas zum Essen gäbe. Er hoffte, dass der kleine Dönerstand bei ihm in der Straße noch offen haben werde, wenn er nach Hause kam. Dann griff er tapfer zu den runden Stäbchen und balancierte ein paar der mundgerechten Happen auf seinen Teller aus schwarzem Pressglas. Kalten Fisch aß er sonst lediglich in Form von Rollmops. Aber nur nach durchzechten Nächten.

»Und was machen Sie sonst so, Jutta?«, versuchte er erneut mit Fräulein Enzensberger ins Gespräch zu kommen.

»Nichts«, sagte sie trocken. Sie interessierte sich offensichtlich viel mehr für Koblreiter, der ihr jetzt gegenübersaß und den sie respektvoll nur »Herr Professor« nannte.

Zu Kubitschs Erstaunen entpuppte sich Koblreiter als »passionierter Cineast«, wie er über sich selbst sagte, und vor allem als intimer Kenner Hollywoods.

»Ich war im Sommer wieder drüben. Ich kenne da einen Italiener in Beverly Hills. Der hat die besten Austern der Welt«, sagte Koblreiter, und jedermann konnte erkennen, wie ihm allein bei diesem Gedanken das Wasser im Mund zusammenlief.

Seine Begleiterin in Orange ergänzte: »Ist das dort, wo wir Albert Schwarzenegger kennengelernt haben?« Fräulein Enzensberger sollte bloß nicht meinen, ihr Professor fahre irgendwo ohne sie hin.

»Arnold Schwarzenegger«, verbesserte sie Koblreiter und betonte das Wort »Arnold«.

»Wisst ihr eigentlich, dass Arnold Schwarzenegger mal in München gelebt hat«, sagte Kubitsch. »Einer meiner Kumpels hat ihm damals Englisch beigebracht.«

Das interessierte allerdings niemanden. Stattdessen breitete Koblreiter seine Meinung über *Die fabelhafte Welt der Amelie* aus und über *Bridget Jones – Schokolade zum Frühstück*.

Diesen Film hatte sich Koblreiter heute im Filmtheater am Sendlinger Tor angesehen, weil er das Fernsehen mit den ewigen Sendungen über diese Attentate in Amerika nicht mehr ertrug.

Dann verabschiedete sich Kubitsch. Er hatte nicht den Eindruck, dass dies irgendwer bedauerte. Auch nicht Elfi Circolo. Er wünschte ihr eine gute Fahrt zurück nach Berlin und erkundigte sich noch, ob sie mit dem Zug fahre?

Natürlich nicht! Sie flog.

Linie? Selbstverständlich!

Lufthansa? Was sonst!

Kubitsch wunderte sich ein bisschen. Das Wiedersehen mit Elfi Circolo war ihm schwerer gefallen, als er gedacht hatte.

Bevor Kubitsch auf die Straße hinaustrat, blieb er für einen Moment im Dunkel des Hauseingangs stehen. Er blickte nach links und rechts, ob irgendwo ein Mercedes mit einem blonden Fahrer am Steuer parkte. Es war nichts zu sehen.

14. September 2001
7:52 Uhr

Am nächsten Morgen, kurz vor acht, stand Kubitsch wieder im Innenhof der TU. Die hohen Fassaden wirkten auf ihn, als sollten sie alles, was hier geschah, vor der Welt draußen abschirmen. Nur zwei schmale Passagen führten aus diesem Kosmos des Wissens hinaus ins profane Leben, die eine nach Norden auf die Theresienstraße, die andere nach Süden auf die Gabelsbergerstraße.

Die dreitausend Mark wollte sich Kubitsch allerdings nicht abholen. Am Abend zuvor, während des Sushi-Essens bei den Grubers, war er zu dem Schluss gekommen, dass sich im Leben doch nicht alles ums Geld drehen dürfe. Das wollte er nun Professor Pachmayr ins Gesicht schleudern. »Behalten Sie Ihr Geld!« Das würde er zu ihm sagen. Dann würde er auf dem Absatz kehrt machen und hoch erhobenen Hauptes aus dem Professorenbüro schreiten.

Irgendwie herrschte auf dem Campus eine nervöse Stimmung. Ziemlich ungewöhnlich für einen Freitag, dachte Kubitsch, noch dazu in den Semesterferien. Vielleicht fanden ein paar Nachholprüfungen statt. Vor dem Treppenhaus, das auf Kubitsch unfertig wie ein Rohbau wirkte, versperrte ihm ein Polizist in Uniform den Weg:

»Sie können hier nicht durch.«

»Wieso, was ist los?«

»Sie können hier nicht durch«, wiederholte der Beamte.

»Ist etwas passiert?«, wollte Kubitsch wissen.

»Sie können hier nicht durch«, sagte der Polizist jetzt in ziemlich gereiztem Ton.

Kubitsch holte seinen Presseausweis aus der Tasche: »Ich bin dienstlich hier! Ihr Vorgesetzter weiß Bescheid.«

»Na sowas! Ihr seid doch sonst nicht so schnell«, sagte der Polizist etwas freundlicher und machte einen Schritt zur Seite, um Kubitsch vorbeizulassen.

Kubitsch fuhr mit dem Aufzug ins dritte Stockwerk. Als die Lifttür aufging, befand er sich unvermittelt in einem dichten Gedränge aus uniformierten und nicht uniformierten Polizeibeamten. Es ging zu wie an einem Samstag auf dem Oktoberfest. Aber das würde in diesem Jahr wohl ausfallen, hatte Kubitsch gehört. Alle hatten sie Angst vor neuen Terroranschlägen. Da wäre ein globales Volksfest zu gefährlich, hieß es. Die Wiesn war schließlich für München so was wie die Twin Towers für New York. Nur eben mit Blasmusik und Bier.

Im Neonlicht der Deckenlampen, die den leicht gekrümmten Korridoren wie ein Kondensstreifen folgten, erkannte Kubitsch den Chef der Mordkommission. Zuletzt hatte er ihn vor zwei Tagen auf der Pressekonferenz zum Neumann-Mord gesehen. Er ging auf ihn zu und fragte freundlich: »Guten Morgen Herr Mucker, was ist denn los?«

Mucker war weniger freundlich. »Wer hat Sie denn durchgelassen?«, fauchte er Kubitsch an. Vorsichtshalber antwortete Kubitsch nicht.

»Machen Sie, dass Sie weiterkommen«, sagte Mucker mit Nachdruck. »Es gibt für Sie hier nichts zu sehen!«

»Was ist denn passiert?«, versuchte es Kubitsch erneut.

»Wir haben hier eine Leiche. Am Nachmittag stellen wir eine Pressemitteilung ins Internet. Da können Sie alles nachlesen.«

Mucker fasste Kubitsch am Kragen und schob ihn mit sanftem Druck in Richtung Treppenhaus.

Kubitsch fühlte sich schlecht behandelt: »Nicht so schnell, Herr Mucker! Wer wurde denn umgebracht?«

»Ein Professor«, sagte Mucker mit einem resignierenden Seufzer.

»Aber doch nicht Professor Pachmayr?«

»Woher wissen Sie das schon wieder! Und jetzt verschwinden Sie!« Kubitsch drehte sich um und ging langsam zurück zum Treppenhaus. Er war fassungslos. Er hatte Pachmayr dreitausend Mark vor die Füße werfen wollen, um ihm zu zeigen, was Charakterstärke ist. Und nun leistete der Physiker im Jenseits Albert Einstein Gesellschaft.

In der Arcisstraße traf inzwischen der halbe Fuhrpark des Münchner Polizeipräsidiums ein, hatte Kubitsch den Eindruck. Die Fahrzeuge blockierten Gehwege und Hauseingänge und lieferten den Passanten einen triftigen Grund stehenzubleiben und auf einen möglichen Nervenkitzel zu warten. Die Häuserwände auf beiden Seiten der Theresienstraße flackerten im rotierenden Blaulicht, sodass Schaulustige auch noch in einigen hundert Metern Entfernung angelockt wurden.

Mitten unter ihnen sah Kubitsch einen breitschultrigen Mann mit strohblonden Haaren, der ihm bekannt vorkam. Kubitsch wusste nicht, in welche Schublade seiner Erinnerungen er ihn stecken sollte. Dann kam ihm der dunkelrote Mercedes in den Sinn, der ihm in den vergangenen Tagen schon mehrmals aufgefallen war. Und nun wusste er auch, wo er ihn zum ersten Mal gesehen hatte, nämlich am Mittwoch in der Baaderstraße, als er in Begleitung von Jana Neumann das Haus verließ, in dem Waldemar Neumann mit seinen Eltern gelebt hatte.

Diesmal war der Blondkopf nicht allein. Um ihn herum standen etliche muskulöse Gestalten, und alle blickten Kubitsch grimmig an. Kubitsch tat so, als sähe er sie nicht. Er überquerte eilig die Arcisstraße und ging dann in östlicher Richtung auf die neue Pinakothek zu. An einen Zufall wollte Kubitsch nicht glauben. Die Typen waren hinter ihm her! Aber er hatte keine Ahnung, warum?

Er hatte auch nicht die Zeit, sich darüber Gedanken zu machen. Er musste jetzt rasch handeln. Zwei Morde am selben Schauplatz innerhalb von drei Tagen, das war nun wirklich eine Story, wie er sie seit Jahren für sich erträumt hatte. Von so einem Stoff träumt jeder Reporter. Mit so einem Artikel wären alle Schutzgeld-Pannen ein für allemal vergessen. Jetzt kam es darauf an, die Story auch zu behalten. Kubitsch fürchtete, Stachel könnte ihm die Geschichte wegnehmen.

Die aufregenden Themen bekam üblicherweise Paul Johann Koch, den Stachel zu seinem Kronprinzen erkoren hatte. Kubitsch konnte sich dessen dümmliches Grinsen bestens vorstellen, wenn er wie ein fetter Oktopus inmitten großformatiger Schwarz-Weiß-Fotos vom Tatort und abgegriffener Passbilder von den Opfern an seinem Schreibtisch brütete und sich der Gewissheit hingab, der Star der hiesigen Reporterschaft zu sein. Schon der Gedanke, Koch könnte seine Story schreiben, machte ihn nervös.

Kubitsch hatte freilich einen gewaltigen Vorsprung: Er war als Erster am Tatort gewesen. Bis zur Redaktionskonferenz, auf der Stachel die Themen für die morgige Ausgabe vergeben würde, waren es noch fast zweieinhalb Stunden. Bis dahin musste er Tatsachen schaffen. Fait accompli, dachte Kubitsch.

Die Pressemitteilung würde es nicht vor Nachmittag geben. Sandra anrufen! Das war Kubitschs nächster Gedanke. Ihre Büronummer hatte er in seinem Handy gespeichert. Niemand nahm ab. Wahrscheinlich war sie oben am Lehrstuhl und machte gerade ihre Zeugenaussage. Mit Sicherheit nahm die Polizei sie so richtig in die Mangel. Abends würde sie wieder fix und fertig sein. Irgendwie tat sie ihm leid. Aber dafür hatte Kubitsch jetzt keine Zeit.

McCraven würde noch nichts Neues wissen, und wenn, dann war er mit Sicherheit noch nicht an seinem Schreibtisch im Innenministerium. Die nächste Telefonnummer, die Kubitsch in diesem Moment in den Sinn kam, war die von Thomas Gelfert, jenem Studenten, dem Neumann das Studium verbaut hatte.

Thomas Gelfert und dessen Kommilitone, dieser Dragan Miroschnikow, kamen als Täter in Frage. Das hatte Sandra auch gemeint. Allerdings hätte Neumann dann nicht ein kleines Vermögen besessen, das er bei Guido Gruber gewinnbringend anlegen wollte. Wenn Neumann aus Rache umgebracht worden wäre, hätte er keine Knete gehabt.

Kubitsch drückte mit dem Daumen die Zahlen, die er gestern aus dem Telefonbuch abgeschrieben hatte. Es läutete ziemlich lang. Dann meldete sich am anderen Ende der Leitung eine Stimme:

»Gelfert!« Die Stimme klang ziemlich verschlafen.

»Gott sei Dank, dass ich Sie erwische!« Kubitsch versuchte, möglichst unaufgeregt zu klingen. Aber es gelang ihm nicht. »Ich muss Sie unbedingt sprechen. Sofort. Pachmayr wurde ermordet.«

»Ja und?«, antwortete Gelfert, dessen Stimme nun überhaupt nicht mehr müde wirkte. »Wer sind Sie überhaupt?«

»Ich heiße Kubitsch, Arthur Kubitsch. Ich bin Journalist. Ich brauche ganz schnell ein paar Infos über Pachmayr. Und über Waldemar Neumann auch. Sie kannten doch die beiden!«

»Ja schon, aber ich weiß nichts. Fragen Sie die Sekretärin im Institut! Ich will mit der Sache nichts zu tun haben.«

»Hören Sie, es ist wirklich wichtig. Und natürlich bleibt alles unter uns.«

Gelfert schwieg eine Weile, dann sagte er: »Na schön. Wo sind Sie gerade?«

»Hundert Meter von der Uni entfernt. Auf der Wiese zwischen Alter und Neuer Pinakothek.«

»Kennen Sie das *Treszi*, die *Brasserie Tresznjewski*. An der Ecke Theresienstraße und Barer Straße?«

»Na klar! Ich steh ja fast davor.«

»Ich bin in zehn Minuten dort.«

Kubitsch erkannte Thomas Gelfert sofort wieder, als dieser den langen Gang zwischen der Theke und den Tischchen an der Wand auf ihn zukam.

Diesmal trug er nicht das Boykottiert-Bacardi-Hemd, sondern ein leuchtend rotes T-Shirt mit dem Porträt eines weltbekannten kubanischen Revolutionärs, der sich wohl über das Leben in westeuropäischen Wohlstandsreservaten sehr gewundert hätte.

»Das nenne ich einen Zufall! Wir kennen uns doch!« Kubitsch war irgendwie erleichtert.

Gelfert schien über das unerwartete Wiedersehen weniger erfreut zu sein. Anscheinend hatte er das Gespräch mit Kubitsch am Mittwoch vor dem Audimax nicht in sonderlich guter Erinnerung.

»Ich will erst einmal wissen, was mit Pachmayr ist«, sagte er.

»Ich war heute Morgen mit ihm verabredet, aber als ich ankam, wimmelte es bereits von Bullen.« Kubitsch sagte »Bullen« und hoffte, das würde vielleicht auf Gelfert Eindruck machen. Dass seine Verabredung etwas mit dreitausend Mark Schweigegeld zu tun hatte, verschwieg er natürlich. Das hätte keinen guten Eindruck gemacht.

»Mehr wissen Sie nicht? Ein bisschen dürftig, dafür, dass Sie mich aus dem Bett geholt haben, meinen Sie nicht auch? Und noch etwas: Mein Mitleid mit Pachmayr hält sich in engen Grenzen!«

»Ich weiß schon, dass Ihr Verhältnis zu Neumann etwas schwierig war. Und zu Pachmayr wohl auch. Stimmt's?«

»Schwierig ist gut. Die haben mich fertiggemacht! Und wissen Sie, was mir besonders stinkt? Pachmayr und Neumann haben von Physik keine Ahnung.«

»Kann ja wohl nicht sein!« widersprach Kubitsch vorsichtig. »Die waren doch beide Wissenschaftler. An der TU!«

Gelfert schnaubte verächtlich durch die Nase.

»Was haben die denn an Ihrem Institut so gemacht?«, fragte Kubitsch.

»Computerechtzeitprogramme«, antwortete Gelfert lapidar, als sei damit alles gesagt. Kubitsch hatte das Wort ein paarmal bei Sandra gehört. Was es bedeutet, hatte sie ihm aber nie erklärt, und Pachmayr hatte ihn auf später vertröstet, als Kubitsch ihn am Mittwoch danach gefragt hatte. Pachmayr war maßlos arrogant, erinnerte sich Kubitsch.

»Und was sind Computerechtzeitprogramme, bitteschön?«

»Ach so«, sagte Gelfert, als sei ihm eben erst in den Sinn gekommen, einem physikalischen Laien gegenüber zu sitzen. »Echtzeit ist ein etwas umstrittener Begriff aus der Informatik und bedeutet nichts anderes, als dass die elektronische Datenverarbeitung mit dem technischen Prozess, den sie steuern soll, schritthalten kann. Das Ergebnis einer Berechnung muss also innerhalb eines garantierten Zeitraums vorliegen. So ein System muss unter Umständen innerhalb von Mikrosekunden reagieren, verstehen sie, sonst haut es nicht hin, bei einer Einspritzpumpe für ein Auto zum Beispiel, damit die Kiste nicht zu stottern anfängt. Wo anders, meinetwegen bei Anlagen, wo es um Temperaturveränderungen geht, können die Systeme aber auch ein paar Sekunden abweichen. Da geht es nicht so genau, dann sind die immer noch echtzeitfähig. Die Programme, mit denen man heutzutage große Maschinen und komplexe Anlagen steuert, das sind praktisch immer Echtzeitsysteme. Oder denken sie an speicherprogrammierbare Steuerungen und Prozessleitsysteme!«

Gelfert blickte zufrieden, während Kubitsch versuchte, an speicherprogrammierbare Steuerungen und Prozessleitsysteme zu denken. Aber er war sich nicht sicher, ob er überhaupt in der Lage gewesen wäre, die beiden Wörter fehlerfrei zu wiederholen, geschweige denn, dass er sich unter diesen Begriffen irgendetwas hätte vorstellen können. Es half nichts, der Sinn computergestützter Unendlichkeit blieb Kubitsch auch nach diesem Privatissimum schleierhaft. Aber immerhin fühlte er sich mit einer solchen Antwort ernst genommen.

»Und was bedeutet das jetzt genau?«, versuchte er es erneut.

»Verstehen Sie nicht? Echtzeit beschreibt das zeitliche Ein- und Ausgangsverhalten eines Systems. Es sagt aber nichts aus über dessen Realisierung. Ein Echtzeitsystem kann ein Rechner mit einer geeigneten Software sein. Es kann sich aber auch um eine reine Hardwarelösung handeln. Die Softwarelösung eines Echtzeitsystems erfordert nicht unbedingt den Einsatz eines Echtzeitbetriebssystems, obwohl man natürlich damit echtzeitfähige Programme leichter schreiben kann.«

»Aha, so ist das«, sagte Kubitsch, der jetzt zumindest begriff, dass es ein Jammer war, einen so begabten Studenten wie Thomas Gelfert aus dem Studium zu schmeißen. Er tröstete sich damit, dass es Gelfert auch ohne Diplom schaffen werde. Er hatte es ja auch geschafft ohne Hochschulabschluss. Zumindest einigermaßen, dachte Kubitsch.

Kubitsch sah kurz aus dem Fenster. Vor dem *Tresznjewski* ratterte die Linie 27 Richtung Petuelring vorbei. Auf der Straßenseite gegenüber sah er ein paar Touristen auf dem Weg zur Neuen Pinakothek. Und noch weiter hinten begann das Areal der TU – trutzig wie eine Burg.

»Für was braucht man das Zeug eigentlich?«

»Habe ich Ihnen doch erklärt! Für Autos, Maschinen, Großanlagen, praktisch für alles, was mit Computern gesteuert wird und wo alles sofort bearbeitet werden muss. Entscheidend sind die kurzen Antwortzeiten, im Gegensatz zur Stapelverarbeitung, wo die Informationen zunächst gesammelt und dann schubweise verarbeitet werden.«

»Das ist also nichts Langweiliges?«, frage Kubitsch.

»Hör mal, Mann, das gehört zum Spannendsten, was zurzeit in der Physik überhaupt läuft. Das ist wie die Mondlandung.«

Kubitsch machte sich ein paar Notizen. Er wollte nicht wie ein völliger Idiot nur dasitzen und nur zuhören. Dann stellte er eine Frage, deren Antwort er besser zu verstehen hoffte:

»Was hat es eigentlich mit dieser *Sarajevo Science Society* auf sich? Hat die etwas mit Computerechtzeitprogrammen zu tun? Oder warum haben Pachmayr und Neumann diesen Verein überhaupt gegründet?«

»Das habe ich auch nie gecheckt. Das war wohl mehr so ein Spleen von den beiden. Und als dann das Wirtschaftsministerium eingestiegen ist, haben sie wohl geglaubt, ganz groß rauszukommen. Aber anderen zu helfen, das passt zu Pachmayr wie ein Rechenschieber zum Raumschiff Enterprise. Ich meine natürlich, das hat zu Pachmayr gepasst ...« verbesserte sich Gelfert. »Weil, andere waren dem immer egal. Der hat nur an sich gedacht. Und außerdem wollte er Minister werden, das habe ich ihnen doch schon gesagt. Übrigens war da auch noch diese Aleksandra Schiwkowa dabei. Das war Pachmayrs Assistentin. Eine ganz dumme Nuss! Die hält alle für doof. Die hat, glaube ich, die Kontakte eingefädelt. Die kannte wohl jemanden aus Sarajevo von früher. Die Schiwkowa stammt von irgendwo da unten.«

»Für die Kontakte war also diese Schiwkowa zuständig?«

»Ich glaube schon. Ich hatte jedenfalls den Eindruck.«

Kubitsch fragte sich, ob Gelfert auch dann über Sandra hergezogen wäre, wenn er jemals deren tolle Schenkel gesehen hätte. Aber natürlich hatte er sie gesehen wie jeder andere auch. Schließlich trug Sandra stets ausreichend kurze Röcke.

»Was wissen Sie sonst noch über diese Schiwkowa?« Kubitsch dachte daran, dass Sandra wohl in diesem Augenblick von ein paar strengen Polizisten vernommen würde. Und wahrscheinlich waren sie auch noch ausländerfeindlich. Wenn Gelfert das gewusst hätte, würde er nicht so über sie reden.

»Nichts«, antwortete Gelfert. »Ich weiß nichts über diese Schiwkowa. Die hat sich nur wichtig gemacht. Die hatte absolut keinen Durchblick. Ich weiß nicht, was die für Qualitäten hatte.« Gelfert grinste wie ein Bauarbeiter vor einem Beate-Uhse-Laden. Kubitsch ärgerte sich.

»Und sonst ist Ihnen auch nichts aufgefallen? Zum Beispiel, dass Neumann in letzter Zeit seltsame Besucher hatte. So Typen, die man sonst an einer Uni nie sieht. Die irgendwie kriminell aussahen.«

Gelfert schüttelte verständnislos den Kopf.

»Ich will jetzt mal ganz ehrlich sein«, sagte Kubitsch. Er hätte sich am liebsten sofort auf die Zunge gebissen, denn das hieß natürlich, dass er vorher nicht ganz ehrlich gewesen war. Aber Gelfert zuckte mit keiner Wimper. Wahrscheinlich legte er als Beinahephysiker keinen Wert auf sprachliche Finessen. Kubitsch sagte: »Ich habe gestern zufällig aufgeschnappt, dass Neumann eine Menge Kohle hatte. Haben Sie eine Ahnung, woher das Geld stammen könnte?«

Gelfert war sichtlich überrascht. »Keine Ahnung. Echt, der hatte Kohle? Also ich weiß da wirklich nichts.«

»Er fuhr einen Porsche. Wussten Sie das?«

»Tatsächlich? Habe ich nie gesehen.«

»Ich vermute, dass das irgendwie mit der *Sarajevo Science Society* zusammenhängen. Wo sollte Neumann denn sonst so viel Knete herhaben. Gibt's denn da eine Möglichkeit, aus dem Sarajevo-Verein Geld abzustauben? Ist denn da irgendwo Geld geflossen?«

Gelfert schüttelte den Kopf. »Kann ich mir nicht vorstellen. Halte ich für ausgeschlossen. Fragen Sie doch Dragan Miroschnikow. Der hat denen ein paarmal geholfen. Vielleicht weiß der was. Der ist übrigens trotzdem von der Uni geflogen. Hat ihm auch nichts genutzt.«

Den Namen Dragan Miroschnikow hatte sich Kubitsch bereits bei seinem letzten Besuch in Sandras Büro notiert. Im Telefonbuch stand er aber nicht. Natürlich sagte er davon Gelfert kein Wort. Mit einem arglosen Augenaufschlag fragte er: »Wer ist Dragan Miroschnikow?«

»Ein Kommilitone. Ein Exkommilitone, wollte ich sagen. Und ein Freund. Der ist mit mir von der TU geflogen«, antworte Gelfert traurig, als sei ihm das ganze Malheur eben erst in den Sinn gekommen.

»Haben Sie seine Adresse?«

»Am ehesten finden Sie ihn hier im *Treszi*. Der jobbt hier jeden Abend. Jedenfalls noch. Aber nicht mehr lange. Dem sein Visum läuft aus, weil sie ihn exmatrikuliert haben. Dann muss er zurück nach Sofia.«

»Was ist denn dieser Miroschnikow für ein Typ?«

»Ein guter Physiker. Sehr sympathisch. Dachte eigentlich immer, die Schiwkowa würde ihm helfen, so unter Osteuropäern, verstehen Sie? Die sind ja alle hier in der Fremde. Sollte man meinen, dass die zusammenhalten. Aber nichts da! Die Schiwkowa hat ihn auflaufen lassen, wo sie konnte. Die hat richtig Jagd auf ihn gemacht. Das war unglaublich. Eigentlich eine Riesensauerei. Ein echter Skandal.«

»Wie darf man das verstehen? Wieso Jagd gemacht?«

»Zum Beispiel hat sie ihm regelmäßig seine Seminarprotokolle zurückgegeben, weil sie angeblich in so schlechtem Deutsch waren. Das hat überhaupt nicht gestimmt. Ich habe sie ja korrekturgelesen.«

»Und trotzdem hat er bei der *Sarajevo Science Society* mitgearbeitet?«

»Das war halt für einen guten Zweck. So ist der eben. Darüber solltenSie mal was schreiben. Aber das interessiert natürlich wieder keinen.«

14. September 2001
9:41 Uhr

Als Kubitsch in die Redaktion kam, war noch nicht einmal die Sekretärin da. Die grauen, feinsäuberlich aufgeräumten Schreibtische erzeugten die triste Stimmung verlassener Landschaften. Auf dem Sideboard hinter der Tür wartete ein Stapel frischer Zeitungen darauf, ausgewertet und gefleddert zu werden. Wahrscheinlich hatten die Kollegen am Abend zuvor in der *American Bar* ihren Frust hinuntergespült. Für Frust hatte Stachel gestern reichlich gesorgt. Kubitsch fragte sich, wie der Chef wohl heute drauf sein werde. Bei Stachel konnte man das nie vorhersagen. Er musste ihn unbedingt davon überzeugen, dass es das Beste sei, wenn er an der Geschichte dranbliebe.

Paul Johann Koch würde sich mit Wonne auf die Story stürzen, wenn Stachel sie ihm gab. Er würde einen Nachmittag lang herumtelefonieren, den Fotografen losschicken, sich von den Aufnahmen inspirieren lassen, der Volontärin zum hundertsten Mal erklären, dass man einen guten Artikel in Bildern schreiben muss, und dann neunzig Zeilen tippen, die wie jedesmal wirr und ohne Zusammenhang wären.

Aber niemand würde dies bemerken. Koch würde am nächsten Tag auf der Redaktionssitzung die Seite mit seinem Text hochhalten, sodass niemand auch nur auf die Idee käme, man hätte die Geschichte viel besser schreiben können. Und das Schlimmste wäre, dass Stachel sagen würde: »Eine starke Story, die pjk da aufgerissen hat.«

Wenn Stachel gut gelaunt war, redete er seine Redakteure mit deren Kürzel an, mit dem sie ihre Artikel unterzeichneten. Kubitsch hieß dann »aku« und Susanne »shü«, was aber alle »schü« aussprachen, weil das leichter über die Lippen ging. Koch würde sich ein wenig zurücklehnen und den Kopf heben, als säße er bei einem Cappuccino in der Sommersonne. Und niemand würde mehr wissen wollen, dass es eigentlich Kubitschs Geschichte gewesen war.

Kubitsch hasste Koch. Kubitsch hatte Koch in Verdacht, ihm im vergangenen Jahr eine Festanstellung vermasselt zu haben. Kubitsch hatte damals einen Vorbericht über den Besuch des Bundeskanzlers in der Bayerischen

Staatskanzlei geschrieben mit der Schlagzeile: »Schröder kommt mit viel Gebäck nach München«. Natürlich hätte es Gepäck und nicht Gebäck heißen müssen. Selbst Stachel hatte der Titel gefallen. Gepäck war ein schönes Bild für die umfangreiche Tagesordnung, die sich Schröder vorgenommen hatte. Keiner hatte den Tippfehler bemerkt. Auch Stachel nicht. Erst am nächsten Tag, als die Zeitung gedruckt und ausgeliefert war, sprang das verhängnisvolle kleine »b« Kubitsch an, dass es ihm heiß und kalt wurde. Und Koch lief den ganzen Tag durch die Redaktion und erzählte jedem, Schröder und Stoiber würden wohl gerade an den Plätzchen knabbern, die der Kanzler aus Berlin mitgebracht habe. Als niemand mehr über das Witzchen lachen wollte, fing er an, wie peinlich dieser Fehler gewesen sei, und dass so etwas nicht passieren dürfe, noch nicht einmal einem Volontär, geschweige denn einem Redakteur. Am Abend musste Kubitsch dann zum Chef, der ihm eröffnete, er könne sich die Redakteursstelle abschminken, er wisse schon, warum.

Seither hockte Kubitsch wieder jeden Abend in der Redaktion und stöpselte aus dem, was er während des Tages recherchiert hatte, einen Artikel zusammen. Und wenn Stachel der Text nicht gefiel, was in den vergangenen Monaten ziemlich oft geschah oder wenn der Platz im Lokalteil nicht ausreichte, weil die anderen Themen nach Ansicht Stachels oder Kochs »heißer« waren, dann brachte Kubitsch an diesem Tag eben nichts unter. Wenn das ein paarmal hintereinander passierte, begann Kubitsch, sich darüber Gedanken zu machen, von was er am Monatsende die Miete zahlen werde?

Kubitsch brauchte diese Geschichte über den Mord an Neumann und jetzt an Pachmayr. Das war eine Riesenchance, allen zu zeigen, was er drauf hatte. Und er brauchte das Zeilenhonorar. Kubitsch griff zum Telefonhörer und wählte die Nummer der Pressestelle der Polizeidirektion. Lammer meldete sich sofort. Offenbar hatte sich der jüngste Todesfall noch nicht herumgesprochen, sonst wäre die Leitung mit Sicherheit belegt gewesen. Vor allem aber hatte Lammer Kubitsch' heutigen Einspalter gelesen, denn er fragte ohne die üblichen Honneurs, mit denen er kaschierte, wie wenig er als Jurist von der Journaille hielt: »Wo haben Sie das mit der Verbindung zur OK her?«

Darauf war Kubitsch nicht gefasst. Er hatte sich eine Reihe von Fragen zum Tod Pachmayrs überlegt. Seine dreißig Zeilen, die er gestern rasch geschrieben hatte, waren fast schon wieder vergessen. »Sie meinen, dass ich geschrieben habe, beim Neumann-Mord sei eine Verbindung zur organisierten Kriminalität nicht mehr auszuschließen?«

Lammer murmelte etwas Unverständliches, das wohl »Was denn sonst?« bedeuten sollte.

Kubitsch hielt es für das Ratsamste, es mit der Wahrheit zu versuchen: »Offen gesagt, das war nur so ein Gedanke von mir.«

»Nicht schlecht!« Lob hatte Kubitsch bislang von Lammer noch nie zu hören bekommen.

»Danke für die Blumen. Ich habe mir halt überlegt, dass der Tod von Neumann ziemlich fachmännisch durchgeführt wurde. Ich meine, der Mord an Neumann, der sah irgendwie aus, wie man sich das so vorstellt. Und dann lag es einfach nahe, finde ich. Was finden Sie?«

Lammer schwieg. Aber dieses Schweigen sagte eine ganze Menge, dachte Kubitsch. Anscheinend hatte er voll ins Schwarze getroffen. Amüsant fand Kubitsch, dass er gleich zu Beginn Stachel damit den Mund wässrig machen wollte. Dabei hatte er erst ein schlechtes Gewissen, weil er sich das mit der Mafiaverbindung aus den Fingern gesogen und weil Sandra seltsame Besucher bei Neumann beobachtet hatte. Seine Spürnase, von der er bislang selbst nichts geahnt hatte, machte ihn ein bisschen stolz.

Jetzt sah also auch die Polizei einen Zusammenhang mit der Mafia. Vielleicht hatte McCraven mit Lammer gesprochen. Vielleicht hatte er ihm den Tipp mit Neumanns bosnischen Kontakten weitergegeben. Denn dazu passte der Mord an Pachmayr prächtig. Ein Killer ging an der TU seinem Gewerbe nach und brachte Wissenschaftler zur Strecke. Vielleicht hatte McCraven Lammer gesagt, dass er das alles von ihm habe. Das würde Eindruck machen bei Lammer. Nur: Wie hingen die beiden Morde zusammen? Und wer würde das nächste Opfer sein? Diese Geschichte durfte ihm Stachel einfach nicht wegnehmen. Paul Johann Koch hatte sie nicht verdient.

»Herr Lammer, was ist? Haben Sie die Mafia in Verdacht?«

»Mafia ist doch Käse«, antwortete er endlich. »Da müssen Sie schon unterscheiden, wen Sie meinen. Aber ich gebe Ihnen recht, dass der Mord an Neumann nach Profiarbeit aussieht.«

»Und der Mord an Pachmayr?«, setzte Kubitsch nach.

»Woher wissen Sie denn das schon wieder? Wir haben doch noch gar nichts rausgegeben.«

»Ich war heute Morgen zufällig in der Uni.«

»Ach so«, sagte Lammer, und es klang irgendwie erleichtert. »Ich stelle die Pressemitteilung am Nachmittag auf unsere Homepage. Da können Sie alles Wichtige lesen. Ich muss erst noch mit Mucker reden.«

»Ich bräuchte aber jetzt schon ein paar Infos. Für unsere Redaktionssitzung. Das ist wirklich dringend.«

»Ich weiß doch auch noch nichts. Die SpuSi ist noch vor Ort.«
»Irgendwas werden Sie doch bereits gehört haben«, drängte Kubitsch.
Lammer zögerte, kam dann aber doch mit einer Neuigkeit rüber: »Der Todeszeitpunkt macht uns ein wenig Kopfzerbrechen. Pachmayr wurde auf alle Fälle nachts ermordet. Aber nachts sind die TU-Gebäude alle zugesperrt. Und wir haben keine Spuren von einem Einbruch gefunden. Allerdings ist das alles noch vorläufig. Vielleicht stoßen die Kollegen noch auf etwas. Und hören sie, Kubitsch, das war jetzt unter drei. Darauf muss ich mich hundertprozentig verlassen können.«

»Unter drei« bedeutete, dass diese Auskunft nur als vertrauliche Hintergrundinformation gedacht war. Kubitsch durfte nichts davon schreiben, und schon gar nicht dürfte er die Quelle nennen. Üblicherweise war dies der Weg, auf dem Politiker Gerüchte in die Welt setzten, um etwa parteiinterne Gegner zu diskreditieren oder einfach, um Journalisten auf ein eigentlich langweiliges Thema neugierig zu machen. Pressesprecher sagten eher selten etwas unter drei. Die dosierten ihre Auskünfte ohnehin so fein, als würden Krieg und Frieden von ihren Worten abhängen.

Momentan erschien Kubitsch dies alles ziemlich unbedeutend. Wichtig war nur, dass er einen weiteren Köder für Stachel hatte. Nebenbei registrierte er, dass sich sein Verhältnis zu Lammer sozusagen über Nacht deutlich verbessert hatte. Bislang hatte ihn Lammer immer abtropfen lassen, wenn er von ihm Infos haben wollte, die über die Pressemitteilungen hinausgingen. Eher hätte er von einem altgedienten Diplomaten aus dem Auswärtigen Amt eine ehrliche Einschätzung der weltpolitischen Lage erhalten als von Lammer die Auskunft, wie spät es gerade auf seiner alten Armbanduhr sei.

»Noch eine Frage unter drei, Herr Lammer. Sehen Sie einen Zusammenhang zwischen dem Mord an Neumann und dem an Pachmayr?«

»Das liegt ja wohl auf der Hand«, antwortete Lammer. »Völlig identischer Tathergang. Aber fragen Sie mich jetzt nicht nach Details. Es ist einfach noch zu früh. Wirklich! Wir müssen erst Pachmayrs Kollegen verhören und die ganze Bande, die sonst noch mit der Sache zu tun haben könnte. Sie glauben gar nicht, was das für eine Arbeit ist.«

Kubitsch glaubte ihm. Und er dachte an Sandra, die als Ausländerin mit Sicherheit ganz besonders gründlich verhört werden würde. Lammer hatte wahrscheinlich mehr gesagt, als er eigentlich durfte. Vor allem hatte er ihm bestätigt, dass auch Pachmayr erstochen worden war. Das hatte Kubitsch in der Aufregung vergessen zu fragen. Trotzdem stellte er eine weitere Frage: »Wenn sich der Mord an Pachmayr nachts ereignete, also zu einer Zeit, als niemand in die Uni konnte, heißt das, der Täter hatte sich die Nacht zuvor einschließen lassen?«

Mucker holte kurz Luft, dann sagte er: »Oder der Täter hatte einen Schlüssel.«

14. September 2001
9:55 Uhr

Stachel kam voller Elan in die Redaktion. Alles an ihm bewegte sich, der Kranz blonder lockiger Haare, der seinen Glatzkopf nach unten abschloss, der schwabbelige Bauch, der fett und abstoßend über den Gürtel quoll, das abgeschabte Pepitasakko, das er winters wie sommers trug, und seine langen Arme, die bei jedem Schritt viel Luft nach hinten schaufelten. Stachel war in Bewegung und, was Kubitsch für entscheidender hielt, bester Laune.

»Hallo Joachim! Kann ich dich kurz mal sprechen?«, sagte Kubitsch zu Stachel. Kubitsch war froh, dass noch immer niemand sonst in der Redaktion war.

»Tach aku! Natürlich, komm mit!«

Kubitsch folgte Stachel in dessen Büro, das durch eine Glaswand vom Rest der Etage abgetrennt war. Aquarium nannten dies die anderen Redakteure. Einmal hatte einer »Bitte nicht füttern!« auf ein Blatt Papier geschrieben und dieses an die Scheibe geklebt. Stachel hatte es wieder abgemacht, ohne ein Wort zu sagen.

Stachel bewegte sich um seinen Schreibtisch herum, blätterte im Vorbeigehen kurz durch die Post, die ihm die Sekretärin bereitgelegt hatte, warf sich in seinen Chefsessel mit den schwarzen Armlehnen und dem hohen Rückenteil und lockerte seinen Krawattenknoten. Stachel lockerte immer seinen Krawattenknoten, bevor er Entscheidungen traf oder wichtige Gespräche führte. Selbst bei unwichtigen Anlässen lockerte er seinen Krawattenknoten. Kubitsch dachte manchmal, Stachel würde nur deswegen mit Krawatte ins Büro kommen, um sie mit dieser einzigartigen Bewegung zu lockern, die sagte: Ich bin hellwach, ich bin auf Zack, ich bin Stachel!

»Was hast du in der Pipeline?«, fragte Stachel. Pipeline war eines seiner Lieblingsworte.

Kubitsch entschied sich für eine schnörkellose Eröffnung: »Ich war heute Morgen in der TU. Da gibt es einen zweiten Mord.« Stachel mochte es, wenn nicht lange um die Dinge herumgeredet wurde.

»Hängen die irgendwie miteinander zusammen?«, wollte er wissen.
»Die Polizei meint ja. Ich habe vor fünf Minuten mit Lammer gesprochen. Die gehen davon aus, dass es ein und derselbe Mörder war. Ein Profikiller«, sagte Kubitsch dazu, um die Geschichte noch interessanter zu machen. Drei lange Tage nach den Anschlägen in New York hatte aus Sicht der Lokalredaktion ein hiesiger Mord seinen Charme ohnehin zurückgewonnen. Ein Doppelmord schon gar.
»Hmm«, brummte Stachel, »das muss Koch machen. Der kann das.«
»Hör mal! Ich bin bereits mitten in der Recherche. Ich habe schon mit zwei, nein mit drei Studenten gesprochen. Die haben mir einiges gesteckt. Ich habe Lammer interviewt, der ist ganz begeistert von dem, was ich über Neumann geschrieben habe. Ich habe die Geschichte praktisch fertig. Ich warte nur noch auf das Kommuniqué der Kripo.«
»Da ist doch mit Sicherheit mehr drin, als in einer doofen Pressemitteilung steht!«
»Natürlich ist da mehr drin! Ich tu schon, was ich kann.«
Stachel verzog das Gesicht säuerlich, als wollte er sagen, das ist doch das Dilemma. Was du kannst, ist einfach nicht genug. Das sagte er immer, wenn ihm jemand damit kam, er tue doch sowieso schon, was er könne. Aber dann meinte er nur: »Für so eine Geschichte muss man Erfahrung mitbringen.« Das klang irgendwie versöhnlich.
»Joachim, ich bitte dich!« Kubitsch versuchte, möglichst entrüstet zu klingen. »Ich mache das Geschäft jetzt seit fünfzehn Jahren. Ich habe doch Routine ohne Ende. Ich weiß gar nicht, wohin damit!«
Diesem Argument konnte Stachel nicht gut widersprechen. Natürlich war Kubitsch ein alter Hase. Er kannte die Stadt besser als die meisten Fahrradkuriere, die sich mit knallbunten Plastikrucksäcken auf dem Rücken und sehr zum Ärger der Autofahrer durch den Verkehr drängelten, und er hatte mindestens genauso viele Kontakte zu den besseren Kreisen wie eine alte Nutte vom Straßenstrich.
Aber Kubitsch war in Stachels Augen eben doch nur ein abgestürzter Student, der sich als Lohnschreiber durchs Leben schlug. Stachel hielt ohnehin nichts von Unis. Er wusste, wer jemals wissenschaftliches Kauderwelsch geschrieben hat, findet nie mehr den richtigen Stil, den der Leser versteht.
Koch hingegen war vor zwei Jahren von einer feinen Journalistenschule gekommen. Gut, er stand mit der Rechtschreibung ein wenig auf Kriegsfuß, und mit der Interpunktion nahm er es auch nicht so genau. Aber das war heute nicht mehr wirklich wichtig. Dafür hatte Koch einen Riecher für

Storys, die juicy waren. Seine Geschichten waren sexy wie Aktiengewinne. Er hatte das richtige Feeling für Themen, wie sie der Leser haben will.

Stachel blickte Kubitsch skeptisch an, aber er sagte: »Na schön, dann mach du das! Aber wenn du Probleme hast, dann gehst du zu Koch. Der weiß, wie man so eine Geschichte anpackt!«

Als Kubitsch aus dem Aquarium kam, saß Koch vor seinem Computer und starrte auf den hell flimmernden Bildschirm. Ob er bereits an etwas arbeitete, sah Kubitsch nicht. Auch Susanne war inzwischen eingetroffen. Nein, sie habe noch nichts von Eva Glaschke aus New York gehört, antwortete sie auf Kubitschs Frage. Sie mache sich allmählich ernsthaft Sorgen. Freilich wäre es ein unwahrscheinlicher Zufall, wenn Eva ausgerechnet am Dienstag in der Nähe des World Trade Centers gewesen sein sollte, als die beiden Flugzeuge in die Zwillingstürme einschlugen. Aber auszuschließen sei natürlich nichts.

Bei Evas phänomenalem Reporterinstinkt, zur richtigen Zeit am richtigen Ort zu sein, sei es ihr durchaus zuzutrauen, dass sie sich in den Twin Towers herumtrieb, als die Anschläge stattfanden. Das wäre dann eben der absolut falsche Zeitpunkt für einen absolut falschen Schauplatz gewesen. Und das täte ihr schrecklich leid, sagte Susanne, denn Eva sei immer eine so nette Kollegin gewesen, immer hilfsbereit und immer gut drauf.

Kubitsch versprach, diesen Abend nochmals Evas Handynummer zu versuchen. Dann setzte er sich an einen freien Schreibtisch und fuhr den Computer hoch. Auf der Homepage des Polizeipräsidiums befand sich bereits die Pressemitteilung zum Mord an Pachmayr. Lammer hatte sich sehr beeilt. Der Text ähnelte dem vom Mittwoch, als es um den Tod von Waldemar Neumann gegangen war. Nur dass diesmal die Sekretärin die Leiche gefunden hatte.

Kubitsch hatte sie als sehr beflissen in Erinnerung, eine Frau in hellblauem Twinset und mit schwäbischem Akzent. Er fragte sich, ob sie jetzt genauso in Tränen aufgelöst war wie damals Sandra, die am Dienstag plötzlich in seiner Wohnung aufgetaucht war und sich bei ihm den halben Abend lang ausgeweint hatte.

Wahrscheinlich ging es der Sekretärin, deren Namen sich Kubitsch nicht gemerkt hatte, noch schlechter, denn Sandra war ein ziemlich harter Knochen. Als im vergangenen Juli ihr Vater gestorben war, nahm sie die Nachricht aus Sofia ohne jede Regung auf. Sie war noch nicht einmal nach Hause zur Beerdigung gefahren. Das Geld für die Reise könne sie vernünftiger ausgeben, hatte sie ihm erklärt. Kubitsch fand dieses Verhalten ausgesprochen roh, aber dann tröstete er sich damit, dass die Menschen auf dem Balkan wohl ein anderes Verhältnis zum Leben und Sterben haben.

Auch den Tod von Waldemar Neumann hatte Sandra überraschend schnell weggesteckt, fand Kubitsch. Immerhin hatte sie ihn in einer riesigen Blutlache gefunden. Sie hatte sogar die bereits kalte Leiche berührt. Schon der Gedanke an abgekühlte, im Tod erschlaffte Haut löste bei Kubitsch höchstes Unbehagen aus. Na gut, als Lokalreporter war er schon zu etlichen schweren Unfällen geschickt worden, aber einen Toten hatte er noch nie in seinem Leben angefasst.

Auf der Autobahn war er einmal zu einem Unfall hinzugekommen. Die Feuerwehr hatte die entsetzlich zugerichteten Fahrzeuge längst aus dem Weg geräumt, und die Rettungssanitäter packten einen Verletzten in einen Sanka. Kubitsch hielt sein Auto gar nicht erst an, und er erkundigte sich auch nicht bei der Polizei, was vorgefallen sei. Er fuhr äußerst langsam an der geräumten Unfallstelle vorbei.

Unter einer schwarzen Plastikfolie, die wie achtlos weggeworfener Abfall auf dem Bankett lag, zeichnete sich ein toter Körper ab. Ob es sich um einen Mann oder eine Frau handelte, konnte Kubitsch im Vorbeifahren nicht erkennen. Und dennoch hatte ihn die Erinnerung an den schwarzen Müllsack, der notdürftig bedeckte, was kurze Zeit zuvor noch ein Mensch gewesen war, tagelang verfolgt.

Als Sandra am Dienstag zu ihm gekommen war, trug sie noch immer den mit Waldemar Neumanns Blut verschmutzten Rock, nur dass es inzwischen zu rostbraunen Krusten vertrocknet war. Sie weinte zwei oder drei Papiertaschentücher nass und kratzte mit dem Daumennagel Neumanns geronnenes Blut aus dem Stoff ihres Kostüms. Dann beruhigte sie sich wieder und redete mit Kubitsch über Neumann, als habe sie sich eben in der Trambahn von ihm verabschiedet. Anschließend gingen sie gemeinsam ins Bett, als sei nie etwas gewesen.

14. September 2001
11:00 Uhr

Kubitsch traf sich mit McCraven im zweiten Stock einer Buchhandlung mitten in der Fußgängerzone. Den Treffpunkt in der Nähe des Servicepoints hatte McCraven vorgeschlagen, weil sie in dem ganzen Trubel dort garantiert ungestört blieben. Je mehr Menschen einen sehen, desto weniger wird man beobachtet, sagte McCraven.

Kubitsch hegte keinen Zweifel, dass McCraven wusste, wovon er sprach. Der ehemalige Polizeireporter mit reichlich Frankfurterfahrung war mit allen Wassern gewaschen. Kubitsch hatte ihn auf einer Party bei den Grubers kennengelernt. Es musste schon eine ganze Weile her sein, denn damals verwöhnte Hannelore die Gäste noch nicht mit Sushi, sondern mit deftigen Steaks, die Guido immer persönlich in einer legendären Metzgerei in Taufkirchen kaufte.

Kubitsch und McCraven hatten sich dennoch zeitig verabschiedet und in einer Kneipe abseits der Leopoldstraße noch ein paar Biere getrunken. Seit ihrer gemeinsamen Erfahrung mit Housewarmingpartys verstanden sie sich blendend und trafen sich regelmäßig.

Zu den Grubers wurde McCraven allerdings nicht mehr eingeladen, weil er einem handgeschnitzten indischen Heiligen, der mit einem optimistischen Gesichtsausdruck von der Souvenirwand heruntergrinste, eine brennende Zigarette in den halb geöffneten Mund gesteckt hatte. Nicht dass Hannelore und Guido ein Problem mit dem Suchtverhalten ihrer Gäste gehabt hätten. Schließlich waren sie wirklich tolerant, auch wenn sie Nikotin für eine ganz gefährliche Droge hielten, aber McCraven rauchte mit Vorliebe Selbstgedrehte. Deswegen konnte kein Filter die Glut stoppen, die dem Heiligen ein gehöriges Stück aus der Sandelholzunterlippe sengte. Dass McCraven nach diesem Malheur kein anderer Kommentar einfiel als, das sehe verdammt nochmal nach Lepra aus, machte die Sache nicht besser. Zumindest nicht aus Sicht von Hannelore und Guido.

Als Kubitsch in die Buchhandlung kam, blätterte McCraven gerade in einem Kochbuch. Vielleicht dachte er ja gelegentlich doch noch mit einer gewissen

Wehmut an Hannelores Küchenkünste. Kubitsch pirschte sich von hinten an ihn heran, legte seine Hand schwer auf McCravens Schulter und sagte mit Befehlston in der Stimme: »Ausweis bitte vorzeigen!«. McCraven hatte ihm einmal von einem schottischen Straßenmusikanten in Sachsenhausen erzählt. Der hatte einen Sommer lang in einer U-Bahnstation »rischtisch gediesch'ne« Bob Dylan-Lieder gesungen, und der einzige Satz, den er auf Deutsch sagen konnte, lautete: »Ausweis bitte vorzeigen!«. Seither hatte sich »Ausweis bitte vorzeigen!« zu einer verschwörerischen Grußformel zwischen Kubitsch und McCraven entwickelt, obwohl es absolut nicht lustig war, wenn Ausländer öfter nach ihren Papieren gefragt wurden als nach ihrem Wohlergehen im fremden Land, wie Kubitsch und McCraven übereinstimmend fanden.

»Hallo Arthur! Du hast dich doch gestern bei mir wegen diesem Waldemar Neumann erkundigt?«

»Und du hast mich ganz schön fertiggemacht wegen diesem dämlichen Russen-Bajonett!«

»So dämlich ist das gar nicht. Ich bin der Sache noch einmal nachgegangen. Neumann war bei uns im Innenministerium sozusagen amtsbekannt.«

»Ach was!«, entfuhr es Kubitsch, »wieso amtsbekannt?«

»Hör zu!«, sagte McCraven, obwohl die Aufforderung eigentlich überflüssig war. »Dieser Neumann war in einem Hilfsverein aktiv, der angeblich Computer sammelt und der Uni Sarajevo spendet.«

»Weiß ich doch längst. Die *Sarajevo Science Society*, die SARSEISO. Aber was meinst du mit angeblich?«

»Wir vermuten, dass es nicht um gebrauchte Hardware geht, sondern um höchst moderne Software.«

Kubitsch war einigermaßen platt. Moderne Software! Das passte zu Neumanns Lebensstil. Damit konnte man echtes Geld verdienen. Das roch förmlich nach fetten blauen Scheinen. Aber Neumann war tot. Und sein Professor Pachmayr seit heute morgen auch. Die beiden waren da ganz offensichtlich in eine Sache hineingestolpert, die ein paar Nummern zu groß war für mitteleuropäische Wissenschaftler.

»Was kann man mit so 'ner Software anfangen?«, sagte Kubitsch und wusste sofort, dass die Frage Unsinn war.

McCraven ging auch gar nicht darauf ein. Er blickte sich kurz um. Aber niemand sah in seine und Kubitsch' Richtung. Es stimmte schon, in einer gut frequentierten Buchhandlung war man völlig ungestört.

»Bei uns ist die Kacke am Dampfen, wegen dieser Sache in New York und dem Sarajevo-Verein. Hinter den Attentaten, da stecken radikale Islamisten. Und Sarajevo, das ist seit dem Bosnienkrieg die Drehscheibe für islamistische Terroristen in Europa. Kannst du dir vorstellen, was da los ist, wenn es eine Connection gibt zwischen München und Sarajevo? International meine ich.«

Kubitsch verstand nicht so recht. McCraven hatte ihm da Stichworte hingeworfen, die jetzt in Kubitsch' Gehirn verstreut lagen wie Kochs geliebte Tatortfotos auf dem Schreibtisch. Nur allmählich konnte er die Puzzleteile zusammensetzen. »Du meinst, es gibt da eine Verbindung zwischen diesem Neumann und dem Terror in Amerika? Das ist doch ein bisschen an den Haaren herbeigezogen.«

»Das hoffen wir auch! Aber der Punkt ist doch der: Es gibt da ein weltweites Netzwerk von Terroristen. Das kennen wir noch gar nicht wirklich. Da haben wir uns nie drum gekümmert. Die sitzen irgendwo in Afghanistan oder Saudi Arabien oder was weiß ich. Und eben auch in Sarajevo. Diese Wahnsinnigen von New York, die müssen natürlich nicht aus Bosnien kommen. Die brauchen auch nicht von dort unten aus unterstützt worden zu sein. Es reicht schon, wenn es da irgendwelche Kontakte gab, und wir hängen mit drin. Das wäre einfach absolute Scheiße. Du weißt doch, was bei den Amis jetzt los ist! Wenn das rauskommt, kaufen die uns keine rostige Schraube mehr ab. Das wäre für unsere Exportwirtschaft der SuperGAU.«

Kubitsch musste immer grinsen, wenn McCraven über Amerika herzog. Schließlich hatte ihn nur die Gnade der späten Geburt davor bewahrt, ein Besatzungskind zu sein. Aber auch so war er immerhin der direkte Nachkomme eines GI, der in seiner Frankfurter Kaserne mehrere Jahre die freie Welt geschützt und bei gelegentlichen Abstechern in die bundesdeutsche Wirklichkeit ein paar Kinder gezeugt hatte, bevor er nach vollbrachter Tat wieder nach Alabama abrauschte. Das hatte McCraven seinem Erzeuger und dem restlichen Amerika nie wirklich verziehen.

»Das Neueste hast du wahrscheinlich noch gar nicht mitbekommen«, griff Kubitsch das Gespräch wieder auf. »Es gibt einen zweiten Toten. Heute Morgen haben sie Neumanns Chef, einen gewissen Professor Pachmayr, ermordet. Ich war noch am Mittwoch bei ihm im Büro.«

McCraven pfiff durch die Zähne, dann sagte er: »Scheiße!«, was wohl so viel heißen sollte wie: erzähl weiter!

»Es war ganz offensichtlich derselbe Täter. Jedenfalls geht die Polizei davon aus«, sagte Kubitsch. »Pachmayr wurde ebenfalls erstochen. Das gleiche Muster wie bei Neumann. Wahrscheinlich ein Profikiller.«

»Scheiße«, wiederholte McCraven. »Ich erkundige mich und ruf' dich dann an, sobald ich etwas Näheres weiß.«

»Kann ich mich darauf verlassen?«, fragte Kubitsch, obwohl er genau wusste, dass McCraven immer Wort hielt. McCraven war ziemlich altmodisch. Was er versprach, das hielt er auch.

»Klar. Und ich muss mich darauf verlassen, dass unser Gespräch unter uns bleibt.« Auch Kubitsch war einer, der zu seinem Wort stand. Kubitsch und McCraven waren eben beide ziemlich altmodisch.

14. September 2001
13:35 Uhr

In der Redaktion herrschte inzwischen emsige Betriebsamkeit. Stachel hatte Aufträge verteilt, Recherchen angeordnet und die Volontärin zusammengestaucht. Seit sie eines Abends in der *American Bar* ziemlich unwirsch Stachels kollegial um ihre Schultern gelegten Arm abgeschüttelt hatte, waren ihre journalistischen Talente aus Sicht des Chefs deutlich geschrumpft und ihre Chancen auf eine Redakteursstelle im Haus auch.

Koch blätterte lustlos in einem Stapel frischer Farbfotos. Als er Kubitsch sah, warf er ihm einen wütenden Blick zu.

Susanne hatte auf ihrem Computerbildschirm gerade das Layout der ersten Lokalseite für morgen aufgebaut. Wo bis zum Abend Schlagzeilen, Texte und Fotos stehen sollten, befanden sich hellblau umrandete, waagrechte und senkrechte Felder. Als Kubitsch an ihrem Schreibtisch vorbeiging, flüsterte sie ihm rasch zu: »Deine Geschichte wird morgen der Aufmacher.«

Susanne war auf ihre Art auch altmodisch, dachte Kubitsch. Sie konnte sich über den Erfolg eines Kollegen ehrlich freuen, und Kubitsch hatte noch nie erlebt, dass sie bei den Intrigen mitgespielt hätte, wie sie für jede Redaktion völlig normal waren. Eine hell strahlende Karriere lag freilich nicht vor ihr. Stattdessen baute sie Tag für Tag aus den Artikeln, die die anderen geschrieben, und den Fotos, die die anderen gemacht hatten, die Lokalseiten zusammen. Dabei hatte sie eigentlich eine tolle Schreibe, wie Kubitsch immer wieder feststellte, wenn sie Stachel trotz allem zu einem Termin schickte.

Kubitsch suchte sich einen freien Schreibtisch und griff nach dem Telefonbuch. Es gab mehr als sieben Spalten mit dem Namen Neumann, von Anneliese bis Zita, aber nur eine Jana. Kubitsch wählte die Nummer und lauschte gespannt dem Klingeln am anderen Ende der Leitung. Obwohl es früher Nachmittag war, meldete sich eine tiefe, leicht näselnde Frauenstimme: »Jana Neumann!«

»Guten Tag, hier ist Arthur Kubitsch. Wir haben uns vorgestern bei ihren Eltern kennengelernt. Erinnern Sie sich?«

»Ja, natürlich«, antwortete Jana, »Sie sind dieser Starjournalist!«.

Kubitsch stellte sich vor, wie sie ihr Kinn mit den fein geschwungenen Lippen darüber hochnäsig hob und darauf wartete, dass er etwas sagte, was ihre Aufmerksamkeit auch tatsächlich verdiente.

»Pachmayr ist tot. Er wurde heute in seinem Büro ermordet. So wie Ihr Bruder. Wollen Sie dazu etwas sagen?«

Kubitsch hatte damit gerechnet, dass sie sich zumindest erstaunt gab oder dass sie vielleicht sogar aufrichtig fassungslos reagierte. Aber Jana sagte nur: »Das geschieht dem Schwein recht!«

»Sind Sie denn gar nicht überrascht?«, fragte Kubitsch.

»Sollte ich?«

»Naja, das wirft doch ein ganz neues Licht auf den Tod Ihres Bruders.«

»Wieso?« Kubitsch hatte den Eindruck, dass sie erst allmählich die ganze Bedeutung dieses zweiten Todesfalls begriff.

»Glauben Sie etwa, ich hätte etwas mit dem Mord an Pachmayr zu tun?«, fragte sie.

»Das ganz sicher nicht. Aber die Polizei glaubt, dass es derselbe Täter war. Verstehen Sie, wer immer Pachmayr auf dem Gewissen hat, hat auch Ihren Bruder ermordet.«

Jana schwieg. Daran hatte sie nicht gedacht. Der Tod stellte plötzlich eine Verbindung her zwischen dem verhassten Pachmayr und ihrem geliebten Bruder. Eine Verbindung, die sie Pachmayr nicht gönnte. Seinen Tod empfand sie als Beweis einer höheren Gerechtigkeit. Aber derselbe göttliche Racheengel hatte ihr zugleich den Bruder genommen. Und er hatte Pachmayr nicht dafür bestraft, was er Wolodja angetan hatte. Er hatte beide möglicherweise aus demselben Motiv getötet. Das hieß, dass auch der Grund für ihren gemeinsamen, nur drei Tage auseinanderliegenden Tod Pachmayr und Wolodja von jetzt an und für alle Ewigkeit verbinden würde.

»Frau Neumann, hören Sie noch?«, fragte Kubitsch nach einer, wie ihm schien, gewaltigen Sprechpause ins Telefon. »Sind Sie noch dran?«

»Ja.«

»Möchten Sie etwas dazu sagen?«

»Nein.«

»Hören Sie, ich muss Sie das jetzt fragen. Ihr Bruder hatte eine Menge Geld. Woher kam das?«

Jana schnaubte wütend: »Ja natürlich, das ist wieder typisch für euch Wessis! Ihr werdet es nie akzeptieren, wenn einer von uns Erfolg hat. Aber so nicht! Wolodja hat das Geld ehrlich verdient. Er hat immer alles, was er hatte, in einen Aktienfonds gesteckt. Und den hat er rechtzeitig verkauft. Bevor die Kurse gefallen sind. So war das. Deshalb hatte er das viele Geld.«

Kubitsch blieb skeptisch. Zwar hatte auch er noch jene Goldgräberjahre in Erinnerung, in denen die Aktienkurse wie die Fieberkurve eines Todkranken auf der Intensivstation in die Höhe stiegen und niemand glaubte, es könnte jemals wieder anders werden. Woche um Woche war von einem neuen Allzeithoch die Rede. Kubitsch hatte sich nie um Aktien gekümmert. Dafür verdiente er einfach nicht genug. Aber er hörte Gruber gern zu, wenn er von der lichten Zukunft der Kleinaktionäre schwärmte. Jeder Arbeitnehmer ein Kapitalist.

Elfi Circolo hatte zu Beginn der Neunziger bei Microsoft einen Job als Sekretärin bekommen und einen Teil ihres Lohns in Aktien erhalten. Als sie Anfang des Jahres nach Berlin zog, konnte sie sich von ihren MS-Papieren im Bezirk Charlottenburg eine schicke Eigentumswohnung kaufen. Jedenfalls erzählte sie immer, dass die Wohnung sehr schick sei. »Echt stylish«, sagte sie, was immer das bedeuten mochte. Kubitsch hatte die Wohnung noch nicht gesehen. Er konnte sich auch nicht vorstellen, dass ihn Elfi Circolo in ihre Wohnung lassen würde. Dafür war einfach zu viel vorgefallen zwischen ihnen. Auf alle Fälle hatte Elfi Circolo die Wohnung bar bezahlt.

So war das eben – in den vergangenen Jahren. Gruber hatte Kubitsch oft spüren lassen, dass er ihn für einen Idioten hielt, weil er sich nichts vom großen Kuchen nahm, wie Gruber das nannte. »Geldanlagen in Australien, Arthur, die sind im Kommen«, sagte Gruber. »Keine Krisen, viele Bodenschätze, billige Arbeitskräfte und, was ganz wichtig ist, keinen Kündigungsschutz. Die Chinesen pumpen Geld rein, dass die Konjunktur nur so brummt. Australien, Arthur oder Neuseeland, das ist praktisch dasselbe. Neuseeland ist ja eine australische Kolonie. Oder Singapur.«

Als Kubitsch eines Tages einwandte, nichts auf der Welt könne ewig wachsen, antwortete Gruber mit dem Bewusstsein desjenigen, der gar nicht wissen will, was vor hundert Jahren war, weil er jetzt lebt:

»Ich sehe keinen Grund, warum das Wachstum nicht ewig weitergehen soll.« Als der DAX im März vergangenen Jahres über achttausendzweihundert Punkte kletterte, fragte sich Kubitsch, ob Gruber nicht doch recht gehabt hatte. Vielleicht hatten die Neunzigerjahre tatsächlich sämtliche Naturgesetze auf den Kopf gestellt. Vielleicht wuchsen die internationalen Aktienmärkte doch grenzenlos weiter.

Aber eines war Kubitsch auch klar: selbst astronomische Gewinnmargen brauchten ein wenig Grundkapital. Und woher sollte Waldemar Neumann das gehabt haben? Viel aus wenig, das war in Ordnung. Aber viel aus nichts, das war unmöglich. Es mochte ja sein, dass Neumann sein bisschen Erspartes clever investierte. Sicher brachte ein Aktienfonds mehr Rendite als Omas Sparbuch. Aber Gruber hatte von einem sechsstelligen Betrag gesprochen, den Neumann bei ihm hatte anlegen wollen. Das konnte er doch unmöglich von seinem dünnen Assistentensalär zusammengekratzt haben. Und den Porsche besaß Neumann auch noch.

Von all dem sagte Kubitsch Jana nichts. Er sagte einfach:
»Das glaube ich Ihnen nicht!«
»Dann lassen Sie's!«, fauchte Janas Stimme aus dem Telefon.
»Wissen Sie, was ich glaube?«, sagte Kubitsch, »ich glaube, Ihr Bruder hat Computerprogramme geschrieben und an Terroristen verkauft. Und zwar nach Sarajevo.«
Kubitsch spürte, dass Jana die Luft anhielt. Dann platzte sie heraus: »Sie sind verrückt! Sie sind doch komplett verrückt!«
Kubitsch blieb ganz cool: »Nein, ich bin nicht verrückt. Ich habe eindeutige Beweise.«
»Beweise wofür?«
»Dass Ihr Bruder gemeinsam mit Pachmayr die *Sarajevo Science Society* benutzt hat, um Computersoftware heimlich nach Sarajevo zu schmuggeln und an Terroristen zu verkaufen.«
»Sie müssen wirklich total durchgeknallt sein«, sagte Jana. Ihre Stimme klang jetzt wieder ein wenig gefasster. »Wissen Sie denn nicht, dass die *Sarajevo Science Society* sogar vom Wirtschaftsministerium gefördert wird? Glauben Sie vielleicht, das würden die tun, wenn es etwas Verbotenes wäre?«

Kubitsch dachte an das Gespräch, das er vor gerade mal zwei Stunden in der Buchhandlung mit McCraven geführt hatte. Und dass ihm sein alter Kumpel ziemlich nervös erschienen war. McCraven war normalerweise nicht der Typ, der nervös wird. Es musste also an diesem Vormittag etwas im Innenministerium vorgefallen sein. Vielleicht war einem der Beamten aufgefallen, dass das Wirtschaftsministerium mit der *Sarajevo Science Society* verbandelt war. Vielleicht hatte jemand eins und eins zusammengezählt.
Kubitsch war sich sicher, dass niemand in der Prinzregentenstraße etwas von den dubiosen Machenschaften Neumanns oder Pachmayrs ahnte. Man hatte einfach eine preisgünstige Gelegenheit gesehen, ohne eigenes Zutun Wirtschaftskontakte in das ehemalige Jugoslawien zu knüpfen. Was das an-

ging, hatte Pachmayr sicherlich die Wahrheit gesagt. Wer würde auch einem deutschen Professor illegale Geschäfte zutrauen. Aber wenn sich bestätigte, was die Polizei anscheinend vermutete, dass nämlich Neumann und Pachmayr islamistischen Terroristen in die Hände gearbeitet hatten, hing die hohe Politik mit drin. Und das drei Tage nach den New Yorker Anschlägen. Kein Wunder, dass McCraven alles scheiße fand.

»Das bedeutet doch gar nichts«, antwortete Kubitsch. »Dass die *Sarajevo Science Society* vom Wirtschaftsministerium gefördert wird, heißt doch nicht, dass die etwas von den krummen Geschäften Ihres Bruders wussten. Ihr Bruder hat den Verein für seine Zwecke ausgenutzt. Das ist doch die Sauerei!«

»Ich finde es einfach nur gemein, dass Sie Wolodja jetzt so schlecht machen. Wo er sich nicht mehr wehren kann!« Janas Stimme hatte ihren Tonfall völlig verändert. Sie klang nicht mehr arrogant und nicht mehr aggressiv, sie klang maßlos traurig. Kubitsch hatte das Gefühl, Jana könnte jeden Augenblick zu weinen beginnen. »Ich werde Ihnen beweisen, dass Wolodja sich sein Geld ehrlich verdient hat. Ich kann Ihnen alle seine Kontoauszüge zeigen. Dann werden Sie sehen.«

»Wie kommen Sie zu seinen Kontoauszügen?«, fragte Kubitsch. Die Aussicht auf Neumanns Bankunterlagen verunsicherte ihn etwas. Vielleicht war er mit seinen Verdächtigungen zu weit vorgeprescht. Vielleicht hatte er in das, was er von Lammer und von McCraven gehört hatte, zu viel hineininterpretiert. Vielleicht spielte ihm seine Reporternase einen Streich.

Jetzt erschien ihm seine Theorie von vorhin plötzlich als zu gewagt. Zwei Wissenschaftler, die in ihrer Freizeit mit bärtigen Gesellen in wallenden Araberhemden verhandeln und ihnen Computerprogramme verhökern, die ihnen mit Sicherheit nichts nutzen. Wer sollte so eine Story ernsthaft glauben? Terroristen brauchen Kalaschnikows und Sempex-Sprengstoff und neuerdings entführte Passagierflugzeuge. Aber Computerechtzeitprogramme? Nein! Er musste sich geirrt haben.

»Wolodja hat immer alles aufgehoben. Ich weiß, wo seine Papiere sind«, hörte Kubitsch Janas traurig näselnde Stimme aus dem Telefon.

»Wann kann ich die Unterlagen sehen?«, fragte er zurück.

»Wenn Sie wollen, schon morgen.«

»Und wo?«

»Treffen wir uns um fünf in dem kleinen Café am Romanplatz! Kennen Sie das?«

»Ich werde es finden«, antwortete Kubitsch.

14. September 2001
13:39 Uhr

Kubitsch zog sein Notizbuch aus der Tasche. Er mochte dieses schwarze Büchlein, das man mit einem an den schmalen Seiten eingenähten Gummiband verschließen konnte und von dem es hieß, schon Ernest Hemingway und Bruce Chatwin hätten solche Notizbücher benutzt. Dieses Notizbuch weckte mit seiner altmodischen Aufmachung in Kubitsch die Vorstellung an die große Zeit des Journalismus, an alte Hollywoodfilme, in denen aufrechte Reporter nichts anderes suchten als die reine Wahrheit, und in denen sie ihre Enthüllungsstorys noch in stählerne, schwarz lackierte Schreibmaschinen hämmerten. Die Aussicht, den Aufmacher für die morgige Ausgabe zu schreiben, weckte in Kubitsch ein seltsam romantisches Gefühl, das ihm eigentlich längst abhanden gekommen war.

Noch dazu war morgen Samstag, und die Wochenendausgabe wurde nach allen Erfahrungen immer besonders gründlich und von besonders vielen Menschen gelesen.

Kubitsch zog den Gummiring über die abgerundeten Buchecken und blätterte, bis er eine weiße, unbeschriebene Seite fand. Heute hatte er sich noch keine Notizen gemacht. Dabei war dieser Tag ausgesprochen erfolgreich, fand Kubitsch. Ganz oben auf die Seite schrieb er mit Bleistift den Namen Pachmayr. Pachmayr war tot, und die vereinbarten dreitausend Mark hatte es auch nicht gegeben. Kubisch war also an keinerlei Abmachungen mehr gebunden.

Was hatte ihm der Prof gestern Nachmittag alles gesagt? Dass er mit seinem Assistenten, der ebenfalls tot war, ein Verhältnis hatte, war nicht mehr interessant. Aber dass es zwischen Pachmayr und seinen beiden Mitarbeitern Streit gegeben hatte wegen der *Sarajevo Science Society*, das würde Stachel juicy finden. Hinter das Wort Pachmayr malte Kubitsch daher drei große S für *Sarajevo Science Society*.

Bei diesem Streit zwischen Prof und Assis war es laut Pachmayr darum gegangen, ob es in Ordnung sei, die von deutschen Unis gespendeten Computer nach Sarajevo zu verkaufen. Kubitsch hielt das für eine Frage des Stils.

Etwas Verbotenes konnte er daran nicht erkennen. Schon gar nicht würde man deshalb jemanden ermorden. Unter die drei S schrieb Kubitsch: »Was geschah in Sarajevo?«

Denn das erschien ihm wesentlich spannender. Was hatte Pachmayr gemeint, als er ihm sagte, dann sei alles aus dem Ruder gelaufen? Kubitsch hatte vergessen, an dieser Stelle nachzuhaken, und nun konnte er ihn nicht mehr fragen. Jedenfalls musste Pachmayr bei seinem Besuch in Bosnien etwas erlebt haben, was seine Haltung zu dem Hilfsverein grundlegend änderte. Und warum hatte ihn sein bosnischer Gastgeber in ein heruntergekommenes Restaurant geführt, in dem Zuhälter und Nutten verkehrten? Und vor allem, warum waren sie in einem provisorischen Krankenhaus gewesen? Es musste doch auch in Sarajevo möglich sein, gepflegt zu konferieren, wie das Professoren überall auf der Welt taten.

Sollte Pachmayr sehen, in welch desolater Lage sich das Land befand? Und dass der Westen daran schuld hatte, weil er dem Krieg zwischen Serben, Kroaten und Bosniaken vier Jahre lang tatenlos zugesehen hatte? Kubitsch hatte diese Theorie schon öfter gelesen, ohne dazu eine eigene Meinung zu haben. Oder sollte Pachmayr in Sarajevo von irgendetwas überzeugt werden? Und wenn, von was?

Unter den Namen des Professors schrieb Kubitsch den seines Kumpels McCraven. Was er von ihm wusste, war streng vertraulich. Er würde davon nichts in seinem Artikel verwenden. Um die Geschichte zu verstehen, war es ihm aber wichtig, die Informationen wenigstens im Hinterkopf zu haben. Neumann war demnach in illegale Geschäfte verwickelt, bei denen es nicht um ausgemusterte Computer ging, sondern um Software, also um Programme. Und im Innenministerium befürchteten sie, dass diese an radikale Islamisten geliefert wurden. Vor dem Hintergrund der Terroranschläge in New York bekam diese Möglichkeit eine ungeheure Brisanz. Das war es, was McCraven umtrieb und warum er ständig »Scheiße« gesagt hatte.

Neumanns Schwester Jana bestritt dies aber leidenschaftlich und wollte ihm morgen sogar Beweise vorlegen, dass ihr Bruder ganz legal durch Aktienspekulationen zu dem Geld gekommen war, das er zweifelsfrei besaß. Sollte das zutreffen, wäre Neumann aus der Sicht Kubitschs einigermaßen entlastet. Freilich könnte er das Geld aus seinen Sarajevo-Deals auch auf irgendwelchen Konten haben, von denen Jana nichts wusste oder nichts sagte. Aber zumindest wäre geklärt, wo das Geld herstammte, das Neumann bei Gruber hatte anlegen wollen.

Kubitsch notierte neben dem Wort »McCraven« den Namen »Neumann« und darunter »Software« und »Terror«. Um »Neumann« machte er einen

Kringel und einen Pfeil, hinter dessen Spitze er »Jana« schrieb. Mit Jana würde er morgen erneut reden. Unter »McCraven« setzte er den Namen von Thomas Gelfert. Von ihm hatte er alles Mögliche gehört, was er nicht verstand und was er deshalb nicht für sonderlich bedeutend hielt, außer dass man diese Computerechtzeitprogramme praktisch überall brauchen konnte.

An das untere Ende der Seite schrieb Kubitsch das Wort »Lammer« und daneben »OK« für organisierte Kriminalität und »nachts«, weil Pachmayr zu einer Zeit erstochen wurde, in der die TU-Gebäude üblicherweise zugeschlossen sind. Dann setzte er das Wort »Schlüssel« daneben und malte ein großes Fragezeichen dahinter. Denn Spuren eines Einbruchs hatte die Polizei nicht gefunden.

Kubitsch konnte sich zwar vorstellen, dass sich der Mörder Pachmayrs am Abend vor der Tat in der Toilette oder unter einem Tisch versteckt hatte einschließen lassen. Aber Lammer tendierte mehr zur Auffassung, der Mörder sei mit einem Schlüssel ins Institut eingedrungen. Das warf freilich die Frage auf, wie er an den Schlüssel gekommen war? Kubitsch hatte keine Vorstellung, wie viele Schlüssel im Umlauf waren, wer alles einen besaß und wer einen in letzter Zeit möglicherweise verloren hatte, ohne es vielleicht bislang zu bemerken.

An dieser Stelle wurde er einen Gedanken nicht los, der sich schon den ganzen Tag in seinem Kopf gedreht hatte. Er nahm wieder den Bleistift zur Hand. In ein solches Notizbuch, wie es womöglich schon ganze Generationen weltberühmter Journalisten und Schriftsteller benutzt hatten, konnte man unmöglich etwas mit einem Plastikkugelschreiber notieren, wie sie die Versicherungsvertreter im Dutzend als Werbegeschenk verteilten. Dafür brauchte man unbedingt einen sorgfältig gespitzten Bleistift. Damit schrieb er zwischen die Worte »Lammer« und »Gelfert«, wo er vorhin noch eine freie Stelle gelassen hatte, den Namen »Sandra«.

Sandra hatte irgendetwas mit der Sache zu tun. Kubitsch hatte keine Ahnung, was dies sein könnte, aber er war sich mittlerweile ganz sicher. Sandra hatte den toten Neumann gefunden, sie war Pachmayrs Assistentin, sie hatte bei der Sarajevo-Gesellschaft mitgemacht, mehr noch, sie hatte dort die Kontakte hergestellt, auch mit ihr hatte Pachmayr deswegen Streit gehabt, und Sandra besaß natürlich einen Schlüssel für ihr Büro und den Eingang in die TU. Kubitsch musste sich gestehen, dass er verdammt wenig über Sandra wusste. Im Grunde genommen wusste er gar nichts über sie.

Er hatte Sandra im März kennengelernt nach einer, wie er sich erinnerte, recht langen Phase sexueller Enthaltsamkeit. Nachdem Elfi Circolo nach Berlin gezogen war, hatte sich bei ihm wochenlang in Sachen Erotik nichts abgespielt. Für die jungen Mädels, denen man mit ein paar lockeren Sprüchen etwas vormachen konnte, war er langsam zu alt. Immerhin würde er im kommenden Juli seinen vierzigsten Geburtstag feiern. Und die Frauen in seinem Alter hielten längst Ausschau nach jenen Männern, die auch finanziell zu einer vernünftigen Brutpflege in der Lage waren. Kubitsch hatte keinen Zweifel, dass sich seit der Steinzeit nichts wirklich Wichtiges verändert hatte.

Deshalb hockten die Menschen abends vor dem Fernseher, als sei er das Lagerfeuer in einer Höhle, bei dem es auf das beruhigende Flackern ankommt und vielleicht auch darauf, sich die Finger zu wärmen, aber nicht auf gute Unterhaltung. Deshalb gingen Männer am Wochenende in Fußballstadien, wo sie mit Schal, T-Shirt und Baseballkappe in den Farben ihres Lieblingsvereins und viel martialischem Geschrei zeigen konnten, zu welcher Horde sie gehörten. Deshalb fuhren Familien während der Sommerferien in den Süden, weil Menschen schon immer auf der Suche nach neuen, noch saftigeren Weidegründen waren. Erst als es auf der Welt so viele Menschen gab, dass es vorbei war mit dem ständigen Herumwandern, mussten sie sesshaft werden und Städte bauen.

Und deshalb waren Männer mit ausreichend gefüllten Portemonnaies und einer sicheren Lebensstellung für Frauen so attraktiv. Das waren die Männer, in deren Höhlen das Feuer nie ausging, die stets die fetteste Beute anschleppten und die Schutz und Sicherheit für den Nachwuchs garantierten. Und so sahen das die Frauen noch heute.

Davon war Kubitsch überzeugt. Er hatte das auch irgendwo schon einmal gelesen. Irgendwann würde sich das natürlich auf die Menschheit auswirken, denn er konnte sich nicht vorstellen, dass es im Sinn der Evolution war, wenn ehedem pickelgesichtige Gymnasiasten, die es nie gewagt hätten, einen Tag lang die Schule zu schwänzen oder auf dem Klo heimlich eine Zigarette zu rauchen, und die im Sportunterricht wie nasse Säcke am Reck hingen, sich mit den schönsten Frauen paarten. Irgendwann musste diese Form der Auslese eine Gesellschaft von Weicheiern und Warmduschern erzeugen, die Autos mit Servolenkung bevorzugten und nur noch im Schatten parkten. So musste es einfach kommen, das glaubte Kubitsch felsenfest. Oder Charles Darwin hatte sich gründlich geirrt.

Sandra war von Anfang an anders gewesen, erinnerte sich Kubitsch. Sie hatte sich einen Teufel um seine Einkünfte geschert. Sie war mit ihm in seine Höhle gegangen, und sie hatte ihn genommen. Sie hatte nie Anstalten gemacht, bei ihm einzuziehen. Sie kam, wann immer sie Lust hatte. Sie trug dann keine Slips unter ihren stets zu engen Röcken, noch nicht einmal einen String, dessen spitzenbesetzter Gummizug aus dem Hosenbund hervor lugen hätte können, wenn sie denn jemals Hosen getragen hätte. Sie trug einfach nichts unter ihrem Rock. Und sie behandelte ihn mit männlicher Arroganz. Eigentlich benahm sie sich wie ein Mann. Eigentlich war sie ein weiblicher Macho, wenn es so etwas geben konnte. Und sie mochte keinen Rock'n'Roll.

Sie hatten nie viel miteinander geredet. Kubitsch hatte sich nicht sehr dafür interessiert, woher Sandra stammte und was sie am Institut machte. Und wenn sie ihm etwas erzählte, verstand er es meist nicht.

Außerdem dachte er noch immer an Elfi Circolo, auch wenn deren atemberaubende Rundungen erahnen ließen, dass sie in wenigen Jahren wie eine italienische Matrone aussehen würde. Kubitsch war der Meinung, er habe Elfi Circolo wirklich geliebt. Elfi stammte aus Rom, wie sie gern betonte. Aber eigentlich stammten ihre Eltern aus Rom. Sie hatten in den Sechzigerjahren eine Eisdiele in München übernommen, und Elfi war hier zur Welt gekommen.

Kubitsch mochte Elfis Eltern, besonders ihre Mutter, die ihre aus der Form geratene Figur meist in ein schwarzes Kleid zwängte, obwohl sie keine Witwe war und wohl so schnell auch nicht würde. Jedenfalls machte Elfis Vater einen kerngesunden Eindruck. Und während Signora Circolo während des ganzen Tages farbenprächtige Eisvariationen an die kleinen runden Tischchen balancierte und man sah, dass sie trotz ihrer praktischen schwarzen Slipper dabei jeder Schritt schmerzte, stand er hinter der Theke und bewahrte in erster Linie den Überblick und wartete auf seine Kumpels.

Eines Tages würde Elfi aussehen wie ihre Mutter. Das hatte Kubitsch aber nie gestört. Nur dass sie jetzt in Berlin lebte, das schmerzte ihn. Vielleicht hatte Elfi gehofft, dort seien die Weidegründe besser.

Von Sandras Eltern wusste er nichts, außer dass ihr Vater vor ein paar Monaten gestorben war. Aber Kubitsch hatte noch nicht einmal gefragt, in welchem Alter und woran. Er hatte keine Ahnung, wie es dort aussah, wo Sandra herkam, was die Menschen dort dachten, wie sie lebten und was sie arbeiteten. Er hatte nie gefragt, und Sandra hatte nie etwas erzählt. Aus Bulgarien kommen Gewichtheberinnen und Computerexperten, hatte McCraven einmal gespottet, und Kubitsch dachte, Sandra sei eine Kombination aus beidem.

Nur ihre männliche Arroganz ging ihm immer mehr auf die Nerven. Und dass sie keinen Rock'n'Roll mochte und noch nicht einmal wusste, was in Woodstock passiert war.

14. September 2001
13:56 Uhr

Das Läuten seines Handys schreckte ihn aus den Erinnerungen an Sandra Schiwkowa und an Elfi Circolo. Es dauerte eine Weile, bis er es aus seiner Jackentasche genestelt hatte. Er fürchtete schon, der Anrufer könnte inzwischen auflegen. Aber es klingelte munter und immer lauter weiter, bis er endlich McCravens Stimme hörte:

»Arthur, hör zu! Die Sache stinkt immer mehr. Ich habe gerade mit Lammer telefoniert. Die haben keine Fingerabdrücke. Okay, das heißt noch nichts. Aber sie haben auch keine DNS-Spuren. Und die Tatwaffe vom Pachmayr haben sie auch nicht. Das muss ein absolut perfekter Profi gewesen sein.«

Kubitsch schluckte. Er überlegte, was dies nun für seine Story bedeutete? Wahrscheinlich nichts, außer dass die Polizei über Nacht keinen Täter präsentieren konnte und seine Geschichte deshalb das ganze Wochenende über aktuell bliebe. Eigentlich ganz gut, dachte Kubitsch. Nichts war für einen Zeitungsmann schlimmer, als abends, vielleicht noch kurz vor Mitternacht, eine Geschichte in Druck zu geben, die sich am Morgen längst erledigt hatte und deren neueste Fassung dann von den Kollegen beim Rundfunk genüßlich in den Äther posaunt wurde.

»Schön«, sagte Kubitsch.

»Bist du noch zu retten? Was soll daran schön sein?«, fragte McCraven.

»Nichts. Ich meine nur.«

McCraven brummte irgendetwas, das Kubitsch nicht verstand. Dann fiel ihm ein, was er McCraven schon mittags in der Buchhandlung hatte sagen wollen:

»Übrigens hatte ich gestern einen Drohbrief im Briefkasten. Und außerdem habe ich das Gefühl, dass mich jemand verfolgt.«

»Wer?«

»Keine Ahnung. So ein Bursche in einem dicken Mercedes. Zum ersten Mal habe ich ihn gesehen, als ich am Mittwoch bei Neumanns Eltern war. Seither taucht er immer wieder auf. Zuletzt heute morgen. Da stand er mit ein paar Kumpels in der Arcisstraße.«

»Hast du das Kennzeichen von seinem Auto?«

Daran hatte Kubitsch natürlich nicht gedacht. Er hatte der Sache zunächst auch keine Bedeutung beigemessen. Er hatte erst gar nicht registriert, dass er verfolgt wurde. Erst seit diesem Morgen hatte er das Gefühl, dass es der bullige Typ mit den blonden Haaren in der dunkelroten Limousine auf ihn abgesehen haben könnte. Und das auch nur deshalb, weil ihm aufgefallen war, dass der Blondschopf diesmal in reichlich unfreundlicher Begleitung gewesen war.

»Tut mir leid. Hab ich nicht«, antwortete er.

»Ach Mensch, Arthur, mit dir ist es ein Kreuz«, stöhnte McCraven, aber die Sorge in seiner Stimme klang echt, nicht schadenfroh wie am Tag zuvor, als er Kubitsch das mit dem Bajonett um die Nase gerieben hatte. »Was hast du mit dem Brief gemacht?«

»Den habe ich in den Mülleimer geworfen.«

»Und wie sieht der Typ aus, der dich verfolgt?«

»Schwer zu sagen. Ziemlich groß, muskulös, durchtrainiert, blond, auf alle Fälle ziemlich ungemütlich, wenn du mich fragst.«

McCraven überlegte eine Weile, dann sagte er: »Also Arthur, schreib' jetzt mal deine Geschichte. Und dann fährst du auf dem schnellsten Weg nach Hause. Kneipe fällt heute flach. Verstehst du?«

»Machst du Witze? Mir will doch keiner was.«

»Arthur, tu mir bitte den Gefallen! Keine Risiken, solange wir nicht wissen, was los ist. Vielleicht hast du den Mörder gesehen.«

14. September 2001
13:59 Uhr

Kubitsch steckte das Handy zurück in seine Jackentasche. Er wollte einmal gründlich nachdenken. Vielleicht hast du den Mörder gesehen, hatte McCraven gesagt. Vielleicht hätte er die Geschichte tatsächlich diesem unerträglichen Koch überlassen sollen. Sollte der sich doch abmurksen lassen! Neumann und Pachmayr hatten wenigstens ordentlich verdient. Er würde ein paar Mark Zeilenhonorar aufs Konto bekommen. Den großen Reibach machten die anderen. Aber hätte es Hemingway auch so gesehen? Mit Sicherheit nicht. Gefahr gehört zum Geschäft, dachte Kubitsch.

Er nahm den Hörer des Telefons ab, das vor ihm auf dem Schreibtisch stand, und wählte Sandras Handynummer. Es klingelte kurz, dann hörte er ihre Stimme: »Schiwkowa!«

»Hallo Sandra«, sagte er, obwohl er sich fest vorgenommen hatte, sie nur noch mit Aleksandra anzusprechen, mit »ks«, nicht mit »x«.

Aber sie antwortete mit: »Gott sei Dank, dass du anrufst!«

»Was ist denn los?«, fragte Kubitsch. Er war erleichtert, dass sie wegen seines Versprechers nicht gleich wieder patzig reagierte.

»Du musst mir helfen. Die Polizei lässt mir keine Ruhe!«

»Wieso? Was wollen denn die noch von dir?«

»Ich weiß auch nicht. Die waren den ganzen Tag hier und haben mich immerzu ausgefragt.«

»Was denn?«

»Immer dieselben Fragen. Wo ich war? Ob ich was gesehen habe? Ob ich was gehört habe? Und ich hätte doch etwas merken müssen.«

»Wegen Pachmayr?«

»Ja. Weißt du es schon? Der ist auch tot.«

»Hab ich schon gehört. Ich war heute Morgen bei euch in der TU.«

»Was soll ich jetzt machen?« Sandra klang verzweifelt.

»Beruhige dich«, sagte Kubitsch. »Das ist nur Routine. Die Polizisten müssen das fragen. Das gehört zu ihrem Job.«

»Glaubst du?«

»Ich weiß das!«

»Aber wenn die mich verdächtigen! Ich bin Ausländerin.«
»Na und? Die verdächtigen dich garantiert nicht«, sagte Kubitsch.
»Warum bist du dir so sicher?«
»Ich weiß es!«
»Woher willst du das wissen?«
»Ich habs recherchiert. Ich dürfte dir das eigentlich nicht sagen, aber die ermitteln in eine ganz andere Richtung.«
»In welche Richtung?«
»Ich darf's dir eigentlich nicht sagen.«
»In welche Richtung?«
Kubitsch blickte sich kurz um. Dann sagte er so leise, dass Sandra ihn gerade noch verstehen konnte: »Neumann und Pachmayr hatten möglicherweise was mit islamistischen Terroristen zu tun.«
»Nein!«, sagte Sandra ungläubig. Eine Weile herrschte Schweigen, dann sagte sie: »Mir ist aufgefallen, dass die beiden in letzter Zeit irgendwie komisch waren. Irgendwie anders als sonst.«
»Wie anders?«
»Waldemar hat immer so seltsame Bemerkungen gemacht. Er würde bald zu sehr viel Geld kommen. Das hat er ein paarmal gesagt. Dann sei er auf seine Assistentenstelle nicht mehr angewiesen. Aber ich habe nichts drauf gegeben. Dummes Gerede, habe ich mir gedacht.«
»Wieso Gerede?«
»Ich dachte halt, der will irgendwie angeben. Wolodja war manchmal ziemlich frustriert von seinem Job und von allem.«
»Von allem?«
»Wolodja war ein unglücklicher Mensch.«
»Du hast mir doch erzählt, er wolle einen Elitestudiengang einrichten. Er wolle nur die Besten haben. Das hast du gesagt. Deswegen sind doch bei ihm so viele Studenten durchgefallen.«
»So viele auch wieder nicht«, meinte Sandra.
»Aber immerhin genug, dass du gemeint hast, einer von denen könnte der Täter sein«, sagte Kubitsch.
Er hörte, dass Sandra geräuschvoll Luft ausblies und stellte sich vor, wie sich dabei ihre Oberlippe leicht hob. Dann sagte sie: »Bei so einer Sache weiß man doch nie. Könnte doch sein? Aber was ist jetzt damit, dass Wolodja immer von viel Geld gesprochen hat? Das ist doch ein wichtiger Hinweis für dich?«, fragte Sandra.
»Ja, schon. Hast du das der Polizei auch gesagt?«
»Nein, habe ich nicht. Ich wollte es erst dir erzählen.«

»Das ist gut. Sag es vorläufig niemandem.« Kubitsch machte eine Pause, dann sagte er: »Kommst du heute Abend?«

»Ausgeschlossen, Arthur. Heute Abend geht es nicht. Leider! Aber morgen komme ich. Morgen komme ich ganz bestimmt!«

14. September 2001
14:03 Uhr

Gefahr gehört zum Geschäft, dachte Kubitsch, als er den Hörer aufgelegt hatte. Dann klappt es auch bei den Frauen. Frauen stehen nicht auf Warmduscher, die ihre Autos immer nur im Schatten parken. Frauen stehen auf Männer, die Gefahr ausstrahlen. Dann wandte er sich seinem Artikel zu. Als Titel schrieb er: »Mysteriöse Mordserie in der TU gibt Polizei Rätsel auf.« Das Adjektiv »mysteriös« löschte er wieder, weil die Schlagzeile sonst für einen Dreispalter zu lang gewesen wäre. Aber »Mordserie« war gut. Das würde Stachel gefallen.

Er fand, dass McCraven ein wenig übertrieben hatte. Vor allem dass der blonde Muskelmann der gesuchte Doppelmörder sein sollte, wollte ihm nicht recht in den Kopf. Wie ein eiskalter Killer sah der Mann nicht aus, fand Kubitsch, eher wie ein brutaler Schläger. Außerdem würde doch ein Mörder möglichst schnell untertauchen und sich nicht dadurch verdächtig machen, dass er auffallend häufig in der Botanik herumstand.

Er las noch einmal die Seite in seinem Notizbuch mit den Stichworten, die er vorhin notiert hatte, dann schrieb er den ersten Satz seines Artikels: »Am gestrigen Freitag wurde in den frühen Morgenstunden der bekannte Professor Sebastian Pachmayr in seinem Büro in der Münchner TU ermordet aufgefunden.«

Ob Pachmayr tatsächlich bekannt war, wusste Kubitsch nicht, aber die Formulierung konnte auch nicht schaden, denn sie machte die Sache zusätzlich interessant. Und wer würde schon zugeben, jemanden nicht gekannt zu haben, von dem es in der Zeitung hieß, er sei bekannt gewesen. Noch nicht einmal Stachel würde das tun. Der schon gar nicht!

Ansonsten war der Satz nicht sonderlich schön, aber er enthielt alle Informationen, die zu Beginn eines Berichts nötig waren: wer, wann, wo und wie. Nur das Warum blieb offen.

So packt man eine Story an, dachte Kubitsch. Kochs dämliches Getue, man müsse einen Artikel in Bildern schreiben, hatte er schon immer für ziemlich affig gehalten. Damit konnte Koch vielleicht ein paar Volontärinnen imponieren. Und Stachel fuhr auf diesen Blödsinn auch noch ab. Aber guter Journalismus funktionierte in Wirklichkeit ganz anders. Das würde er jetzt allen zeigen, dachte Kubitsch.

Er biss auf das stummelige Ende seines Bleistifts. McCraven war ein ausgepuffter Profi mit stets spitzer Zunge. So ernsthaft wie heute hatte ihn Kubitsch noch nie erlebt. Vielleicht sollte er wirklich sofort von der Redaktion aus nach Hause fahren. Ein wenig fernzusehen und früh ins Bett zu gehen, konnte nicht schaden.

Dann machte sich Kubitsch an den zweiten Satz: »Die Ermittlungsbehörden gehen davon aus, dass die Bluttat in Zusammenhang steht mit der Ermordung von Waldemar N. – wir berichteten –, der am selben Institut an der TU beschäftigt war. Eine heiße Spur verfolgt die Polizei nach eigenen Angaben noch nicht.« Das klang etwas dürftig, fand Kubitsch, weswegen er den bewährten Satz, den er schon am Vortag für seinen Einspalter verwendet hatte, recycelte: »Wie unsere Zeitung aus einer gut unterrichteten Quelle gestern erfuhr, ist auch im Mordfall Pachmayr eine Verbindung zur organisierten Kriminalität nicht auszuschließen.«

Hier machte Kubitsch einen Absatz. Nun war es entscheidend, mit Bedacht weiter zu formulieren. Er musste »Sarajevo« ins Spiel bringen, denn dies erschien ihm der Dreh- und Angelpunkt zu sein. Aber wie viel durfte er schreiben? Was hatte er unter drei erfahren? Was hatte ihm McCraven im Vertrauen gesagt? Was hatte ihm Sandra erzählt, die vor der Polizei so schrecklich Angst hatte?

Und wieso hatte sie vorhin immer von Wolodja geredet? Neumann hieß doch eigentlich Waldemar. Wolodja nannte ihn nur seine Schwester. Und vermutlich seine Eltern. Aber von Neumanns Familie wusste Sandra doch nichts. Das hatte sie erst vor kurzem steif und fest behauptet. Steckte Sandra vielleicht tiefer in der Sache drin, als sie zugab? Hatte sie deshalb so viel Schiss vor der Polizei? Oder befand sie sich am Ende auch in Gefahr? Wer Neumann und Pachmayr ermordet hatte, würde vielleicht auch sie töten wollen.

Hatte McCraven vorhin die falschen Schlüsse gezogen? Ging es gar nicht um ihn, sondern um Sandra? Aber wenn er sie jetzt noch einmal anrufen würde, bekäme sie nur noch mehr Angst. Er würde morgen unter vier Augen mit ihr darüber reden. Morgen würde sie ihn besuchen. Das hatte sie versprochen. Da konnten sie besser reden als am Telefon.

»Die beiden Physiker hatten sich auch einen Namen gemacht durch ihr Engagement für einen anerkannten Hilfsverein für die Universität Sarajevo.« Das war gut, fand Kubitsch. Damit hatte er den Dreher zur *Sarajevo Science Society* gefunden, ohne sich auf irgendetwas festzulegen. Nun konnte er noch anfügen, dass der Verein vom Freistaat finanziell unterstützt werde und dass es in letzter Zeit innerhalb der SarSeiSo. Streit gegeben hatte. Das klang harmlos, würde aber morgen an den entsprechenden Stellen sicher für einigen Wellenschlag sorgen. Pachmayr war tot, der würde sich bestimmt nicht über den Artikel beschweren. Den Rest der Geschichte füllte Kubitsch mit den Infos aus der Pressemitteilung, die Lammer ins Internet gestellt hatte.

Kubitsch las seine Geschichte nochmals genau durch, fand zwei kleine Tippfehler. Keine bedeutenden. Aber es handelte sich ja um den Aufmacher für die Wochenendausgabe. Dann stand er auf und ging zu Susanne.

Erst jetzt fiel ihm ein, dass er sich nicht um Fotos gekümmert hatte. Er hatte vergessen, Sandra nach einem Bild von Waldemar Neumann zu fragen. Abgesehen davon, war jetzt ohnehin Pachmayr die Hauptperson. Aber Koch hatte daran gedacht und den Fotografen losgeschickt. Der hatte ein Bild von der Tür zu Pachmayrs Büro aufgenommen. Nicht berauschend, fand Kubitsch, aber immerhin. Dennoch ärgerte er sich. Nicht nur wegen des Honorars, das ihm damit durch die Lappen ging. Das ärgerte ihn vor allen Dingen. Er ärgerte sich aber auch, weil es wieder so aussah, als ginge es nicht ohne diesen Koch.

Susanne strahlte Kubitsch an. Sie platzierte den Artikel ganz oben auf die erste Lokalseite. Die Schlagzeile sah prächtig aus, fand Kubitsch. Susanne gab ihm recht. Der Text floss um das Foto herum. Unter das Bild schrieb Susanne: »Hinter dieser Tür ereignete sich das schreckliche Verbrechen.« Das besagte zwar nicht viel, aber was sollte man sonst unter ein Foto von einer Tür schreiben? Insgesamt war Kubitsch zufrieden.

»Schon was von Eva Glaschke aus New York gehört?«, fragte Susanne.

»Nein, nichts, du?«

»Auch nichts!«

Dann räumte Kubitsch seinen Schreibtisch auf und fuhr nach Hause. Auf dem kürzesten Weg, so wie ihm McCraven geraten hatte.

14. September 2001
16:48 Uhr

Die Angst war umsonst gewesen. Nirgendwo hatte Kubitsch einen dunkelroten Mercedes gesehen oder einen grimmig blickenden Bodybuilder mit nicht minder grimmig blickenden Kollegen und einem gefährlich blitzenden Stahl in der Hand. Im Treppenhaus beeilte sich Kubitsch trotzdem, seine Wohnungstür rasch zu erreichen. Er sperrte vorsorglich die Tür hinter sich zu. Draußen war es noch heller Tag.

Im Kühlschrank fand Kubitsch zwei Flaschen Bier und im Schränkchen darüber eine Tüte mit Kartoffelsuppe. Das Haltbarkeitsdatum war vor drei Wochen abgelaufen, aber er konnte sich nicht vorstellen, was am Pulver einer Tütensuppe schlecht werden könnte. Eine Straße weiter gab es zwar einen Pizzaservice, aber nach dem heutigen Tag wollte Kubitsch nicht mehr aus dem Haus gehen. Und sich die Pasta in die Wohnung liefern zu lassen, war ihm zu teuer.

Den Kummer über Pachmayrs plötzliches Ableben hatte er noch nicht verwunden. Außerdem dachte er an McCravens Ratschläge. Morgen war Samstag. Da würde er ins *Treszi* gehen, gemütlich frühstücken, seinen Artikel in der Zeitung nochmals lesen und vielleicht mit Miroschnikow ein paar Takte reden. Bis dahin mussten eben die dreihundertfünf Kalorien reichen, die das Tütchen auf seiner Rückseite versprach.

Während er darauf wartete, dass die Suppe heiß wurde, ließ er den Fernsehapparat laufen. Auf einem der Privatsender ging eben ein alter Western zu Ende, den er vor Jahren schon einmal im Ersten gesehen hatte. Jedenfalls kam er ihm bekannt vor. Gary Cooper und Grace Kelly hockten vorne auf einem Kutschbock und zuckelten auf einer staubigen Straße in ein Happy End hinein, das nach dem Stand der Sonne irgendwo im Westen liegen musste. Sofern man das bei alten Schwarz-Weiß-Filmen sagen konnte.

Es dürfte etwa gegen halb eins gewesen sein, denn wenn sich Kubitsch recht erinnerte, dann hatte der Showdown um 12 Uhr mittags begonnen, und Gary Cooper hatte ungefähr eine halbe Stunde gebraucht, um die Fins-

termänner, die ihm nach dem Leben trachteten, unschädlich zu machen. Unschädlich hieß im Wilden Westen nichts anderes als tot.
So betrachtet, waren Neumann und Pachmayr mittlerweile auch unschädlich, ohne dass Kubitsch hätte sagen können, ob die beiden Physiker zu Lebzeiten schädlich gewesen wären. Über die Machenschaften der *Sarajevo Science Society* hatte er mittlerweile so viel gehört, dass er nicht mehr wusste, was er darüber denken sollte. Er würde morgen noch einmal mit Sandra darüber sprechen. Sandra wusste etwas. Da war sich Kubitsch ziemlich sicher. Zumindest ahnte sie etwas.

Nachdem er die Suppe geschlürft hatte, ließ er die Badewanne volllaufen. Das zweite Bier und sein Handy legte er griffbereit auf den zugeklappten Klodeckel. Dann setzte er sich ins heiße Wasser. Ob Gary Cooper und Grace Kelly wohl im Westen ihr Glück gefunden hatten? Oder hatte, wie im richtigen Leben, für die beiden der Ärger mit den Mühen des Alltags erst wirklich begonnen? Etwa wenn es um die Frage ging, wer heute für den Abwasch zuständig sei und warum Gary mit seinen schmutzigen Stiefeln auf den frisch geklopften Teppich trat?

Kubitsch war kein Erreichbarkeitsfetischist. Vielmehr schätzte er es, von niemandem gestört werden zu können. Dann legte er eine alte Rock'n'Roll-Platte auf und genoss die Ruhe. Aber heute dachte er an Sandra. Sie hatte irgendetwas vor. Deshalb konnte sie an diesem Abend nicht bei ihm sein. Vielleicht brauchte sie plötzlich seine Hilfe. Das Telefon läutete viel lauter als gewöhnlich, weil die Porzellanschüssel wie ein Resonanzkörper wirkte. Kubitsch war sich sofort sicher, dass dies nur Sandra sein konnte.

Kubitsch trocknete sich kurz die Hände, griff nach dem Handy und drückte den kleinen grünen Knopf. »Hallo, Kubitsch hier!«
»Hallo Arthur, hier ist Eva! Hörst du mich?«
»Ich höre gut. Aber was für eine Eva?«
»Eva Glaschke. Wer sonst?«
Kubitsch ließ sich in die Wanne zurückplumpsen. Auf Wellengeräusche konnte er keine Rücksicht mehr nehmen. »Eva! Ich versuche seit Tagen, dich zu erreichen.« Er hätte auch »wir« sagen können, »wir versuchen seit Tagen, dich zu erreichen«, aber er fand, »ich« klang in dieser Situation irgendwie persönlicher.
»Das kann schon sein. Aber du machst dir kein Bild, was hier los ist.«
»Doch, doch, ich seh das jeden Tag im Fernsehen.« Kubitsch bemerkte, dass er unwillkürlich ziemlich laut sprach. Nicht weil er befürchtete, sie

könnte ihn plätschern hören. Er sagte sogar: »Du wirst es nicht glauben, ich sitze gerade in der Badewanne.«

Er sprach so laut, weil er wusste, dass zwischen ihm und Eva das viele Wasser des Atlantischen Ozeans schwabbte. Aber in Wirklichkeit war die Verbindung klasse. Nicht schlechter als bei einem Ortsgespräch. Eva lachte über die Vorstellung, dass sie ihn beim Baden erwischt hatte:

»Du bist einfach ein echter Vogel!«, sagte sie, »aber ein ganz liebenswerter«, fügte sie noch hinzu, damit er sie nicht falsch verstand.

»Ich hab mir schon Sorgen gemacht, dir könnte da drüben etwas passiert sein. Man weiß ja nie!«

Eva lachte stolz: »Ich habe mit eigenen Augen gesehen, wie die Türme eingestürzt sind. Als ich das mit den Flugzeugen im Radio gehört habe, bin ich sofort los. Ich stand gerade auf der Brooklyn Bridge. Du, da sprangen Menschen von den Türmen runter in die Tiefe. Die waren sofort tot. Dann krachte es. Alle rannten, die Feuerwehrmänner, die Polizisten, alle. Und die Druckwelle, die hätte mich fast umgerissen. Dann bin ich auch gerannt, so schnell ich konnte. Und dann war dort, wo vorher der Südturm stand, nur noch eine braune Wolke. Die kam auf uns zu. Wie eine Atombombe, habe ich gedacht.«

»Wahnsinn!«, sagte Kubitsch, und er meinte es auch so. »Und dann?«

»Dann bin ich eben so rumgestanden und habe geschaut. Keine Ahnung wie lang. Es war ein furchtbares Chaos. Und die Stadt war plötzlich so seltsam sanft. Ich weiß auch nicht, wie ich sagen soll.«

»Aber das ist doch eine Riesengeschichte. Warum hast du nichts geschrieben?«

Eva zögerte einen Augenblick, dann sagte sie ein bisschen kleinlaut: »Habe ich ja! Aber nicht für uns, sondern für eine Berliner Zeitung. Die zahlen einfach mehr Honorar, weißt du? Aber das darfst du um Gottes Willen niemandem sagen. Das muss unbedingt unter uns bleiben.«

Für so etwas hatte Kubitsch immer Verständnis: »Deswegen warst du auch nicht zu erreichen. Und ich dachte, die Leitungen seien gestört.«

»Na klar! Als das mit den Berlinern abgemacht war, habe ich mein Handy ausgeschaltet. Weißt du, ich muss da an die Zukunft denken.«

»Und du machst auch nichts mehr für uns?«

»Kann ich mir nicht vorstellen. Aber für dich habe ich was. Ich geh da immer zu diesen Pressekonferenzen. Kannst du dir ja denken. Da hat heute einer was gesagt von einer Spur, die nach München führt. Ich habe es auch nicht genau verstanden. Aber irgendwie sollen die Attentäter etwas mit München zu tun haben. Ich glaub's ja auch nicht, aber vielleicht kannst du damit etwas anfangen.«

15. September 2001
9:30 Uhr

Am nächsten Morgen fühlte sich Kubitsch wie gerädert. Er hatte eindeutig zu wenig geschlafen. Immer wieder war ihm Evas Anruf aus New York durch den Kopf gegangen. Eine Spur jener Täter, die mit ihren Kamikazeflügen das World Trade Center zerstört hatten, führte nach München. Eine *Munich Connection*, dachte Kubitsch.

Das war nicht zu glauben. Andererseits hatte er in den vergangenen vier Tagen so vieles gehört und gesehen, was er sich noch am Wochenende zuvor nicht hätte vorstellen können. Was sich niemand hätte vorstellen können. Gerade hatte er sich an den Gedanken gewöhnt, dass die Börsenkurse an den Aktienmärkten immer weiter wachsen könnten. Und nun dies! Kubitsch war noch nie in New York gewesen, aber die Skyline kannte er von zahllosen Fotos und ungezählten Kinofilmen. Die New Yorker Skyline ohne die Zwillingstürme des World Trade Centers konnte er sich noch immer nicht vorstellen. Dabei hatten sie sich schon vor vier Tagen in Staub und Schutt aufgelöst.

Auf seinem Weg ins *Treszi* stellte Kubitsch fest, dass der SPIEGEL ausnahmsweise schon heute erschienen war, und nicht wie sonst erst am Montag. Das Titelbild zeigte ein Flugzeug, das sich in einem engen Bogen auf den zweiten der beiden Twin Towers zubewegt. Aus dem Turm dahinter qualmte es bereits dunkelblau. Vor der Silhouette des mächtigen Gebäudes wirkte der Flieger eher klein. Wie eine Stechmücke, die im Schwimmbad in Richtung eines nackten, kantigen Beins torkelt. Und doch hatte inzwischen jeder immer und immer wieder gesehen, dass sich dieses Insekt wenige Sekunden später mit einem Feuerball in der Glitzerfassade auflösen würde.

Am oberen Ende des Fotos stand die Schlagzeile. »Der Terrorangriff: Krieg im 21. Jahrhundert«. Es wurde allmählich schwer, neue Titel zu finden, dachte Kubitsch.

Im *Treszi* befanden sich um diese Uhrzeit noch kaum Gäste. Kubitsch setzte sich an den Tisch am Ende des Gangs, direkt neben die Tür zur Küche.

Der Kellner musste Miroschnikow sein. Aber er sah ganz anders aus, als Kubitsch ihn sich vorgestellt hatte.

Miroschnikow war schmal, dunkelhaarig und sanft. Jede seiner Bewegungen wirkte zurückhaltend, als sei es ihm peinlich, in diesem Teil der Welt Raum und Zeit zu beanspruchen. So wie ihm ging es vielen, die von der dunklen Seite des Mondes in die zentraleuropäische Glitzerwelt geraten waren. Deshalb hatte Kubitsch den Eindruck, Miroschnikow werfe keinen Schatten, als er vor ihm stand mit makellos weißer Schürze um die Hüfte und einem Tablett, das wie festgewachsen auf seinen gespreizten Fingern ruhte.

»Was darf ich Ihnen bringen?«, sagte Miroschnikow.

Kubitsch bestellte die morgendliche Spezialität des Hauses, ein schwarzes Frühstück, das sich aus einer Tasse Kaffee ohne Milch und einer filterlosen Gauloise zusammensetzte. Alternativ hätte es auch eine Roth-Händle gegeben. Aber Kubitsch fand Gauloise passender zur Lektüre des aktuellen SPIEGEL. Später könnte er sich noch Weißbrot mit Butter und Marmelade genehmigen oder vielleicht ein Schinkensandwich. Oder einen der vielen aromatischen Tees, die in den bunten Blechdosen hinter der Bar aufgereiht waren. Schließlich hatte er gestern Abend nur eine dünne Tütensuppe gelöffelt. Für den Augenblick erschien ihm ein schwarzes Frühstück für vollkommen ausreichend.

Kubitsch blätterte den SPIEGEL auf. Die Hausmitteilung auf Seite drei bestätigte, was er bereits vermutet hatte, dass das Magazin nach den verheerenden Terroranschlägen in den USA seine Planungen umgeworfen habe. Ein großer Teil der Berichterstattung sei den dramatischen Ereignissen gewidmet, hieß es weiter. Drei SPIEGEL-Journalisten seien gar Augenzeugen der New Yorker Katastrophe gewesen.

Trotzdem fand Kubitsch zunächst nichts, was er die Tage zuvor nicht schon irgendwo sonst gelesen oder gehört hätte. Erst auf Seite sechsundzwanzig blieb er hängen.

Unter der Überschrift »Die deutsche Spur« stand da, dass das Bundesgebiet Operationsbasis islamistischer Terroristen geworden sei und die US-Fahnder eine Fährte ihrer Hauptverdächtigen gefunden hätten, die nach Deutschland führe. Auch München kam in dem Bericht vor. Am 16. September 1998 habe die Polizei in Grüneck zwei Gefolgsleute des Topterroristen Osama Bin Laden festgenommen. Im vergangenen Februar sei dann in München ein Iraker verhaftet und in Freising die Wohnung eines Libyers durchsucht worden.

Als Miroschnikow zurückkam, geräuschlos wie ein Sonnenuntergang im Wilden Westen, dampfte auf seinem Tablett eine einsame Tasse Kaffee, daneben lag in einem flachen Schälchen eine einzelne Zigarette und eine griffbereit geöffnete Streichholzschachtel. Tasse und Tellerchen stellte er vor Kubitsch auf den Tisch. »Bitte schön«, sagte er und machte dazu einen perfekten, nur leicht angedeuteten Diener.

»Danke schön«, sagte Kubitsch. »Haben Sie einen Moment Zeit für mich?«

Miroschnikow sah sich im Lokal um. Es war noch immer so gut wie leer. Das Pärchen, das eben zur Tür hereingekommen war, steuerte zielstrebig die Barhocker an der Theke an. Die beiden würden ihn nicht brauchen.

»Ja bitte, was kann ich für Sie tun?«, fragte Miroschnikow und klemmte das nun leere Tablett unter den Arm.

»Thomas Gelfert schickt mich zu Ihnen. Er sagt, Sie wüssten etwas über die *Sarajevo Science Society.*«

Miroschnikow warf einen zweiten Kontrollblick in den Raum, der sich wie ein Korridor zwischen Theke und Fensterfront bis zum Eingang zur Küche hinstreckte. Er war noch immer fast leer. Dann setzte er sich zu Kubitsch an den Tisch.

»Was wollen Sie wissen?« Das Tablett hielt er immer noch wie eine dünne Aktenmappe unter dem Arm.

»Zum Beispiel, ob da alles mit rechten Dingen zuging?«

»Aber natürlich. Was sollte denn da nicht mit rechten Dingen zugegangen sein? Wir haben E-Mails an sämtliche Hochschulen in Deutschland geschickt, ob sie alte Computer haben, die sie nicht mehr brauchen. Die haben uns geantwortet, wie viele sie ausmustern wollen. Dann haben wir eine Spedition losgeschickt, die Geräte abzuholen. Und jetzt lagern sie in einer alten Halle draußen in Moosach.«

Kubitsch war verblüfft. Miroschnikows Antwort klang so einfach, als ginge es darum, ein Ei in die Pfanne zu hauen. An kriminelle Umtriebe mochte Kubitsch bei so viel Harmlosigkeit nicht mehr denken. Schon gar nicht an organisierte Banden, die mit Messern bewaffnete Killerkommandos aussenden, um unschuldige Wissenschaftler auszuschalten. Und dennoch lagen Neumann und Pachmayr im Leichenschauhaus. Der Grund für deren unerwartetes Dahinscheiden konnte nur mit ihrem Sarajevo-Engagement zusammenhängen und vielleicht auch mit irgendwelchen durchgeknallten Gotteskriegern, wie sie die Polizei bereits mehrfach in München einkassiert hatte.

Mit all dem konnte Miroschnikow unmöglich etwas zu tun haben. Da war sich Kubitsch absolut sicher. So viel Menschenkenntnis hatte er. Mi-

121

roschnikow war eventuell zuzutrauen, Computerviren zu schreiben und mit ihnen das weltweite Netz zu vergiften, nur um zu sehen, ob irgendwelche Festplatten zwischen Manila und Miami dem Angriff aus Sofia standhielten. Schlimm genug, dachte Kubitsch. Aber jemandem mit einem Messer zu meucheln, das brachte dieser Miroschnikow einfach nicht. Vielleicht war das auch der Grund, warum er Pachmayrs Sarajevo-Gesellschaft für harmlos hielt.

»Was denn? Die Computer sind noch in München?«, fragte er.

»Na klar, in Moosach«, wiederholte Miroschnikow. »Es sei denn, da hätte sich in den vergangenen Tagen etwas geändert. Kann ich mir aber beim besten Willen nicht vorstellen.«

»Und warum wurden die Geräte nicht längst nach Sarajevo geschickt?«

»Weil sich Pachmayr eingebildet hat, er könnte sie denen verkaufen. Aber so blöd sind die in Sarajevo auch nicht. Für die alten Kisten gibt doch keiner Geld aus. Außerdem haben die Saudis denen eine ganze Ladung nagelneuer Computer geschenkt. So als Hilfe unter Glaubensbrüdern. Ein Krankenhaus haben sie ihnen übrigens auch hingestellt.«

»Das heißt, die brauchen gar keine alten Rechner mehr?«

»I wo, die sind doch bestens ausgerüstet.«

»Und warum dann die ganze Aufregung?«

»So war Pachmayr eben. Wenn der was gemacht hat, dann immer mit viel Getöse. Pachmayr war ein Wichtigtuer.«

Miroschnikow sagte »war«, also wusste er bereits, dass Pachmayr nicht mehr lebte. Aber das konnte Miroschnikow aus der Zeitung haben, dachte Kubitsch. Vielleicht hatte er sogar seinen Artikel gelesen, den er gestern geschrieben hatte. Oder er wusste es von Gelfert. Miroschnikow und Gelfert standen sicherlich noch miteinander in Kontakt.

Trotzdem passte das alles nicht zusammen. Kubitsch hatte das Gefühl, dass seit Tagen nichts mehr zusammenpasste. Seit diesen Anschlägen in New York und seit ihm Sandra von dem Mord an ihrem Kollegen erzählt hatte, war nichts mehr, wie es einmal war.

Noch vor einer Woche hatte das kalte Regenwetter einfach nur den Herbst angekündigt. Die Jahreszeiten kamen und verschwanden, die Menschen gingen ihren Beschäftigungen nach, manche pflanzten sich fort, andere mehrten ihren Wohlstand, alle lebten irgendwie zufrieden, die einen mehr, die anderen weniger. Seit dem vergangenen Dienstag war alles anders. Mit den New Yorker Zwillingstürmen hatte sich die alte Zeit aus dem Staub gemacht. Die kommenden Kalendarien würden nicht länger in Sommer oder

Winter unterscheiden. Künftig würde es nur noch um Erfolg oder Misserfolg gehen. Neumann und Pachmayr waren erfolglos. So erfolglos, wie man im Diesseits nur erfolglos sein konnte. Denn sie waren beide tot. Aber das beantwortete noch immer nicht die Frage, warum sie sterben mussten.

»Ich versteh' das alles nicht«, sagte Kubitsch.
Miroschnikow blickte ihn stirnrunzelnd an: »Was verstehen Sie nicht?«
»Es muss doch einen Grund geben, warum Pachmayr und Neumann ermordet wurden. Sie haben doch ein ganz normales Leben geführt. So jemanden bringt doch niemand um. Doch nicht bei uns. Wir sind doch hier nicht auf dem Balkan«, rutschte es Kubitsch heraus, und er überlegte, ob Bulgarien eigentlich auf dem Balkan liegen würde. Wenn es um den Osten ging, war er sich geografischer Details nie so sicher.
»Was glauben Sie denn? Haben Sie eine Theorie?«, fragte Miroschnikow.
»Eigentlich bin ich mir sicher, dass das mit dieser Sarajevo-Gesellschaft zusammenhängt. Etwas anderes kann ich mir nicht vorstellen. Und die Polizei glaubt das auch. Angeblich hat Neumann Computerprogramme geschrieben und den Verein dazu benutzt, sie illegal nach Bosnien zu verkaufen.« Damit hatte Kubitsch mehr verraten, als er wollte. Aber Miroschnikow wirkte auf ihn so vertrauenswürdig. »Die glauben sogar, dass das mit islamistischen Terroristen zu tun haben könnte«, fügte er dann noch hinzu. Das war jetzt auch schon egal, dachte er. »Im SPIEGEL haben sie auch geschrieben, dass es da eine Spur von New York nach Deutschland gibt, sogar eine nach München.«
»Manchmal hilft es ja, wenn man sich an die Logik hält oder an mathematische Formeln, die die Dinge im Kopf sortieren«, sagte Miroschnikow, und so, wie er es sagte, klang es durchaus nicht altklug.
»Überleg doch mal! Warum sollten die in Sarajevo von einem mittelmäßigen deutschen Physiker Computerprogramme kaufen? Die sind doch schlau genug, selber welche zu schreiben. Wenn ich daran denke, wie das früher bei uns in Bulgarien war! Wir haben praktisch für den ganzen Ostblock Software hergestellt. Die Rechner mussten wir uns aus altem Schrott zusammenschrauben. Da wären wir froh gewesen um das Zeug, das in Moosach draußen vor sich hin gammelt. Aber Programme schreiben, das konnten wir. Und die in Sarajevo können das auch!«

Unwillkürlich hatte Miroschnikow angefangen, Kubitsch zu duzen. Aber den störte das nicht. Kubitsch dachte nach. Es stimmte schon, Computerprogramme konnte man überall auf der Welt herstellen. Selbst in Indien!

Früher dachte er bei Indien nur an Menschen, die auf der Straße geboren werden und auf der Straße sterben, weil sie so arm sind. Heute produzierten sie in Indien Software wie die Weltmeister!

Was sollte Neumann gekonnt haben, was sie nicht auch in Sarajevo fertigbrachten? Gepflegter Small Talk, ein Glas Prosecco in der Hand und zwischen affektierten Schlipsträgern herumstehen, so wie er es ein paarmal in Sandras Schlepptau erlebt hatte, gut, das war Pachmayrs und vielleicht sogar Neumanns Welt. Aber hier ging es um das wirkliche Leben. Erfolg oder Misserfolg, scheitern oder nicht scheitern. Mit einem Mal kam ihm die ganze Theorie von einer *Munich Connection* lächerlich vor. Niemand in der Welt da draußen brauchte München. Das würde er McCraven möglichst bald erklären, dachte Kubitsch.

Zu Miroschnikow sagte er: »In Ordnung. Das leuchtet mir ein. Neumanns geniale Software war es also nicht. Und die alten Rechner, die ihr für die Uni in Sarajevo gesammelt habt, waren es auch nicht. Aber eines steht doch fest: Pachmayr und Neumann wurden ermordet. Und dafür muss es einen Grund geben.«

Miroschnikow schwieg. Gegen derart harte Fakten half keine Theorie.

»Hm«, brummte er nach einer Weile. Er stand auf, zog das Tablett unter dem Arm hervor und platzierte es wieder auf seinen gespreizten Fingern. »Wenn du Lust hast, fahren wir morgen früh nach Moosach raus, und du kannst dir die alten Computer anschauen«, sagte er.

Das war ein Wort, dachte Kubitsch. Ein Blick in die bis zur Decke mit Computern gefüllte Lagerhalle war ein prima Fotomotiv. Ein solches Bild konnte er mit Sicherheit in den kommenden Tagen verkaufen. Ein Foto von der Lagerhalle der *Sarajevo Science Society* hatte bislang niemand. Das erste Foto von Charles und Camilla wäre Millionen wert gewesen, wenn es ein Fotograf exklusiv gehabt hätte.

15. September 2001
13:12 Uhr

Samstags schwitzte Eckstein immer im Fitnessstudio. Kubitsch fand ihn eingespreizt wie einen gekreuzigten Frosch zwischen zwei dick gepolsterten Hebeln, die er mit seinen Unterarmen in Bewegung hielt. Am Ende blieben jedesmal die hinter Eckstein aufgeschichteten Metallgewichte Sieger, wenn sie mit einem deutlich vernehmbaren Klack aufeinander prallten. Überall in dem stinkigen Raum machte es ständig klack. Auf Dauer konnte kein noch so gestählter Bizeps der Erdanziehung standhalten. Die zwei längeren Wände des Studios waren von der Decke bis zum Boden mit Spiegeln beklebt, sodass sich die mit gut proportionierten Körpern gefüllten Trainingsanzüge während der metallen klickenden Klacks wohlgefällig betrachten konnten. Kubitsch ging rasch an den weiß lackierten Fitnessgestellen vorbei zu jenem, an dem Eckstein hing. »Hallo Jimmy«, sagte er zu ihm.

Eckstein ließ mit einem letzten Stöhnen die Metallgewichte nach hinten sinken. An seinen Schläfen traten dicke Adern hervor. Kubitsch fand die hellblau angeschwollenen Blutbahnen eindrucksvoller als Ecksteins Oberkörper. Wie sollte er auch mit Mitte fünfzig noch beeindruckende Muckies vorweisen können! Eckstein war eben nicht der große Arnie, und Hollywood ohnehin nichts weiter als eine Illusion.

»Hallo Arthur«, sagte Eckstein, »was machst du denn hier?«

»Ich wollte mit dir sprechen. Es geht immer noch um Neumann und Pachmayr.«

»Großartig. Ich wollte auch noch mal mit dir über die beiden reden.« Eckstein hatte nie den Dreh rausgefunden, ein »r« vernünftig zu rollen. Deshalb klang sein Satz, als halte er unter der Zunge einen Schluck Stärkungsmittel verborgen. Oder eine Viagratablette für alle Fälle. Kubitsch glaubte nicht, dass es Eckstein um Fitness ging, wenn er samstags ins Studio kam. Jedenfalls nicht in erster Linie.

»Dann mal los! Was hast du in der Pipeline?«, fragte Kubitsch. Pipeline hätte an dieser Stelle auch Stachel gesagt.

Eckstein machte es spannend. Er nahm vorsichtig das Handtuch von seinem Nacken und wischte sich den Schweiß aus dem Gesicht: »Ich weiß was Neues. Neumann und Pachmayr waren wieder zusammen.«

»Was denn! Ich denke da gab es die ganz große Liebe zwischen Neumännchen und diesem Schönling mit dem kleinen Hintern. Hast du mir doch großartig erzählt.«

Eckstein überhörte das Wort Schönling und antwortete:

»Ja, schon. Aber Neumann und Pachmayr haben sich wieder ausgesöhnt. Letzten Montag. Dann tauchte dieser Udo hier auf, und es gab einen ganz großen Krach.«

»Udo, das ist der Name von Neumanns Neuem?«

»Sag ich doch!«

»Das letzte Mal wusstest du nicht, wie er heißt.«

»Jetzt weiß ich's eben«, sagte Eckstein ein wenig sauer.

»Und dann gab's Krach zwischen Neumann, Pachmayr und Udo?«

»Ja, der ist fast ausgeflippt. Habe ich auch eben erst erfahren. Die reden hier von nichts anderem mehr.«

»Interessant. Wie heißt dieser Udo weiter?«

»Keine Ahnung. Udo halt!«

»Und wo finde ich ihn?«

»Keine Ahnung. Du bist doch der Reporter. Du wirst das schon herausfinden. Oder du frägst Bastian.«

Bastian war einer der beiden durchtrainierten Männer, die sich an der Theke um die Gesundheitsdrinks kümmerten und wohl auch sonst jederzeit bereit standen. Bastian wirkte viril genug, um in alle Richtungen Kontakte zu pflegen. Kubitsch sparte sich das Gespräch mit Bastian für später auf. Bastian war ihm unangenehm.

»Und du sagst also, dieser Udo ist am Montag ausgerastet?«

»Ja, völlig. Der wurde offenbar richtig hysterisch.«

»Alles nur aus Liebeskummer?« Liebeskummer erinnerte Kubitsch an die Fortsetzungsromane, die seine Großmutter gelesen hatte.

»Na ja, der hatte deshalb sogar seine Frau verlassen.«

»Richtig, das hast du erzählt. Der war ja verheiratet. Was weiß man denn über seine Frau? Wie hat die denn reagiert?«

»Keine Ahnung«, sagte Eckstein nun bereits zum dritten Mal. Kubitsch nervten diese halben Informationen, die sich journalistisch nicht verwerten ließen.

»Vielleicht weiß Bastian was«, fügte Eckstein hinzu.

»Wo wohnt denn dieser Udo? Oder wo arbeitet er? Weiß man da auch nichts?«

Eckstein hob bedauernd die Schultern. »Ich weiß nicht mehr als du. Nur eben, dass es da am Montag diesen Krach gab. Und dass Udo geheult hat wie ein Schlosshund.«

Kubitsch begann zu überlegen. Für einen Mord gab es nur drei mögliche Gründe: Habgier, Rache oder Leidenschaft. Das war schon in der griechischen Tragödie so. Freilich würde Habgier am besten in die Gegenwart passen. Habgier war ohne Frage modern. Ohne Habgier lief heute praktisch nichts mehr. Habgier war das Schmiermittel, das den weltweiten *cash flow* auf Trab hielt. Deshalb hatte Kubitsch von Anfang an in diese Richtung recherchiert, schon als er seine erste Geschichte über den toten Neumann schrieb.

Rache wäre vielleicht auch ein schönes Motiv, denn der Mensch ist von Haus aus rachsüchtig, dachte Kubitsch. So wie Kapitän Ahab, der den weißen Wal rund um Kap Horn und durch alle Meere gejagt hatte. Freilich am Ende sehr zu seinem eigenen Schaden. Wenn Neumann seinen Prof ermordet hätte, weil der ihm seine Karriere verbaut hatte, dann wäre das stimmig gewesen. Zumindest in kriminalistischer Hinsicht. Aber die Reihenfolge der Todesfälle war genau anders herum. Zunächst war Neumann getötet worden, dann erst Pachmayr. Abgesehen davon, hatten sich die beiden seit Montag wieder lieb. Dafür gab es ein komplettes Fitnessstudio mit Zeugen.

Leidenschaft war eigentlich ein ziemlich altmodischer Grund, jemanden ins Jenseits zu befördern. Leidenschaft, das klang nach altem Europa und tiefen Gefühlen. Aber wer hatte heute noch tiefe Gefühle? Tiefe Gefühle hatte Kubitsch vielleicht für Elfi Circolo empfunden. Aber das war schon eine Weile her und etwas ganz anderes.

Andererseits war er seit seinem Gespräch mit Miroschnikow fast davon überzeugt, dass Geld bei den beiden Morden keine Rolle gespielt haben konnte. Jedenfalls war mit der Sarajevo-Gesellschaft nichts zu verdienen, auch wenn es eine Weile so ausgesehen hatte und auch wenn die Polizei offenbar nach wie vor davon ausging.

Und wenn es nichts zu verdienen gab, würden sich erst recht keine organisierten Verbrecher für die Sache interessieren. Die *Munich Connection* und McCravens ganze Aufregung waren wahrscheinlich Blödsinn, dachte Kubitsch. Das sagte ihm sein Bauch. Er hatte sich gestern einfach ins Bockshorn jagen lassen.

Aber dann war da noch dieser Anruf von Eva Glaschke aus New York. Was sie ihm gesagt hatte, schien Hand und Fuß zu haben. Die Amerikaner würden nicht von einer Spur nach München reden, wenn da nicht etwas dran wäre. Und der SPIEGEL hatte auch darüber geschrieben. War nur die Frage, ob Pachmayr und Neumann damit gemeint sein konnten? Terrorismus war ohnehin eine ganz eigene Sache, die nichts mit Habgier, Rache oder Leidenschaft zu tun hatte. Das war eher eine Angelegenheit für die Psychiater, dachte Kubitsch. Bei Licht betrachtet, gab es jedenfalls keinen wirklichen Anhaltspunkt dafür, dass die beiden Physiker mit irgendwelchen langbärtigen Bombenlegern unter einer Decke steckten. Gut, Sarajevo war möglicherweise eine Hochburg der Muslime in Europa, und die Saudis pumpten reichlich Geld in die Stadt. Aber genau deswegen waren Pachmayr und Neumann mit ihrem Hilfsverein nicht mehr zum Zug gekommen.

»Sag mal, Jimmy«, wandte sich Kubitsch erneut an Eckstein, »könntest du für mich rauskriegen, wo dieser Udo steckt oder wenigstens, wie er heißt? Ich glaube, ich sollte unbedingt mit ihm mal reden.«

»Wie stellst du dir das vor? Wie soll ich denn das herausfinden? Ich bin doch nicht Sam Spade.«

»Sprich doch einfach mit Bastian!«

Eckstein strahlte. »Eine gute Idee. Das werde ich machen.«

15. September 2001
13:59 Uhr

Als Kubitsch das Fitnessstudio verließ, bekam er Hunger auf eine preiswerte Pizza aus Heidi Dambergers Backofen. Außerdem hatte er ja versprochen, ihr beim Schreibkram wegen ihres gestohlenen Autos zu helfen. Wofür hat man schließlich Freunde? Und so wie er Heidi kannte, würde er dies nicht umsonst tun müssen.

Heidi wirkte gestresst, obwohl ihr Laden ziemlich leer war. Samstag war kein Tag, an dem man sich in der Mittagspause rasch eine Pizza im Stehen reinschob. Samstags ging man gepflegt essen. In den Zeiten des Börsenbooms schon gar. Dennoch sah Heidi überarbeitet aus.

Kubitsch verkniff sich, »go ahead, make my day!« zu sagen, wie er es in einem Film mit Clint Eastwood gehört hatte. Stattdessen fragte er sie: »Was ist dir denn für eine Laus über die Leber gelaufen?«

Das klang nun wesentlich weniger originell als ein Originalzitat aus *Dirty Harry*. Sonst machten Kubitschs Englischkenntnisse immer Eindruck auf Heidi. Aber heute hatte er das Gefühl, dass sie nicht zum Spaßen aufgelegt war.

»Ich saß letzte Nacht im Gefängnis«, antwortete sie leise.

»Wie bitte?« Kubitsch meinte, sich verhört zu haben.

»Die haben mich gestern eingesperrt und erst heute Morgen wieder rausgelassen.«

»Wieso das denn?«

»Die behaupten, ich hätte das nur vorgetäuscht mit meinem Auto.«

»Dass man es dir gestohlen hat?«

»Ja genau! Die sagen, ich will die Versicherung betrügen.«

»Das musst du mir jetzt genau erklären!« Kubitsch setzte sich auf den Barhocker am Tresen und wartete, bis Heidi eine Flasche Bier vor ihn hinstellte. Dann sagte er:

»Also, jetzt erzähl' erst mal!«

»Am Dienstag bin ich mit dem Auto in die Arbeit gekommen. Das stand dann da draußen auf der Straße. Ich hab immer wieder mal nachgeschaut, ob alles in Ordnung ist. Weil, ich habe mir Sorgen gemacht, das könnte jemand beim Einparken beschädigen und abhauen. Das Auto war ja ganz neu und sündhaft teuer. Du hast es ja einmal gesehen. Sowas könnte ich mir kein zweites Mal leisten.«

Kubitsch erinnerte sich an den auffallend schönen Wagen und dass er sich noch gewundert hatte, dass ein Pizzaladen so viel abwarf. Eigentlich hatte der Mercedes überhaupt nicht zu Heidi Damberger gepasst, denn sie war ein eher bescheidener Typ. Aber er verstand, dass man für ein eigenes Geschäft ein passendes Transportfahrzeug braucht. Und Heidi war mit ihrem Auto richtig glücklich. Das hatte Kubitsch gefallen.

»So gegen sieben habe ich zum letzten Mal nachgeschaut. Da war noch alles in Ordnung. Dann kam niemand mehr rein, und auf der Straße war es auch völlig ruhig. Das war ganz ungewöhnlich. Wie bei einem wichtigen Fußballspiel. Ich habe deshalb den Fernsehapparat angemacht, und da lief das schon mit diesen Anschlägen in Amerika. Um das Auto habe ich mich dann nicht mehr gekümmert. War ja sowieso kein Verkehr draußen. Die saßen alle zu Hause vor den Fernsehern. Ist doch klar!«

Kubitsch nickte. Auch er hatte sich die New Yorker Anschläge immer und immer wieder auf dem Bildschirm angesehen und zugleich Sandra zugehört, die ihm vom Tod Waldemar Neumanns erzählte. Damals dachte er noch, das sei ein ganz normaler Mord, den die Polizei im Handumdrehen aufklären könne, und er würde zwei, drei Geschichten daraus machen. Die üblichen Storys halt, damit ein wenig Geld aufs Konto kommt. Inzwischen hatte er jeden Überblick verloren.

Morgen würde er aller Voraussicht nach den nächsten Artikel stricken müssen. Aber er hatte keine Ahnung, was er schreiben könnte. Dazu wusste er längst zu viel. Da bestätigte sich die alte Journalistenregel, dass man die besten Geschichten über jene Dinge schreibt, von denen man am wenigsten weiß oder die man am wenigsten versteht.

»Um zehn habe ich den Laden hier zugesperrt. Da war das Auto weg«, sagte Heidi und blickte Kubitsch mit ihren hellen blauen Augen an.

»Und dann bist du zur Polizei gegangen?«

»Natürlich! Was hätte ich sonst machen sollen?«

»Na klar. Hätte ich auch so gemacht«, sagte Kubitsch. »Und jetzt behaupten die, du hättest das Auto selbst gestohlen?«

»Nicht direkt. Die meinen, ich hätte jemandem den Schlüssel gegeben, damit er sich einen Abguss davon macht. Dann hätte der sich nur ins Auto setzen müssen und hätte losfahren können.«

»Das ist doch Blödsinn. Wie kommen die auf sowas?«

»Angeblich haben sie im Labor an meinem Schlüssel Reste von einer Abdruckmasse oder wie das Zeug heißt gefunden. Ich kenne mich da auch nicht aus. Und außerdem sagen sie, das sei verdächtig, dass es keine Zeugen gab, die was beobachtet haben. Aber Arthur, du weißt doch, an diesem Dienstagabend war doch kein Mensch auf der Straße. Die haben doch alle Attentat geguckt. Ich doch auch.«

Kubitsch dachte nach. So viel Raffinesse hatte er Heidi Damberger gar nicht zugetraut. Der Wagen brachte irgendwo in Osteuropa verscherbelt ein schönes Sümmchen ein. Das würde sich Heidi mit ihrem Komplizen teilen. Und von der Versicherung bekam sie den vollen Kaufpreis für das Auto zurück. So viele Pizzen konnte sie gar nicht verkaufen, dass sie auf eine vergleichbare Summe kam.

»Und wie geht's jetzt weiter?«, fragte er sie.

»Ich war heute Vormittag schon bei meinem Rechtsanwalt. Der hat gesagt, ich solle unbedingt bei meiner Version bleiben. Dann können die mir gar nichts beweisen. Aber ich fürchte, dass die Versicherung jetzt rumzicken wird. Jetzt haben sie ja einen Grund, nicht zu zahlen.«

Kubitsch nickte. Er verstand das Problem. Heidi hatte einen perfekten Versicherungsbetrug hingelegt, aber das Ganze würde ihr nichts einbringen, weil sich die feinen Herren in ihrem Glaspalast ums Zahlen drücken würden. Trotzdem wollte er Heidi ein wenig aufmuntern. Er fasste sie sanft an ihrem Kinn, blickte ihr tief in die Augen, wie das George Clooney an seiner Stelle vielleicht getan hätte, und sagte:

»Noch ein paar so Dinger, und ich verliebe mich unsterblich in dich.«

15. September 2001
16:14 Uhr

Zum Romanplatz, wo er mit Jana Neumann verabredet war, fuhr Kubitsch vom Ostbahnhof aus zunächst mit der S8. In Laim wollte er dann in den Bus umsteigen. Kubitsch setzte sich in das Abteil im hintersten Wagen, wo immer die wenigsten Fahrgäste saßen. Er musste sich eingestehen, dass er wieder ganz am Anfang stand. Nach knapp einer Woche mühsamer Recherchen hatte er noch immer keine Ahnung, wer Neumann und Pachmayr ermordet hatte. Die Polizei aber offenbar auch nicht. Sein Artikel in der heutigen Zeitung war ein ziemlicher Türke, an dem nur eins stimmte, dass Pachmayr tot war.

Hinter Kubitsch hatte sich am Marienplatz eine Schar junger Männer in den Waggon gedrängelt. Jetzt sah er ihre blond behaarten Köpfe, die wie struppige gelbe Bowlingkugeln über die Sitzlehnen hinausragten. Sonst war niemand im Abteil. Wahrscheinlich waren die Jungs unterwegs zu einem Fußballspiel. Oder sie waren Touristen auf Sightseeingtour. Nur ganz vorne, wenn sich der Zug quietschend in eine Kurve legte, sah Kubitsch noch weitere Fahrgäste.

Seinen Bericht in der Zeitung würden die Leser bis Montag längst vergessen haben, dachte Kubitsch. Das war das Schöne an seinem Job, dass man sich stets auf die Unzulänglichkeiten des menschlichen Erinnerungsvermögens verlassen konnte. Zeilenhonorar gab es trotzdem.

Bislang hatte er mit Neumann und Pachmayr allerdings nicht sehr viel verdient. Jedenfalls nicht so viel, wie er eigentlich gehofft hatte. Irgendwie war er an einer ganz großen Story dran, das konnte er deutlich spüren, aber er bekam sie nicht zu fassen. Immer wenn er dachte, es sei an der Zeit, den Sack zuzumachen, kam ihm etwas in die Quere. So wie heute Mittag, als ihm Miroschnikow klar machte, dass die *Sarajevo Science Society* eine klassische Luftnummer war, mit der man keinen Pfennig verdienen konnte. Oder wie eben Eckstein mit seiner Neuigkeit vom eifersüchtigen Udo.

Am Hauptbahnhof leerten sich die Waggons fast völlig. Als der Zug mit einem Ruck erneut anfuhr, erhoben sich wie auf Kommando die Blondschöpfe vor Kubitsch. Erst dachte er, sie hätten einfach verpasst, rechtzeitig auszusteigen. Touristen passierte dies gelegentlich. Dann fiel ihm auf, dass zu den Köpfen mit den kurz geschorenen Haaren reichlich breite Schultern gehörten. Als sie sich zu ihm umdrehten, erkannte er unter den ausdruckslos blickenden Gesichtern den Mercedesfahrer, der ihm seit Tagen auf den Fersen war.

An ihn hatte er schon gar nicht mehr gedacht. Zuletzt hatte er ihn mit seinen Kumpels in der Theresienstraße vor der TU stehen sehen. Das war gestern, kurz nachdem man Pachmayr ermordet in seinem Büro gefunden hatte.

Wie Maschinenmenschen kamen die Gestalten auf Kubitsch zu. Es gab kein Entkommen. Hinter ihm verschwanden die Lichter der Haltestelle unter dem Hauptbahnhof. Vor ihm standen fünf oder sechs oder vielleicht auch sieben breitschultrige Kameraden, denen er alles zutraute. McCraven hatte ihn eindringlich gewarnt. Aber Kubitsch wollte ja nicht hören. Jetzt hatte er den Salat.

Sein letzter Gedanke gehörte Neumann und Pachmayr. Ob ihnen ähnlich zumute war, als es ihnen an den Kragen ging? Der erste Schlag traf Kubitsch unvermittelt in den Bauch, ein kleines Stück unterhalb der kurzen Rippe. Die Faust war von ganz unten gekommen. Kubitsch hatte sie nicht sehen können, weil er bis zuletzt versucht hatte, seinen Angreifern in die Augen zu blicken.

Der Schmerz brannte höllisch. Instinktiv fasste Kubitsch nach der wunden Stelle. Mit der anderen Hand bedeckte er seine Kehle. Einen Stich in den Bauch konnte man mit etwas Glück überleben. Eine durchtrennte Kehle bedeutete den sicheren Tod.

Das Nächste, was Kubitsch sah, war eine riesige, mit borstigen blonden Haaren bewachsene Faust, die urplötzlich vor seinem rechten Auge auftauchte und heiß wie Grillkohle seine Schläfe traf. Kubitsch stolperte und gab dem Gefühl nach, sich einfach fallen zu lassen. Er wunderte sich, dass er unter der Hand, die er noch immer gegen die schmerzende Rippe presste, kein aus seinem Körper fließendes, warmes Blut fühlen konnte. Alles was er spürte, war der stechende Magen und das pochende rechte Auge.

Der Boden, auf dem er zusammengekrümmt wie ein Embryo lag, roch nach scharfen Putzmitteln. Alles um ihn herum erschien ihm gewaltig groß. Auch das Gesicht des Mercedesfahrers, das sich zu ihm herabbeugte, war überdimensioniert wie eine Großaufnahme im Kino, und dessen Mund bewegte sich langsam wie in Zeitlupe:

»Lass die Finger von Jana! Sie ist mein Mädchen. Hast du das kapiert?«, sagte Mercedes. Dann tauchte die riesige Spitze eines Turnschuhs vor Kubitsch auf, bevor es um ihn herum dunkel wurde.

Als er wieder zu sich kam, hörte er eine freundliche Lautsprecherstimme: »Nächster Halt Laim.« Er war also zwei Haltestellen lang auf dem Boden gelegen. Seine Angreifer hatten genug Zeit gehabt, den Zug zu verlassen. Er blickte um sich. Blut war keines zu sehen. Aber seine rechte Augenbraue fühlte sich dick an. Neben ihm hing eine Einkaufstasche an einem Arm herab. Kubitsch sah hoch. Der Mann, zu dem Plastiktüte und Arm gehörten, blickte konzentriert aus dem Fenster. Wahrscheinlich wollte er seine Haltestelle nicht verpassen. Vielleicht hatte er Kubitsch gar nicht auf dem Boden liegen sehen. In der S-Bahn lag öfter Müll herum. Oder er war einfach nur diskret.

Kubitsch stand auf. Er fühlte sich etwas schwindelig. Aber es ging schon wieder. Er verließ den Waggon nach dem Mann mit der Plastiktasche, der es ziemlich eilig hatte, zur Treppe zu kommen. Kubitsch setzte sich für einen Moment auf die Bank am Bahnsteig.

Die kalte Luft tat ihm gut. Der Schmerz im Magen ließ allmählich nach. Es war ihm nur noch ein bisschen übel, so als wenn er etwas Falsches gegessen hätte. Das Nasenbein war nicht gebrochen. Mit der Zunge befühlte er seine Zähne. Keiner war locker. Nur das rechte Auge schwoll immer mehr zu. Aber das würde in ein paar Tagen wieder vorbei sein.

Alles in allem hatten ihn die Muskelmänner fair behandelt, fand Kubitsch. Keine bleibenden Schäden, dachte er. Nur dass er jetzt mit seinem lädierten Gesicht Jana Neumann gegenübertreten musste, machte ihm Kummer.

Allerdings hatte sie nach diesem Erlebnis für ihn ohnehin ganz entscheidend an Attraktivität eingebüßt. Jana war einfach nicht sein Typ. Das machte sich Kubitsch klar, als er auf der Bank saß und über den Mercedesfahrer nachdachte. Was für ein Kerl, der ihm tagelang nachstellte und am Ende fachmännisch verprügelte, bloß weil er auf eine Frau scharf war!

Als sich Kubitsch sicher war, nicht sofort wieder das Gleichgewicht zu verlieren, verließ er den Bahnsteig und stieg die Treppe hinunter. Im Untergeschoss neben dem Zeitungskiosk fand er eine Toilette. Es roch unangenehm nach Urin und frisch Erbrochenem. Kubitsch wollte nicht lange bleiben. Er wollte nur sein Gesicht im Spiegel betrachten.

Es sah schlimmer aus, als er gedacht hatte. Das rechte Auge konnte er kaum noch offen halten. Im Lauf der kommenden Stunde würde es wohl völlig zuschwellen. Darüber entdeckte er einen frischen Schorf, wo ihn die Turnschuhspitze erwischt hatte. Aber die Stelle konnte er unter seinem Haarschopf verbergen. Nur sein lädiertes Auge würde man etliche Tage sehen. Morgen würde sich die Schwellung blau verfärben, sich dann langsam in ein ekelhaftes Grün verändern und schließlich mit einem zunehmend blasser werdenden Gelb verschwinden.

Sandra würde ihn schallend auslachen, wenn sie ihn mit diesem Veilchen sähe. Er konnte sie förmlich lachen hören. Sie würde ihn fragen, warum er sich nicht gewehrt habe? Aber was hätte er tun sollen? Wenn er sich gewehrt hätte, wäre wahrscheinlich alles noch viel schlimmer gekommen. Dann wäre es vielleicht nicht bei einem blauen Auge geblieben. Aber Sandra würde sagen, so seid ihr Wessis eben! Ihr zieht den Kopf ein und lasst euch verprügeln.

Kubitsch dachte an Neumann. Der hatte sich auch nicht gewehrt, als er seinem Mörder gegenüber stand. Und Pachmayr wahrscheinlich auch nicht. Die beiden waren eben zivilisierte Zentraleuropäer, auch wenn Neumann in Kasachstan geboren war. Kubitsch überlegte, dass der Mercedesmann einen Akzent gesprochen hatte. Welchen konnte Kubitsch nicht sagen. Aber »Jana ist mein Mädchen« würde heute niemand mehr sagen. Das klang verdammt altmodisch. Altes Europa eben, wo immer Mercedes herkommen mochte.

15. September 2001
17:07 Uhr

Kubitsch kam etwas zu spät in das kleine Café am Romanplatz. Hier trafen sich samstags die kleinen Leute aus dem Viertel, Arbeiterpärchen, die gemeinsam ein Bier kippten, Witwer, denen zu Hause niemand mehr Abendbrot machte. Oder einfach ein paar Ausflügler, die von einem Spaziergang aus dem Nymphenburger Schlosspark kamen.

Jana saß schon an einem Tischchen. Vor ihr stand ein Glas mit Tee. Tee konnte Kubitsch absolut nicht ausstehen. Tee passte zu grippalen Infekten. Tee und Rock'n'Roll schlossen sich aus, fand Kubitsch. Und dann registrierte er noch, dass sich Jana in den Nichtraucherbereich gesetzt hatte. Jana war einfach nicht sein Typ.

Als er an ihren Tisch trat, schaute sie kurz zu ihm hoch. Dann senkte sie ihren Blick wieder. Sie hatte sich offenbar vorgenommen, ihn mit äußerster Distanz zu behandeln, wie einen Straßenköter, den man am besten nicht beachtet, weil er einem sonst den Rest des Tages hinterherläuft. Und auch, weil man nie weiß, ob ein herrenloser Hund nicht unvermittelt die Hand beißt, die ihn streichelt. Aber dann schenkte sie Kubitschs zugeschwollenem Auge einen zweiten Blick: »Was ist Ihnen denn passiert?«

»Schauen Sie mich bitte nicht so genau an! Ich bin vor einer halben Stunde von einer Horde wildgewordener Ausländer in der S-Bahn überfallen worden. Es waren mindestens zehn, vielleicht auch mehr. Ich habe keine Ahnung, was die von mir wollten. Wahrscheinlich haben sie mich mit jemandem verwechselt. Ich saß einfach so da, und dann fielen sie über mich her. Ich habe mich natürlich verteidigt so gut es ging. Ich war früher ein ganz guter Boxer. Am Schluss sind sie abgehauen. Aber das Veilchen habe ich noch kassiert. Ist aber nicht weiter schlimm.«

Sandra würde ihm diese Geschichte nie im Leben glauben. Jana vielleicht. Er kannte sie nicht gut genug. Und natürlich wusste Kubitsch, dass ihn seine Angreifer nicht verwechselt hatten. Schließlich hatte ihn deren Anführer unmissverständlich aufgefordert, die Finger von Jana zu lassen. Also genau von jener Frau, der er jetzt gegenüber saß.

Kubitsch hoffte, dass ihm die Bande nicht noch einmal gefolgt war und jetzt draußen am Romanplatz erneut auf ihn lauerte. Er nahm sich vor, Jana nie wieder zu treffen. Aber dieses eine Mal musste es sein, denn er wollte die Beweise dafür sehen, dass Waldemar Neumann mit Fleiß und Sparsamkeit zu dem Geld gekommen war, das er bei Guido Gruber gewinnträchtig hatte anlegen wollen, und nicht durch dunkle Geschäfte mit finsteren Gestalten.

»Wie sahen denn die Männer aus, die sie überfallen haben?«, fragte Jana. Ihre Stimme klang durchaus nicht mitleidig. Eher glaubte Kubitsch einen Hauch von Schadenfreude aus ihrer Frage herauszuhören. Nach ihrem gestrigen Telefongespräch hatte sie dazu wohl auch ein wenig Veranlassung.

»Schwer zu sagen«, antwortete Kubitsch. »Ziemlich groß. Durchtrainiert. Kurze blonde Haare. Und sie trugen Trainingsanzüge.« Das war ihm vorhin gar nicht bewusst gewesen. Erst jetzt fiel ihm ein, dass sie alle Trainingsanzüge getragen hatten, als kämen sie direkt aus einem Fitnessstudio. Aber nicht aus einem dieser schicken Läden an der Leopoldstraße, sondern aus einer Vorstadtmuckiebude, wo die Geräte noch wie billig zusammengeschraubte Folterwerkzeuge aussahen und in die man auch mit einem Trainingsanzug von Aldi reindurfte. Seine Angreifer hatten nach Aldi ausgesehen.

Jana lachte: »Das war Igor Prawilow mit seinen Freunden.«

»Wer ist Igor Prawilow?«, fragte Kubitsch.

»Ein verrückter Russe, der sich einbildet, er könnte bei mir landen.«

»Ganz schön lästig, so ein hartnäckiger Verehrer«, sagte Kubitsch.

»Nur manchmal«, antwortete Jana und blickte ihn verächtlich an. Dieses Mal war sie Igor offenbar durchaus dankbar, dass er ihr einen aufdringlichen Reporter vom Leib gehalten hatte. Noch dazu einen, der das Andenken an ihren toten Bruder jederzeit mit Füßen treten würde. Einen, den nur seine Storys interessierten und das Geld, das damit zu verdienen war.

»Das ist Igor Prawilow«, sagte Jana. Das war natürlich vollkommen übertrieben. Sie zog lediglich eine Visitenkarte aus ihrer Brieftasche und legte sie vor Kubitsch auf den Tisch. »Dipl.-Ing. Igor Prawilow. Import. Export«, las Kubitsch. Vor allem der akademische Titel ärgerte ihn.

Ohne sich länger um Kubitschs Begegnung mit Igor Prawilow zu kümmern, holte sie einen Leitz aus ihrer Einkaufstasche, die sie neben sich auf dem Boden stehen hatte. »Hier«, sagte sie und reichte Kubitsch den prall mit DIN-A4-Blättern gefüllten Aktenordner.

Kubitsch griff danach und öffnete den Pappdeckel. Er hatte keine Ahnung, wonach er jetzt suchen sollte. Außerdem irritierte ihn sein inzwischen völlig zugeschwollenes rechtes Auge. Dennoch erkannte er schon beim

Durchblättern, dass Neumann seit Jahren regelmäßig relativ kleine Summen in verschiedene Aktienfonds eingezahlt hatte, die im Lauf der Zeit zu einem beachtlichen Depot angewachsen waren. Kubitsch zählte die jüngsten Mitteilungen der Fondsgesellschaften grob zusammen und schätzte, dass Waldemar Neumann ungefähr vierhunderttausend Mark besessen haben musste. Das deckte sich mit dem sechsstelligen Betrag, von dem Gruber am Donnerstagabend gesprochen hatte.

Kubitsch klappte den Aktenordner zu und gab ihn Jana zurück. Er versuchte, ihr aufmunternd zuzulächeln, was wegen seines lädierten Gesichts ziemlich gründlich misslang. Er fürchtete, dass sie seine Version von der S-Bahn-Schlägerei ebenso wenig glauben würde wie Sandra.

»Also wirklich, ich muss schon sagen, ihr Bruder war ein bewundernswerter Mann. Wie der zielstrebig gespart hat. Alle Achtung!«

Jana überhörte Kubitschs Komplimente.

»Zufrieden?«, fragte sie mit ihrer nasalen Stimme.

»Was heißt zufrieden? Ich bin wirklich beeindruckt. Aber um mal ehrlich zu sein, ich habe nichts anderes erwartet.«

»Ach was!«, antwortete Jana spitz.

Kubitsch dachte an das Gespräch mit Miroschnikow.

»Wirklich! Was sollte denn ein deutscher Physiker mit Sarajevo zu tun haben? Oder gar mit Terroristen? Zurzeit hören eben alle das Gras wachsen. Sogar der SPIEGEL hat was in der Art geschrieben. Aber ich habe das nie ernsthaft geglaubt.«

Jana sagte nichts. Sie packte mit einem entschlossenen Griff den Ordner zurück in ihre Einkaufstasche, stand auf und ließ Kubitsch allein am Tisch zurück. Er wusste, dass dies ein Abschied für immer war. Selbst wenn er sie zufällig wieder irgendwo sehen sollte, würde sie verächtlich an ihm vorblicken.

Draußen stoppte gerade eine Trambahn der Linie 17 an der Haltestelle. Über den Fenstern des blau gestrichenen Zugs klebte das Werbebanner einer Spielbank: »Damit Sie Ihr Glück nicht verpassen«. Mehr noch als die Vorstellung, sein Glück zu verpassen, schmerzte Kubitsch freilich sein pochendes Auge.

Mit spitzen Fingern nahm er Igor Prawilows Visitenkarte, die noch immer vor ihm auf dem Tisch lag, und betrachtete sie mit seinem linken Auge. Die Visitenkarte war aus feinem, marmorierten Karton. Die Buchstaben waren tief eingeprägt. Eine schöne Buchdruckerarbeit, dachte Kubitsch, keine billige Offsetvariante wie seine Visitenkarte, die er für gewöhnlich verteilte.

Er überlegte kurz, dann steckte er das Kärtchen in seine Jackentasche. Man kann nie wissen, dachte Kubitsch.

15. September 2001
18:37 Uhr

Der Kühlschrank war leer. Kubitsch schlug die Tür missmutig zu. Dann ging er ins Bad. Er drehte das kalte Wasser auf und steckte seinen Kopf unter den Hahn. Die Kälte floss angenehm über sein zugeschwollenes Auge. Diesen Tag würde er als absolute Katastrophe in seiner Erinnerung behalten. Als seinen persönlichen elften September. Erst hatte ihm Miroschnikow klar gemacht, was die hiesige Wissenschaft in der Welt draußen wert war. Nämlich rein gar nichts. Dann war er mustergültig von diesem durchgedrehten Prawilow verprügelt worden. Und schließlich hatte ihn die schöne Jana Neumann abtropfen lassen wie ein alter Regenmantel.

Immerhin war jetzt eins klar: Die Verfolger, die ihm seit Tagen keine Ruhe gelassen hatten, und der dunkelrote Mercedes, der an allen möglichen Orten aufgetaucht war, hatten nichts mit den Morden an Neumann und an Pachmayr zu tun. Den Drohbrief konnte er deshalb auch im Papierkorb liegen lassen. Der stammte mit Sicherheit von Prawilow. Von wem denn sonst? Der Drohbrief war lediglich eine lokale Angelegenheit zwischen ihm und einem eifersüchtigen Russen. Es gab also keinen Grund, das mit ausgeschnittenen Buchstaben beklebte Papier zur Polizei zu tragen, wie McCraven geraten hatte. Dort würde man sich allenfalls über sein Malheur lustig machen.

Vielmehr würde er morgen McCraven anrufen und ihm sagen, dass die ganze Panik wegen dieser seltsamen Verfolger so überflüssig war wie ein Tiefdruckgebiet während eines freien Wochenendes.

Kubitsch würde McCraven auch beruhigen, dass es keine Verbindung gäbe zwischen bayerischen Ministerien und irgendwelchen radikalen Spinnern auf dem Balkan oder sonstwo. Die weltpolitischen Verwicklungen würden an München vorbeiziehen wie Gewitterwolken, die sich irgendwo in der Ferne der bayerischen Alpen entladen. McCraven würde darüber sicherlich erleichtert sein.

Aber das änderte natürlich nichts daran, dass der Mörder von Neumann und Pachmayr noch immer frei herumlief. Und dass er ein Motiv für seine

Taten gehabt haben musste. Warum waren Neumann und Pachmayr ermordet worden? Mit der Welt draußen und dem Terrorangriff in Amerika vor nun bald einer Woche und dem Krieg im 21. Jahrhundert, von dem der SPIEGEL in seiner heutigen Ausgabe schrieb, hatten die Morde in der TU nichts zu tun. Der Schlüssel für die Lösung lag irgendwo in München.

Kubitsch gönnte es der Polizei, eine falsche Fährte zu verfolgen. Sollte sie ruhig weiter an die großen internationalen Zusammenhänge und einen professionellen Killer glauben. Kubitsch wusste es besser.

Kubitsch war der Polizei einen Schritt voraus. Er würde weiter auf eigene Faust recherchieren und mit etwas Glück den Täter entlarven, bevor Rudolph Lammer und Manfred Mucker zur Pressekonferenz luden, wo sie rosarote Kommuniqués verteilten, auf denen alles zu lesen war, was am nächsten Morgen in sämtlichen Zeitungen stehen würde.

Wie Kubitsch hatten damals auch jene Journalisten gearbeitet, die diese wunderbaren, schwarzen, mit einem Gummiring verschließbaren Notizbücher berühmt gemacht hatten. Kubitsch schätzte diese kleinen Bücher. Deshalb beschrieb er deren Seiten nur mit einem fein gespitzten Bleistift, um mögliche Fehler ausradieren zu können.

Er hatte das Gefühl, dass nun genug kaltes Wasser über sein geschwollenes Auge geflossen war. Er drehte den Hahn zu und ging zurück in die Küche. Von der Wand blickte ihn Jimi Hendrix aus einem alten Poster an. Kubitsch hatte es vor vielen Jahren aus einer Ausgabe des MELODY MAKER gerissen. Seither hatte es jeden seiner Umzüge begleitet.

Früher gab es in der Welt eine klare Vorstellung von Gut und Böse. Aber irgendwann war diese Idee aus irgendeinem Grund abhanden gekommen, dachte Kubitsch, und die naheliegendsten menschlichen Regungen ebenfalls.

Neumann war erstochen worden und drei Tage später auch Pachmayr. Zwei Physiker waren tot. Zwei Menschen waren vor der Zeit gestorben, weil jemand ihren Tod wollte. Aber Kubitsch hatte noch keinen Gedanken an die Trauer verschwendet, die das schnelle Sterben der beiden bei deren Angehörigen ausgelöst haben musste. Dies kam ihm erst jetzt in den Sinn, als er mit seinem linken Auge Jimi Hendrix anblickte.

Neumanns Eltern hatte er eigentlich eher zufällig kennengelernt, weil ihm die Lehrstuhlsekretärin deren Adresse gegeben hatte. An Waldemars Schwester hatten ihn mehr deren lange Beine interessiert als ihr Schmerz über den Tod ihres Bruders. Bei Pachmayr hatte er sich noch nicht einmal die Mühe gemacht, im Telefonbuch dessen Privatnummer zu suchen und dort anzurufen. Vielleicht wohnte er ja mit jemandem zusammen. Vielleicht lebte auch er noch bei seinen Eltern, so wie sein ermordeter Assistent oder er hatte einen Bruder oder eine Schwester, die um ihn trauerten. Jedenfalls musste es doch Menschen geben, die ihn vermissten. Niemand konnte ohne jegliches menschliche Mitgefühl von diesem Planeten verschwinden, so wie sich die Zwillingstürme in New York am vergangenen Dienstag in Feuer und Rauch aufgelöst hatten. Aber die Zwillingstürme waren aus Stahl und Glas, nicht aus Fleisch und Blut, und selbst dort weinten Kinder und Frauen und Väter und Mütter in die Kameras, weil sie Angehörige verloren hatten.

Totes Fleisch hinterlässt nicht nur jene Spuren, nach denen die Spezialisten der SpuSi suchen, um sie anschließend in ihren Labors zu untersuchen, wo sie aus Hautfetzen und Haarresten die DNA des Menschen herauslesen, sondern auch jene, die in den Herzen der Hinterbliebenen zurückbleiben. Das war so altmodisch, dass Kubitsch noch gar nicht daran gedacht hatte, und er konnte sich nicht vorstellen, dass seine Kollegen bei den anderen Zeitungen dies bislang getan hätten. Und die Polizei sowieso nicht. Die arbeitete in ihren Labors.

Kubitsch musste unbedingt diesen Udo finden, der mit seinem aufregenden Hüftschwung Waldemar Neumann erobert, aber dann doch das ewige Spiel um Liebe und Verrat verloren hatte. Udo besaß einen fantastischen Grund, Neumann und Pachmayr zu ermorden. Natürlich hatte auch Kubitsch lange Zeit nur an Habgier als Motiv für die beiden Morde gedacht. Aber vielleicht war die Welt altmodischer, als die Spaßgesellschaft bereit war zuzugeben.
  Vielleicht gab es da draußen noch ein paar Mohikaner, die ihre Gefühle nicht im Griff behielten, die schon mal die Contenance verloren und nicht ständig vernünftig reagierten. Udo musste ein bemerkenswerter Mensch sein, fand Kubitsch. Immerhin war er bereit gewesen, seine bürgerliche Tarnung aufzugeben und seine Ehefrau zu verlassen, weil er Neumann liebte.
  Eine seltsame Vorstellung, dachte Kubitsch, so wie er den arroganten Physiker kennengelernt hatte. Aber irgendwo auch konsequent. Das beruhigte Kubitsch, obwohl er nicht wusste, warum.

15. September 2001
20:05 Uhr

Kubitsch griff zum Telefon und wählte Ecksteins Nummer. Am anderen Ende der Leitung wurde der Hörer ziemlich schnell abgehoben. Offenbar war Eckstein allein. Im Hintergrund war Musik zu hören: Lou Reed mit *Walk on the Wild Side*.

»Hallo Jimmy, ich bin's, Arthur!«

»Was willst du denn jetzt noch?«, fragte Eckstein und betonte das Du. Wahrscheinlich hatte er mit einem anderen Anrufer gerechnet.

»Ich wollte nur rasch nachfragen, ob du was über diesen Udo herausgefunden hast? Du weißt schon, der Lover von Neumann.«

»Oh, Mann, ich konnte mich darum echt nicht mehr kümmern.«

»Du wolltest doch Bastian fragen.«

»Ja schon, aber dann kam eben etwas dazwischen.«

»Shaved her legs and then he was a she«, hörte Kubitsch Lou Reed in der Ferne singen. Er fand immer, dass dieses Lied im gesprochenen Dreivierteltakt klang wie Patschuli riecht. Wahrscheinlich hatte Eckstein schon den ganzen Abend über Räucherstäbchen brennen und wartete auf irgendjemanden, den er im Fitnessstudio kennengelernt hatte. Deshalb hatte er sich auch nicht bei Bastian wegen Udo erkundigt. Im entscheidenden Moment waren ihm Arthur Kubitschs Sorgen völlig egal.

»Warum hast du Bastian nicht selbst gefragt?«, sagte Eckstein.

»Hör mal, ich bin heute Nachmittag in der S-Bahn überfallen worden. Ich habe ein total zugeschwollenes Auge«, antwortete Kubitsch, obwohl natürlich klar war, dass das eine mit dem anderen nichts zu tun hatte.

»Oh, Wahnsinn«, sagte Eckstein. »Wie kam das denn?«

»Ich habe nichts gemacht. Da waren einfach zehn oder zwanzig Typen im Zug, und die sind ohne jeden Grund auf mich los.«

»Warst du schon bei der Polizei?«

»Was soll ich denn dort?«

»Das musst du doch anzeigen. Das kannst du doch nicht einfach so sein lassen. Die müssen doch etwas tun.«

»Was sollen die denn tun?«, fragte Kubitsch. »Das ging alles unglaublich schnell. Ich würde wahrscheinlich keinen der Typen wiedererkennen. Ich habe nur gesehen, dass alle Trainingsanzüge anhatten.«

Eckstein war beeindruckt. Eine Schlägerei in aller Öffentlichkeit fand er wahrscheinlich unglaublich männlich.

»Okay, ich erkundige mich morgen bei Bastian. Muss ich dir doch helfen, wenn du so in der Scheiße steckst«, sagte Eckstein. Dann legte er den Hörer schnell wieder auf. Kubitsch hörte, wie die Leitung plötzlich tot war.

Kubitsch ging zurück ins Badezimmer. Er ließ heißes Wasser in die Wanne laufen und kippte reichlich Erkältungsbad dazu. Was bei fiebrigen Gliederschmerzen half, würde ihm auch jetzt gut tun. Er würde an Eva Glaschke in New York denken und sich entspannen. Aber das Handy würde er diesmal nicht auf den Klodeckel legen. Für den Rest des Abends wollte er ungestört bleiben.

Sandra hatte ihn wieder einmal versetzt. Sollte es doch an der Tür klingeln, würde er nicht öffnen. Aber er glaubte ohnehin nicht, dass sie so spät noch käme. Das war Kubitsch heute Abend nur recht.

So wie er heute aussah, wollte er nicht gesehen werden. Jedenfalls nicht von Sandra. Es gab Dinge, die waren einfach wichtiger als Zeitungsmeldungen.

16. September 2001
8:05 Uhr

Miroschnikow wartete schon auf dem Bahnsteig im nördlichen Untergeschoss des Hauptbahnhofs, dort, wo die S-Bahnen abfahren. In der Hand hielt er eine bunte Plastiktüte. Zwischen den Menschen, die an ihm vorbei die Treppe heruntereilten, um noch rasch ihren Zug zu erwischen, wirkte Miroschnikow seltsam verloren. Wie ein Entwurzelter, der in seiner Tengelmanntasche mit sich trug, was er für das Leben im Exil brauchte. Miroschnikow lachte freundlich, als Kubitsch auf ihn zuging. Dann sah er dessen verschwollenes Gesicht.

»Was ist mit dir passiert?«

»Nichts«, antwortete Kubitsch.

»Hast du dich geprügelt?«

»Nicht wirklich.«

»Brauchst du noch eine Fahrkarte?«

»Nein«, sagte Kubitsch. Die paar Stationen nach Moosach würde er schwarzfahren. Kubitsch machte das immer so. Man musste nur aufpassen, ob Kontrolleure zustiegen. Die waren mit etwas Übung leicht zu erkennen, und sie tauchten immer im Rudel auf. Dann musste man den Zug schnell verlassen.

Kubitsch und Miroschnikow warteten eine Weile auf die nächste S1. Sie redeten kein Wort. Kubitsch hatte den Eindruck, als sei über Nacht seine ganze rechte Gesichtshälfte angeschwollen. Jede Bewegung verursachte ihm Schmerzen. Miroschnikow nahm Rücksicht. Er wollte Kubitsch nicht mit überflüssigen Fragen belästigen.

Der Zug donnerte heran und schob einen Schwall modrig-warmer Luft vor sich her. Das Paar, das neben Kubitsch und Miroschnikow gewartet hatte, hob die Koffer und machte sich zum Einsteigen bereit. Beide waren gestresst. Kubitsch hatte irgendetwas von Antalya gehört. Offensichtlich waren sie unterwegs zum Flughafen, um von dort aus dem nahenden Herbst zu entkommen. Wenigstens für zwei Wochen.

Fünf Tage nach der Katastrophe in New York war dies durchaus nicht ungefährlich. Zumindest lagen die Risiken einer Flucht aus der zentraleuropäischen Schlechtwetterzone für jedermann auf der Hand. In den USA hatte man nach den Anschlägen auf das World Trade Center und das Pentagon den Flugverkehr für ein paar Tage ganz eingestellt, was dort zu einem ungewöhnlich schönen Wetter führte. In Europa regnete es weiter. Mit ihrem Gepäck drängelten die beiden Eheleute ins Abteil und verstellten dort mit ihren Koffern den Korridor.

Kubitsch und Miroschnikow blieben ohnehin an der Tür stehen, weil es nicht gelohnt hätte, sich wegen weniger Stationen zu setzen, und weil Kubitsch gewohnheitsmäßig an der Tür stehen blieb, um rasch abhauen zu können, falls er Kontrolleure kommen sah.

Nach einer kurzen Fahrt und einigen Haltestellen signalisierte Miroschnikow, dass es Zeit zum Aussteigen sei. Kubitsch verließ die Stadt nur ungern und eher selten, schon gar nicht Richtung Norden. Die Gegend war ihm fremd. Aber Miroschnikow kannte sich aus. Ohne zu zögern, ging er zur Fußgängerunterführung. Kubitsch folgte ihm.

Jenseits des Bahndamms glaubte Kubitsch die ersten Felder zu erkennen. Auf der anderen Seite der Bahnstation gingen sie an alten Einfamilien- und Reihenhäusern mit kleinen Vorgärten vorbei, wie sie nach dem vergangenen Krieg errichtet wurden. Dann tauchten endlich ein paar Zweckbauten auf. Nach Einschätzung Kubitschs stammten die noch aus der großen Zeit der old economy.

»Das gehört alles schon zum Rangierbahnhofsgelände«, sagte Miroschnikow. Kubitsch sah, dass einige der Gebäude demnächst abgerissen werden sollten. Schilder warnten davor, sie zu betreten. Die Fenster waren bereits leer und starrten wie die toten Augen eines vergammelten Fischs auf die triste Herbstlandschaft. In Zeiten virtueller Wirklichkeiten gab es keinen Bedarf mehr für reale Lagerhäuser.

»Hier«, sagte Miroschnikow plötzlich und deutete auf eine langgestreckte Halle, wie sie früher häufig neben kleinen Bahnhöfen standen. Im Gehen zog er einen Schlüssel aus der Hosentasche. Kubitsch hatte erwartet, dass er nur durch ein Fenster oder einen Türspalt einen Blick auf die Computer der *Sarajevo Science Society* werfen könnte. Dass Miroschnikow sogar einen Schlüssel besorgt hatte, überraschte ihn.

»Wie kommst du denn zu dem?«, fragte er.

»Geklaut«, antwortete Miroschnikow ungerührt. Dann fügte er hinzu:

»Ich habe ihn einfach noch nicht zurückgegeben. Werde ich aber noch tun. Ehrlich.«

»Das ist mir doch völlig egal, was du tust«, sagte Kubitsch.

Miroschnikow steckte den Schlüssel ins Schloss und drehte ihn um. Die Tür ließ sich anstandslos öffnen. Kubitsch machte einen Schritt in den Raum, blieb dann aber stehen, weil es stockdunkel war.

»Moment«, hörte er Miroschnikow sagen. Nach ein paar Sekunden flackerte Neonlicht auf. Kubitsch erkannte zwei lange Regalreihen, die bis an die Decke reichten. Der Raum schien mehrere Meter hoch zu sein. In den Regalen standen, achtlos zusammengeschoben, abgenutzte Computermonitore, Rechner in angegilbtem Krankenhausweiß und in den freien Spalten dazwischen Tastaturen, aus denen gekringelte Kabelschwänze heraushingen wie bei einem Wurf kleiner Schweinchen.

»Siehst du, alles Schrott«, hörte er Miroschnikow sagen, der jetzt in der Nähe der Wand neben einem Lichtschalter stand.

»Hmm«, antwortete Kubitsch und ging langsam an den Regalen entlang. Die Tastaturen waren schmutzig. Vor allem an den schmalen Seiten, wo ungezählte Hände während mehr oder weniger intellektueller Mühen sie immer und immer wieder zurechtgerückt hatten, klebten dunkelbraune Schlieren.

Auch Kubitsch hatte die Angewohnheit, das Keyboard seines Computers sinnlos hin- und herzuschieben, wenn er mit einem Artikel nicht vorankam, als würde diese kleine Bewegung helfen, sperrige Buchstaben in die richtige Reihenfolge zu schütteln, um dann aus nichtssagenden Worten schwerwiegende Sätze zu formulieren, die es mit der Sprachgewalt alttestamentarischer Gleichnisse aufnehmen könnten.

Heute Nachmittag in der Redaktion würde er überprüfen, ob auch sein Keyboard aussah, als habe jemand eine schleimige Masse daran abgewischt.

An den breiten Rändern der Bildschirme klebten noch die kleinen gelben Zettelchen, auf denen sich die ehemaligen Benutzer wichtige Telefonnummern oder dringende Termine notiert hatten. Natürlich waren diese Notizen heute längst bedeutungslos und die Termine vor langer Zeit verstrichen. Bei mehreren Rechnern war sogar das Glas der Bildschirme zersprungen. Offensichtlich hatte jemand die Geräte in aller Eile zusammengepackt und ebenso eilig hier in die Regale gewuchtet. Mit so alten Maschinen ging niemand mehr vorsichtig um, und niemand würde kontrollieren, ob sie ordentlich gelagert wurden.

»Was geschieht jetzt damit?«, fragte Kubitsch.
Miroschnikow zuckte mit den Achseln:
»Keine Ahnung. Ist alles Sondermüll. Braucht kein Mensch.«
»Wer ist dafür zuständig? Ich meine, das kostet doch etwas, das Zeug entsorgen zu lassen.«
»Nachdem Pachmayr und Neumann tot sind, müsste sich eigentlich die Schiwkowa darum kümmern. Aber ob sie dafür das Geld auftreiben kann, weiß ich auch nicht.«
Kubitsch versuchte, hämisch zu grinsen. Dann ließ er es aber sein, als er an die Schmerzen dachte, die ihm das verursachen würde. Sandra hatte immer so getan, als sei die *Sarajavo Science Society* mindestens so wohltätig wie die Caritas und die Bahnhofsmission zusammengenommen. Und jetzt stellte sich heraus, dass der Verein aus einem riesigen Abfallhaufen bestand und er es sich noch nicht einmal leisten konnte, diesen Sperrmüll auf eigene Kosten entsorgen zu lassen.
»Außer Spesen nichts gewesen, sagt man doch bei euch«, meldete sich Miroschnikow, der noch immer neben dem Lichtschalter stand und Kubitsch neugierig beobachtete.
»Ja. Außer Spesen nichts gewesen«, wiederholte Kubitsch und musste nun doch lachen. »Das ist also diese legendäre *Sarajevo Science Society*«, sagte er zu sich selbst und blickte sich noch einmal im Raum um.

»Was weißt du eigentlich über diese Schiwkowa?«, wandte er sich wieder an Miroschnikow. Irgendetwas musste er ja jetzt sagen. Außerdem hatte ihn Sandra gestern versetzt. Nicht zum ersten Mal. Aber Kubitsch ärgerte sich trotzdem. Sobald er Miroschnikow wieder los war, würde er Eckstein anrufen. Vielleicht hatte der inzwischen herausgefunden, wer Udo war und wo der steckte. Nachdem die Sarajevo-Gesellschaft keinen Anlass für einen Doppelmord aus Habgier oder Rache mehr hergab, war der geheimnisvolle Udo für Kubitsch der Hauptverdächtige.
»Puh, Sandra!«, antwortete Miroschnikow. »Mann, ich sag dir, die kann scheißen!«
»Die kann scheißen? Was soll denn das heißen?«
»Die ist mit allen Wassern gewaschen. Der darf man nicht über den Weg trauen.«
»Warum?«
»Die kam vor zwei Jahren mit einem Touristenvisum nach München. Dann hat sie erst eine Weile in einem Nachtclub gearbeitet. Illegal, verstehst du? Und dann hat sie irgend so einen Trottel kennengelernt. Den hat sie geheiratet.«

»Was! Die Schiwkowa war verheiratet? Bist du dir da sicher?«
Kubitsch war platt. Aber er versuchte, sich das nicht anmerken zu lassen. Von einem Ehemann hatte ihm Sandra nie ein Wort erzählt. Irgendwie fühlte er sich betrogen. Am Ende hatte sie noch mehr Liebhaber, mit denen sie sich nach ihrer Ehe getröstet hatte. Vielleicht war das der Grund, warum sie ihn gestern wieder einmal versetzt hatte?
»Was heißt, sie war verheiratet?«, sagte Miroschnikow und betonte dabei das die Vergangenheit anzeigende Hilfszeitwort. »Die ist noch immer verheiratet. Sonst würde man sie ja ausweisen. Erst nach drei Jahren bekommst du als Ausländer in Deutschland eine Aufenthaltserlaubnis, wenn du dich scheiden lässt. Damit sollen Scheinehen verhindert werden. Verstehst du?«
»Die ist noch immer verheiratet?«, wiederholte Kubitsch fassungslos. Dann hatte ihm Sandra genauso Hörner aufgesetzt wie ihrem Ehemann. Nur hatte der vielleicht etwas geahnt oder gar gewusst. Dann wäre ja er selbst der eigentliche Trottel in diesem Dreiecksverhältnis gewesen, dachte Kubitsch.
»Und wer ist ihr Ehemann? Kennst du den? Weißt du, wie er heißt?«
»Wie er heißt, weiß ich nicht. Wo er wohnt, weiß ich auch nicht. Aber ich habe ein Foto von ihm«, antwortete Miroschnikow.
»Ein Foto nutzt mir nichts!«, sagte Kubitsch. Ihn nervten diese ewigen Halbheiten. Das war wie bei Eckstein. Der wusste auch immer irgendwelche Skandalgeschichten, die er einem verschwörerisch ins Ohr blies. Aber nie sprangen dabei genügend Infos heraus, um einen anständigen Zeitungsartikel zu schreiben, von dem Stachel gesagt hätte, das sei eine Riesenstory, das sei echt juicy. So wie gestern, als Eckstein vom eifersüchtigen Udo erzählte, der nach Kubitschs Meinung gut und gerne als leidenschaftlicher Serienmörder in Frage kam, von dem aber nicht herauszufinden war, wo er steckte. Mirschnikow blickte Kubitsch erschrocken an. Vielleicht hatte der ein bisschen zu unwirsch gesagte, dass ihm ein Foto nichts nütze.
»Wie kommst du zu einem Bild von Sandras Göttergatten?«, fragte Kubitsch deshalb möglichst freundlich. Allerdings misslang es ihm dabei gründlich, höflich zu lächeln. Sein Gesicht schmerzte noch immer. Das würde es noch einige Tage tun. Kubitsch fand Miroschnikow eigentlich ziemlich nett und äußerst hilfsbereit.

»Ich habe vorletzte Woche einen Aktenordner aus ihrem Büro geklaut. Auf den hat sie immer besonders achtgegeben. Ich wollte sie nur ein bisschen ärgern. Deswegen habe ich ihn genommen. Es war aber nichts Wichtiges drin. Nur ein paar übersetzte Zeugniskopien, ein Lebenslauf und solcher

Kram eben. War wahrscheinlich sowieso alles gefälscht. Und das Foto war auch in dem Ordner.«
»Ach, du warst das? Du hast den Ordner geklaut!«
Miroschnikow sah verwundert in Kubitschs Gesicht. Jetzt war wohl raus, dass er Sandra kannte, schoss Kubitsch durch den Kopf. Um sich peinliche Bemerkungen zu ersparen, fragte er schnell:
»Wo hast du diesen Ordner jetzt?«
»Hier!« Miroschnikow hob die Plastiktüte hoch, die er schon den ganzen Morgen herumtrug.
»Zeig mal das Foto!« Kubitsch war neugierig, wie Sandras Ehemann aussah. Immerhin war er ja in direkter Konkurrenz zu ihm gestanden. Vielleicht tat er das noch. Sandra war zwar seit einiger Zeit ziemlich zickig. Aber getrennt hatten sie sich noch nicht. In den vergangenen Tagen hatte Kubitsch sogar öfter den Eindruck gehabt, dass Sandra ihn brauche. Zwischen Männern und Frauen kriselt es eben gelegentlich. Das musste nichts bedeuten. Die Heiratsurkunde war lediglich Sandras Ticket, um ungestört in Zentraleuropa bleiben zu können. Keine Liebeshochzeit, sondern eine Vernunftehe wie früher auf dem Land zwischen reichen Bauerskindern. So etwas konnte Kubitsch verzeihen. Er war ja kein Spießer.

Das Foto zeigte einen jungen, gut aussehenden Mann mit sehr schwarzen Haaren. Das war keiner, der mit Fäusten auf den Liebhaber seiner Frau losgehen würde. Es war eher der Typ, der still leidet.
Was Kubitsch aber noch mehr erstaunte, war, dass Sandras Ehemann auf dem Foto nicht allein zu sehen war. Neben ihm stand ein etwa gleichaltriger Mann. Mit seinen strohblonden Haaren und dem blassen Gesicht wirkte der andere Typ auf dem Foto wie das Gegenstück zu Sandras Ehepartner. Kubitsch hatte den Blonden schon einmal gesehen. Kubitsch hatte ihn hochnäsig und sehr unsympathisch in Erinnerung. Sandra hatte ihm den anderen jungen Mann auf einem Empfang in der TU vorgestellt. Der Blonde war Waldemar Neumann.

Das Foto war ein Schnappschuss, so wie man sie bei Betriebsfeiern und Firmenabenden macht. Offensichtlich hatte Sandras Ehemann auch an der Uni zu tun. Das fand Kubitsch ziemlich logisch.

»Kann ich das Foto haben?«, fragte Kubitsch Miroschnikow.
»Du kannst den kompletten Ordner haben. Ich brauch' das Zeug nicht. Ich wollte mich nur ein wenig an der Schiwkowa rächen. Weißt du, die hat

mir wirklich übel mitgespielt. Aber der Ordner ist wertlos. Der interessiert niemanden. Schon gar nicht jetzt, wo Pachmayr tot ist.«

»Naja«, überlegte Kubitsch, »vielleicht gerade deshalb. Sie muss sich doch jetzt neu bewerben. Da braucht sie doch die Zeugnisse.«

Miroschnikow machte eine wegwerfende Handbewegung.

»Soviel ich weiß, war Schiwkowas Vater bei der DS. Die kann sich so viele Diplomurkunden besorgen wie sie will.«

»Wo war ihr Vater?«

»Bei der DS«, antwortete Miroschnikow, »der Darschavna Sigurnost. Das war die bulgarische Stasi. Geheimdienst. Verstehst du?«

16. September 2001
10:17 Uhr

Den Weg zurück zur S-Bahnstation gingen Kubitsch und Miroschnikow wieder schweigend. Nur einmal hatte Kubitsch noch eine Frage:
»Wie kam die Schiwkowa überhaupt an die Uni?«
»Ihr Ehemann war ein Bekannter von Pachmayr. So lief das.«

Inmitten der Moosacher Reihenhaus-Idylle hatte sich ein Gebrauchtwagenhändler niedergelassen. Vor dessen Haus stand auf einem geschotterten Parkplatz eine kurze Reihe dunkler Limousinen ohne Nummernschilder. Zumeist handelte es sich um Mercedes, ein paar Audis waren darunter und ein großer Peugeot.

Kubitsch ging noch immer das Gespräch mit Miroschnikow durch den Kopf. Vor allem, dass Sandra verheiratet war, ließ ihm keine Ruhe. Er fühlte sich wie ein Vollidiot.

Il Giardino – Münchens vielleicht beste Pizza, las er auf dem Rückfenster eines schweren Autos, das im Hof des Gebrauchtwagenhändlers stand. Vielleicht würde er heute Abend bei Heidi Damberger vorbeischauen und ihr sein Herz ausschütten.

Dann blieb er stehen. *Il Giardino – Münchens vielleicht beste Pizza*. Was hatte dieser Slogan auf einem fremden Fahrzeug verloren?

Kubitsch ließ Miroschnikow am Straßenrand stehen und ging auf den Parkplatz zu den dort abgestellten Autos. Erst besah er sich den Peugeot, dann schlenderte er, die Hände in den Hosentaschen, an den Audis vorbei und ging dann um den Mercedes herum, auf dem Heidi Dambergers Logo klebte. Falls ihn jemand beobachtete, sollte es aussehen, als sei er ein potentieller Kunde.

Kein Zweifel, es war das Fahrzeug, das Heidi Damberger vor ein paar Tagen gestohlen worden war, und von dem die Polizei dachte, dass die ganze Sache getürkt war, um die Versicherung zu prellen. Das Auto war nicht abgesperrt. Kubitsch öffnete vorsichtig die Fahrertür. Aus dem Innern roch es neu und teuer nach edelsten Materialien.

Kubitsch überlegte. Igor Prawilows Visitenkarte hatte er gestern nur an den Kanten berührt. Er hatte sie ein bisschen im Licht hin und her gedreht, aber den Karton hatte er nicht angefasst. Es war unmöglich, dass seine Fingerabdrücke darauf waren. Nur die von Jana Neumann, die ihn seit ihrer ersten Begegnung am Mittwoch in der Wohnung ihrer Eltern stets mit ausgesuchter Arroganz behandelt hatte, und sicherlich die jenes eifersüchtigen Russen, der ihn gestern fast krankenhausreif geprügelt hatte. Dessen Fingerabdrücke waren mit Sicherheit auf der Visitenkarte, denn Igor Prawilow hatte sie ja wohl Jana in die Hand gedrückt. Woher hätte sie die Karte sonst haben sollen?

Kubitsch zog den Pappstreifen vorsichtig aus seiner Jackentasche. Er achtete darauf, dass er den Karton nur mit spitzen Fingern an den Kanten berührte. Dann schnippste er ihn unter den Fahrersitz, schloss die Tür wieder zu und wischte vorsorglich mit seinem Taschentuch den Griff ab. Er ging zurück zu Miroschnikow, der geduldig am Straßenrand auf ihn wartete.

»Ist was?«, fragte Miroschnikow.
»Nein, nein, ich habe mir nur die Autos angesehen.«
»Willst du dir eins kaufen?«
»Ich bin noch am Überlegen. Ein Mercedes würde mir gut gefallen.«

16. September 2001
11:24 Uhr

Kubitsch fühlte sich völlig ungestört. Die Redaktionsräume waren verlassen wie ein Ausflugsschiff mit Schlagseite nach der Evakuierung. Sonntags kamen die Kollegen nie vor 12 Uhr mittags, und Stachel traf ohnehin erst am frühen Nachmittag ein, weil er die Wochenenden in seinem Ferienhaus im Bayerischen Wald verbrachte. Kubitsch wählte Lammers Nummer im Polizeipräsidium.

»Wir haben nichts Neues«, sagte Lammer, ohne auf eine Frage zu warten. Kubitsch nahm an, dass der Pressesprecher mittlerweile von Reportern aus ganz Deutschland gelöchert wurde. Mit den beiden Toten in der TU konnte man auch in Hamburg oder Düsseldorf und sogar in Berlin eine leere Zeitungsspalte füllen. Und niemand wollte die Entlarvung des mysteriösen Messermörders verpassen.

Aber die Polizei war offenbar noch weit davon entfernt, einen Täter zu präsentieren.

»Ich kann Ihnen wirklich noch nichts Neues sagen«, wiederholte Lammer.

»Gehen Sie immer noch von einem professionellen Killer aus?«, fragte Kubitsch.

»Wer soll es denn sonst gewesen sein?«, antwortete Lammer. »Einen Auftragsmörder können Sie heute in Osteuropa für ein paar tausend Dollar kriegen.«

»Dann sieht es aber schlecht aus, den Täter zu erwischen.«

»Bei jedem Mord, den man nicht innerhalb von drei Tagen aufklären kann, sieht es schlecht aus«, seufzte Lammer.

»Und über das Motiv wissen Sie auch nichts Neues?«

»Schauen Sie, wir ermitteln natürlich in alle Richtungen. Aber das einzig Ungewöhnliche an Pachmayr und Neumann war deren Kontakt nach Sarajevo. Jetzt zählen Sie doch selber mal zwei und zwei zusammen!«

»Was ist eigentlich aus dieser Spur ins Homomilieu geworden?«

»Das war natürlich so eine Hoffnung von uns. Wenn es ein Stricher gewesen wäre, dann hätten wir ihn über eine DNA-Analyse geschnappt. Aber es gab absolut keine Spuren. Außerdem hätte der nicht zweimal gemordet.«

»Verstehe! Haben Sie sich eigentlich mal näher mit der *Sarajevo Science Society* beschäftigt?«, fragte Kubitsch. Lammer war heute Morgen erstaunlich gesprächig. Das wollte Kubitsch nutzen, um herauszufinden, wie viel die Polizei wusste.
»Wir haben ein paarmal mit unseren bosnischen Kollegen telefoniert. Aber die sagen natürlich nichts. Die stellen sich taub. Da ist nichts rauszukriegen. Englisch können die auch nicht. Jedenfalls nicht richtig.«
»Aber einen terroristischen Hintergrund wollen Sie nach wie vor nicht ausschließen?«
»Jetzt mal unter drei. Und darauf muss ich mich hundert Prozent verlassen können. Sonst erfahren Sie von mir nie wieder ein Wort. Wir lassen die Ermittlungen jetzt noch ein Weilchen laufen. Und dann legen wir den Fall zu den Akten. Glauben Sie mir, das ist wahrscheinlich für alle das Beste. Auch wenn Sie das jetzt vielleicht nicht verstehen. Aber Sie können mir ruhig glauben, dass es das Beste ist. Für alle.«
Kubitsch verstand besser, als Lammer dachte. McCraven hatte ihm am Freitag ziemlich ungeschminkt erzählt, was die eigentlichen Sorgen im Innenministerium waren. Kubitsch wusste mittlerweile aber auch, dass sich die Polizei auf einer völlig falschen Fährte befand. Heute Nachmittag würde er seinen großen Scoop schreiben, dachte Kubitsch.

»Noch was anderes, Herr Lammer. Ich war gestern in so 'ner dubiosen Kneipe. Ich will jetzt nicht erzählen, wie die heißt. Jedenfalls habe ich da erfahren, dass es in München eine Bande junger Russen gibt, die im großen Stil Autos klaut und nach Osteuropa verschiebt. Der Anführer heißt Prawilow, Igor Prawilow. Tarnt sich als Geschäftsmann für Import und Export. Wenn Sie sich ranhalten, dann finden Sie die Karossen in der Nähe der S-Bahnstation in Moosach. Wär das was für Sie?«
»Wie sicher ist die Information?«
»Ich war heute Morgen in Moosach und hab die Kisten mit eigenen Augen gesehen. Lauter Riesenschlitten. Mercedes und so.«
»Also, wenn das stimmt, Kubitsch, dann haben Sie bei mir was gut.«

Kubitsch war mit sich zufrieden. Das Telefongespräch mit Lammer hätte nicht besser verlaufen können. Er lehnte sich zurück und holte den Aktenordner aus der Plastiktüte, den ihm Miroschnikow mitgebracht hatte. Mit den Papieren konnte er tatsächlich nichts anfangen. Vielleicht wäre es das Beste, den Leitz an Sandra zurückzugeben. Dann könnte er sie auch wegen ihres Ehemanns zur Rede stellen.

Kubitsch nahm nochmals das Foto in die Hand, das Waldemar Neumann und Sandras schwarzhaarigen Gatten zeigte. Warum war sie nicht einfach bei ihm geblieben? Er sah wirklich gut aus. Ein richtiger Schönling, fand Kubitsch. Kein Wunder, dass Neumann auf dem Foto seinen Arm vertraulich um die schmalen Schultern des Schwarzhaarigen legte. So einer kam nicht nur bei Frauen gut an. Beide Männer lachten fröhlich in die Kamera.

Kubitsch griff erneut zum Telefon. Er rief Eckstein an.

»Jimmy, hör auf zu denken und komm sofort ins *Roma*. Ich muss dir was zeigen«, sagte er in die Sprechmuschel, nachdem am anderen Ende der Leitung jemand abgehoben hatte.

»Was ist denn los? Es ist noch früher Morgen«, antwortete Eckstein verschlafen.

»Es ist nach zwölf, und ich brauche deine Hilfe.«

»Muss das jetzt sein? Ich bin nicht allein.«

»Schick den Kerl nach Hause und setz dich in Bewegung! Oder ich schreibe nie wieder einen Artikel über dich.«

»Nicht in diesem Ton, Arthur!«

»Hör zu! Ich mache nächste Woche ein Riesenporträt von dir. Mit Foto. Schlagzeile: »Weltweit bekannter Rock'n'Roller in München«. Großes Indianerehrenwort!«

»In Farbe?«, fragte Eckstein nach einer kurzen Pause.

»In Farbe«, versprach Kubitsch.

»Okay, ich komme.«

16. September 2001
12:34 Uhr

Vor dem *Roma* suchten die Gäste unter den großen Sonnenschirmen Schutz vor dem kalten Nieselregen. Die Idee, sich hier mit Eckstein zu treffen, war vielleicht doch nicht so gut gewesen, überlegte Kubitsch. Mit seinem verquollenen Preisboxergesicht passte er nicht zur fein zurechtgemachten Gesellschaft, die mit gespreiztem Finger an ihrem Cappuccino nippte.

Kubitsch tröstete sich damit, dass die meisten von denen, die heute hier saßen, gestern in der Disco zu kurz gekommen waren. Sonst wären sie nicht mittags schon hier. Sonst lägen sie mit ihren Eroberungen um diese Zeit noch im Bett, dachte Kubitsch. Jetzt hofften sie auf eine zweite Chance, um in der kommenden Woche im Büro doch noch von einem erotischen Abenteuer erzählen zu können.

Kubitsch spürte ein paar neugierige Blicke. Aber niemand wagte, ihn offen zu mustern. Kein Hollywoodheld hatte seine Abenteuer jemals ohne deutlich sichtbare Blessuren überstanden. Jake Gittes verlor in Chinatown um ein Haar seine Nase, durch die er nach eigener Aussage so gern atmete, und den Marathon-Mann schmerzten einen halben Film lang seine Zähne, die ihm der Weiße Engel angebohrt hatte. In Hollywood kam es nur darauf an zu überleben. Und im wirklichen Leben war es nicht anders. Kubitsch sah heute gefährlich aus. Wie einer, der das Zeug zum Überleben hat.

Kubitsch setzte sich an einen freien Tisch mit dem Rücken zur Mauer. Auf diese Weise hatte er alles im Blick. Den Boulevard ein Stück runter, nicht sehr weit entfernt, konnte man sogar die Westfassade des Maximilianeums erkennen. Nach einer Weile tauchte Eckstein auf. Kubitsch sah ihn die Treppe aus der Unterführung vor dem *Roma* steigen, in der es immer wieder mal Kunstinstallationen zu sehen gab. Eckstein musste sich mächtig beeilt haben.

»Wie lang wird der Artikel?«, fragte Eckstein im Hinsetzen.
»Was für ein Artikel?«
»Der über mich natürlich. Ein Rock'n'Roll-Star in München.«

»Ach so der«, antwortete Kubitsch gedehnt. »Eine halbe Seite. Mindestens.«

»Super, Arthur! Und das sagst du nicht nur so?«

»Nein, wirklich. Ich habe eben noch mit Stachel darüber gesprochen, bevor ich los bin. Der weiß Bescheid und ist auch ganz begeistert von der Idee. Wir bringen dich richtig groß raus.«

Eckstein verschränkte die Arme im Nacken und blickte Kubitsch zufrieden an.

»Was hast du denn mit deinem Gesicht gemacht?«, fragte er plötzlich.

»Ich bin gestern überfallen worden. In der S-Bahn. Habe ich dir doch erzählt.«

»Ach ja! Ich erinnere mich. Sieht schlimm aus.«

Kubitsch hatte keine Lust, noch länger über die gestrigen Meinungsverschiedenheiten zu reden. Er zog das Foto von Sandras Ehemann aus der Tasche und legte es vor Eckstein auf den Tisch.

»Hey, Mann! Das ist ja Udo. Wo hast du denn das Bild her?«, sagte Eckstein aufgekratzt.

»Das ist Udo? Da bist du dir absolut sicher?«, fragte Kubitsch zurück.

»Natürlich. Da gibt es gar keinen Zweifel. So einen Mann erkennt man doch sofort wieder. Sieh doch nur, wie der aussieht!«

»Okay Jimmy! Das war's dann. Mehr wollte ich nicht wissen.«

»Aber das mit der Geschichte über mich, das geht doch in Ordnung?«

»Hundert Prozent, Jimmy. Du kannst dich doch auf mich verlassen!«

16. September 2001
13:56 Uhr

Als Kubitsch in die Redaktion zurückkam, hockte Koch hinter seinem Computer. Er trug einen neuen Anzug. Kubitsch wusste, dass Koch nichts mehr entspannte, als samstags mit seiner Mutti einkaufen zu gehen. Koch musste mindestens so viele Anzüge in seinem Kleiderschrank hängen haben wie Sandra Kostüme. Und zu jedem Sakko besaß Koch die passende Krawatte.

Er grinste Kubitsch hämisch an, obwohl er wahrscheinlich dessen sich zunehmend blau verfärbendes Auge noch gar nicht gesehen hatte.

»Ich schreibe gerade den Aufmacher für morgen«, sagte er triumphierend.

»Ist in Ordnung«, antwortete Kubitsch. Koch konnte ihn heute nicht ärgern. Kubitsch wusste, seine Geschichte über die wahren Hintergründe der beiden Morde in der TU würde morgen jeder lesen, egal wo sie platziert war. Ob sie nun auf der ersten Seite oben stand oder irgendwo ganz hinten.

»Ich schreibe etwas über eine Studie, wonach sechzig Prozent aller Doktorarbeiten gefälscht sind«, sagte Koch.

»Schön«, sagte Kubitsch mit einem Achselzucken.

»Kannst du dir das vorstellen, sechzig Prozent der Doktoranden in Deutschland schreiben ab?«

»Hast du doch gerade gesagt.«

»Das ist doch echt juicy«, sagte Koch. »Oder etwa nicht? So etwas interessiert den Leser. Die Geschichte ist mit Stachel abgesprochen.«

»Das habe ich mir gleich gedacht«, sagte Kubitsch.

Koch würde morgen mit seinem Aufmacher wie ein Anfänger aussehen. Aber was er in der Pipeline hatte, war nicht zu toppen. Da war sich Kubitsch sicher. Er setzte sich an einen Schreibtisch und holte sein schwarzes Notizbuch aus der Tasche.

Was wusste er? Sandras Ehemann war offensichtlich Neumanns geheimnisvoller Liebhaber, der am Ende dann doch verlassen wurde, weil in dieser Welt Karrieren einfach wichtiger sind als glückliche Liebesbeziehungen. Zumindest für die meisten Menschen.

Kubitsch notierte ganz oben auf das Blatt Papier den Namen »Udo«. Um die drei Buchstaben herum malte er mit seinem Bleistift einen schwarzen Kreis. Darunter schrieb er »Waldemar Neumann« und eine Zeile tiefer »Sebastian Pachmayr«. Alles war so logisch. Udo funktionierte einfach anders als die meisten Menschen. Ihm war es mit Neumann ernst gewesen. Für ihn hätte er Sandra aufgegeben. Für ihn hätte er ein völlig neues Leben begonnen. Alles hätte so schön sein können, wäre dieser Waldemar Neumann kein so blutleerer Karrierist gewesen. Und als am Ende nichts mehr half, drehte Udo total durch und ermordete erst Neumann und dann Pachmayr.

Das heißt, vielleicht war es ja gar kein Mord, sondern nur Totschlag. Das würde ein Richter entscheiden müssen. Vielleicht gab es irgendwelche strafmildernden Umstände oder wie das auch immer hieß. Das ging ihn nichts mehr an, fand Kubitsch. Er würde seine Enthüllungsstory in den Computer hacken. Fertig.

Aber wie sollte er seine Geschichte aufbauen? Alles klang plausibel, aber er hatte keine Beweise. Er wusste noch nicht einmal, wie Udo mit Nachnamen hieß, geschweige denn, wo er sich versteckte. Und wenn alles so einfach war, warum hatte dann nicht längst die Polizei den Täter gefasst? Wenn er nochmal Lammer anrief, würde der am Ende eine Pressemitteilung ins Internet stellen, dann hätten auch die Konkurrenzblätter morgen die Story. Das musste Kubitsch um jeden Preis verhindern. Seine Chance auf den ganz großen Scoop wollte er nicht in den Sand setzen.

Da fiel ihm McCraven ein. Wieder einmal McCraven! McCraven war ein ausgebuffter Hund, der immer eine Lösung wusste. Anrufen konnte er ihn allerdings nicht, denn Koch saß in Hörweite. Eine E-Mail brauchte er ihm auch nicht zu schicken, denn als feiner Pressefuzzi genoss McCraven seinen Sonntag irgendwo draußen in der Freiheit. Kubitsch musste ihm mit dem Handy ein SMS senden.

Kubitsch hasste es, die Buchstaben auf den kleinen Tasten zusammenzusuchen. Er gehörte noch zur Motorrad-Schrauber-Fraktion. Virtualität war nicht sein Ding. Aber wer interessierte sich heute noch für eine echte Harley Davidson und andere richtige Sachen? Die Welt von heute war digitalisiert und auf irgendwelchen Chips gespeichert. Wirklich war nichts mehr.
Am Ende hatte Kubitsch seine Kurznachricht für McCraven fertig: »Terroristentheorie Käse. N & P von Exlover getötet. Arthur.«

Kürzer ging nicht. Kubitsch legte sein Handy auf den Schreibtisch und wartete ab. Koch hatte ihn offenbar genau beobachtet. Als Kubitsch zu ihm hinüberblickte, wandte er sich rasch wieder seinem Computer und den abgekupferten Dissertationen zu. Kubitsch fiel auf, dass dieses Mal keine Fotos auf Kochs Schreibtisch verstreut lagen.

Dann läutete sein Handy.
»Hallo Arthur, Ausweiskontrolle!«
McCraven war wieder locker drauf. Anscheinend hatte ihn die Nachricht vom Doppelmord aus Leidenschaft beruhigt. Damit waren ja alle aus dem Schneider, von Udo einmal abgesehen. Es würde keine internationalen Komplikationen geben, und nichts würde die bayerischen Exporte hinaus in die Welt behindern. Die Polizei musste lediglich diesen Udo schnappen, aber das konnte ja nun beim besten Willen nicht so schwierig sein, dachte Kubitsch.

»Hallo Jerry«, sagte er ins Telefon. Irgendwie fühlte er sich ein bisschen stolz. Immerhin hatte er im Alleingang einen ziemlich komplizierten Fall gelöst, fand Kubitsch.

»Gediesch'n, Arthur«, sagte McCraven, »wirklisch gediesch'n, deine Theorie mit diesem Udo. Gefällt mir.«

»Nun sag mal ehrlich, was hältst du davon? Ist doch plausibel, oder?«

»Ja, ja«, antwortete McCraven, »plausibel ist das schon. Aber falls du mit deinem Udo einen gewissen Udo Drescher meinst, dann hat das Ganze einen gewaltigen Schönheitsfehler.«

»Nämlich?« Kubitsch wartete gespannt.

»Diesen Udo Drescher hat man heute Morgen tot in seiner Wohnung gefunden. Draußen in Milbertshofen. Und es war kein Selbstmord.«

»Sondern?«

»Er wurde erstochen. Mit einem Bajonett, so wie es aussieht.«

»Scheiße«, sagte Kubitsch so leise, dass ihn Koch ein paar Schreibtische weiter nicht verstehen konnte.

»Was bedeutet das?«

»Keine Ahnung«, sagte McCraven. »Jedenfalls kommt er als Täter nicht in Frage, würde ich mal sagen.«

»Hat die Polizei schon irgendeine Spur?«

»Negativ«, antwortete McCraven knapp. »Geh mal auf die Homepage vom Polizeipräsidium. Ich glaube, Lammer hat schon was reingestellt.«

»Okay«, sagte Kubitsch. »Was weißt man über diesen Udo?«

»Eigentlich nichts. War ein normaler Informatiker. Ein völlig unbeschriebenes Blatt. Nur eben, dass er ziemlich eng mit Neumann und Pachmayr befreundet war. Aber das ist ja nicht strafbar.«

Jetzt erst kam Kubitsch in den Sinn, dass er in seiner SMS den Namen Udo gar nicht genannt hatte. Er hatte nur von einem Exlover geschrieben. Anscheinend wusste die Polizei mehr, als Lammer in seinen Pressemitteilungen bislang raus gelassen hatte. Zumindest das amouröse Umfeld Neumanns und Pachmayrs hatte man offenbar ziemlich genau ausgeleuchtet. Und auch sein alter Kumpel McCraven schien mehr Details zu kennen, als er bereit war zu sagen.

»Hör mal, Jerry, war Drescher verheiratet?«
McCraven lachte schallend:
»Mit einer Frau meinst du? Das wäre ja wirklich gediesch'n, ein Schwuler, der verheiratet ist. Du hast manchmal Ideen!«
Kubitsch war der Polizei also doch noch einen Schritt voraus. Mit ein wenig Glück würde sie zumindest heute nicht mehr dahinterkommen, dass Sandra etwas mit allen drei Ermordeten zu tun hatte. Pachmayr war im Institut ihr Chef gewesen, Neumann ihr Kollege und Udo Drescher ihr Ehemann. Nur, was bedeutete das?
»Okay Jerry, vielen Dank, du hast mir sehr geholfen«, sagte Kubitsch immer noch ziemlich leise ins Telefon.
»Keine Ursache, Arthur. Was machst du jetzt aus der Geschichte?«
»Nichts. Hat keinen Zweck. Ich geh erst mal ein Bier trinken.«

16. September 2001
14:29 Uhr

Als McCraven aufgelegt hatte, griff Kubitsch wieder nach seinem Notizbuch. Unter den Namen von Pachmayr zog er eine dicke schwarze Linie. Darunter schrieb er mit seinem Bleistift »Sandra«. Dann radierte er deren Namen sorgfältig aus und notierte »Aleksandra Schiwkowa«. Mit »ks« nicht mit »x«, wie sie ihm immer wieder eingeschärft hatte.

War ihr zuzutrauen, kaltblütig drei Männer zu erstechen? Aber was hieß schon kaltblütig! Das war auch nur so eine Floskel, um etwas zu beschreiben, was man nicht verstand. Kubitsch war in den vergangenen Tagen immer klarer geworden, dass er eigentlich nichts über Sandra wusste. Er hatte sich nie wirklich für sie interessiert. Wer interessierte sich schon für Bulgarien und den ganzen Osten!

Ohne einen Ehemann hätte sie dorthin zurückgemusst. Das hatte ihm Miroschnikow erklärt. War das Leben in Sofia tatsächlich so unerträglich, dass man deswegen einen Menschen umbrachte?

Was auch immer der Grund war, Sandra hatte jedenfalls ein Motiv. Aber für eine handfeste Geschichte fehlte Kubitsch noch immer ein Beweis. Oder zumindest die klare Spur eines Beweises. Aus den Augenwinkeln sah Kubitsch, dass Koch aufstand und an ihm vorüberging. Kubitsch beobachtete ihn, wie er aus der Redaktion verschwand.

Als Kubitsch sicher war, dass Koch nicht sofort zurückkommen würde, griff er nach seinem Handy. Er wählte Sandras Nummer. Das hatte er schon so oft getan. Er kannte ihre Nummer auswendig. Es läutete. Dann hörte er Sandras Stimme:

»Hallo Arthur, was willst du?«

Kubitsch ließ sich immer noch von gespeicherten Telefonnummern verblüffen, die auf dem Display den Namen des Anrufers verrieten.

»Hallo Sandra!«, sagte er.

»Nenn mich nicht immer Sandra! Sandra klingt nach deutscher Tussi. Aber ich bin keine deutsche Tussi.«

»Ja, ich weiß schon. Wo steckst du gerade?«
»Ist doch egal.«
»Warum bist du gestern Abend nicht gekommen? Du hattest es versprochen!«
»Du hast mir nicht gefehlt.«
»Schade, wir hatten doch immer eine Menge Spaß miteinander.«
»Du vielleicht.«
Kubitsch dachte an einen Artikel, den Koch vor einiger Zeit geschrieben hatte und von dem Stachel hellauf begeistert war. Achtzig Prozent aller Frauen würden den Orgasmus nur vortäuschen, hieß es in der Geschichte. Woher Koch dies wusste, hatte Kubitsch vergessen.
»Hör mal, ich muss mit dir reden«, sagte er zu Sandra.
»Das tust du doch schon die ganze Zeit.«
Kubitsch ärgerte sich über Sandras Arroganz. Er fragte sich, woher sie diese Überheblichkeit nahm. Sie war doch nichts Besonderes.
»Hör mal«, wiederholte er, »ich habe in den vergangenen Tagen eine Menge über dich herausgefunden.«
»Das dürfte wohl nicht so schwer gewesen sein.«
»Ich weiß jetzt, dass du verheiratet warst.«
»Ja und, das sind doch die meisten Menschen irgendwann einmal.«
»Warum hast du mir das nie erzählt?«
»Was hätte das geändert?«
Kubitsch machte eine kurze Pause, dann sagte er:
»Ich weiß auch, dass dein Mann jetzt tot ist.«
»Das hat er verdient.«
Das klang für Kubitsch fast schon wie ein Geständnis. Deshalb sagte er: »Weißt du, was ich glaube? Ich glaube du hast alle drei umgebracht.«
Sandra sagte nichts. Sie überlegte offenbar. Im Hintergrund hörte Kubitsch ein Rauschen, das ihm irgendwie bekannt vorkam. Aber er wusste nicht, was das Geräusch bedeutete. Dann hörte er plötzlich eine gespielt freundliche Lautsprecherstimme: »Wir erreichen in Kürze Passau Hauptbahnhof. Bitte steigen Sie in Fahrtrichtung links aus.« Sandra saß in einem Zug Richtung Osten!
»Wo bist du?«, fragte Kubitsch.
»Das hast du doch gehört. In Passau. Ich fahre nach Hause.«
»Scheiße«, sagte Kubitsch, »du hast es getan!«
»Ach Arthur, du hast doch keine Ahnung, was in der Welt los ist. Du und deine Hollywoodfilme und deine dämliche Rockmusik. Das hat doch alles nichts mit der Wirklichkeit zu tun. Ihr habt doch alle keine Ahnung. Ihr

Wessis lebt in einer Traumwelt. Kino, Schallplatten und Discos, das ist alles, was ihr im Kopf habt. Woodstock gibt es nicht mehr. Woodstock hat es nie gegeben. Glaub mir. Ihr habt keine Ahnung.«
»Findest du?«
»Ich wollte doch nur eine reelle Chance. Ich hätte doch alles getan. Ich konnte doch nicht ahnen, dass die drei andersrum waren. Die haben mich so schlecht behandelt. Für die war ich ein Stück Abfall.«
»Aber deswegen bringt man doch niemanden um.«
Sandra antwortete nicht. Dann fragte sie:
»Gehst du jetzt zur Polizei?«
»Bin ich blöd? Ich will die Story!«
»Was heißt das?«
»Die Zeitung kommt morgen früh raus. Bis dahin erfährt keiner was.«
»Danke, das ist genug Zeit für mich. Leb' wohl!«
»Hey, Moment noch!« Kubitsch fürchtete, Sandra könnte jetzt einfach ihr Handy ausschalten.
»Du hast mir noch nicht gesagt, warum du's getan hast. Warum hast du die drei umgebracht?«
»Das wirst du nie verstehen.«
»Gib mir eine Chance!«
»Also gut, ich will's versuchen: Als ich damals weg bin aus Bulgarien, da habe ich alle Brücken hinter mir abgebrochen. Mein Vater wollte nie mehr etwas mit mir zu tun haben. Der war ein hohes Tier im Staatsapparat, und mit einer Tochter im Westen war er ziemlich unten durch. Für den war ich so gut wie tot. Und für den Rest meiner Familie auch. Ich habe in Bulgarien alles zurückgelassen und mir in München stattdessen von geilen alten Männern den Hintern betatschen lassen. Hast du eine Ahnung, wie man sich da fühlt?«
Sandra machte eine kurze Pause. Offenbar ging ihr alles ziemlich nah. Viel näher, als Kubitsch jemals gedacht hätte. Er fürchtete schon, sie würde nichts mehr sagen. Schließlich sprach sie doch weiter:
»Dann habe ich Udo kennengelernt. Ich hab ihm mein ganzes erspartes Hurengeld gegeben, damit er mich heiratet und damit sein Freund mir einen Job besorgt. Damit ich endlich legal und wie ein richtiger Mensch leben konnte!« Sandra schluchzte. Dann sagte sie:
»Und plötzlich kommen diese Schweine und wollen mich loswerden. Udo will die Scheidung, und Pachmayr gibt mir keinen neuen Vertrag. Aus, Ende, vorbei! Die lachen nur dabei. Die lachen mich aus!«
Sandra brauchte wieder eine Pause. Schließlich fuhr sie fort:

»Die haben mir den Boden unter den Füßen weggezogen. Das war, als würden sie mich in die Gosse zurückstoßen. Da musste ich doch was tun! Als erstes habe ich mir diesen hinterhältigen Neumann gekauft! Dem ist sein blödes Grinsen vergangen. Aber dann ging das weiter, weil Pachmayr was ahnte. Pachmayr hat mich massiv unter Druck gesetzt. Geh doch zurück, wo du hergekommen bist, hat er zu mir gesagt. Und am Schluss hat Udo vollkommen durchgedreht. Der kriegte sich nicht mehr ein, weil sein geliebter Waldemar tot war. Udo wollte zur Polizei laufen und alles erzählen! So ein Idiot!«

»Ja, aber du hättest doch Udo nicht gebraucht. Du hättest doch keinen von denen gebraucht. Du hattest doch mich. Wir hätten das schon durchgezogen. Irgendwie«, sagte Kubitsch verzweifelt.

»Ach, Arthur«, sagte Sandra, »mach's gut! Pass auf dich auf!«

Dann war es plötzlich still in der Leitung. Einen Augenblick lang drückte Kubitsch noch sein Handy gegen das Ohr.

Dann begriff er, dass dies sinnlos war.

16. September 2001
14:56 Uhr

Als Koch in die Redaktion zurückkam, hatte er Susanne dabei. Vielleicht hatten sich die beiden zufällig auf der Straße getroffen und noch irgendwo einen Kaffee getrunken. Jedenfalls waren sie bester Laune. Koch ging zu seinem Schreibtisch, Susanne kam noch rasch bei Kubitsch vorbei.
»Hallo Arthur, wie geht's?«
»Es geht so. Und dir?«
»Hast du was von Eva Glaschke gehört«, sagte sie statt einer Antwort.
»Nein. Und du?«
»Ich auch nicht. Was da wohl passiert ist?«
Kubitsch zuckte mit den Schultern. »Keine Ahnung.«
Dann setzte sich Susanne an ihren Computer, ohne sich weiter um Kubitsch zu kümmern. Sonntags hatte niemand Zeit zu verlieren.

Kubitsch klappte sein Notizbuch auf und blätterte, bis er die Seite mit seinen letzten Einträgen fand. Unter den Namen »Aleksandra Schiwkowa« schrieb er »warum«. Dahinter malte er mit rotem Farbstift ein großes Fragezeichen.

Aber eigentlich spielte das jetzt keine Rolle mehr. Er hatte alles, was er brauchte. Es war nicht einmal mehr notwendig, auf die Homepage des Polizeipräsidiums zu gehen. Er konnte sofort mit seinem Artikel beginnen:

»Die beiden Morde in der Münchner TU, die seit Tagen die Polizei in Atem hielten, scheinen aufgeklärt zu sein. Wie unsere Zeitung aus einer sicheren Quelle erfuhr, wurden Dr. Waldemar Neumann und Prof. Sebastian Pachmayr von einer ihrer Kolleginnen getötet, die zudem für den Tod einer weiteren Person verantwortlich sein soll.«

Das war gut, fand Kubitsch. Es kam auf die richtige Dosis an, es kam darauf an, dass er morgen der Star war. Zuviel durfte er nicht schreiben, denn einerseits musste er sich auf alle möglichen Fragen der Polizei gefasst machen und zum anderen wollte er morgen richtig nachlegen können, um aus der Geschichte nochmals ein wenig Zeilenhonorar herauszuholen. Das Monatsende rückte unausweichlich näher, und dann war wieder die Miete fällig.

Kubitsch las ein wenig in den früheren Aufzeichnungen in seinem Notizbuch. Dann fasste er in ein paar Zeilen zusammen, was schon bekannt war, die Leser aber wahrscheinlich längst vergessen hatten, nämlich, wann und wo Neumann und Pachmayr gefunden worden waren, dass man sie mit einem Bajonett erstochen hatte und dass sich die beiden für einen Sarajevo-Hilfsverein engagiert hatten.

Jetzt brauchte Kubitsch wieder etwas Neues, sonst hätte seine Geschichte zu sehr nach Aufguss geschmeckt.

»Wie unsere Zeitung weiter erfuhr, handelt es sich bei dem Toten, den die Polizei am gestrigen Sonntag in einer Wohnung in Milbertshofen entdeckte, um den Ehemann der mutmaßlichen Täterin. Über deren Motiv und momentanen Aufenthaltsort ist noch nichts bekannt.«

Kubitsch fand, das war genug. Würde er jetzt mehr schreiben, wäre er am Ende wegen Mitwisserschaft dran. Als Titel schrieb er:

»Mordserie an Physikern offenbar aufgeklärt.«

Sollte Stachel aus der Überschrift machen, was er wollte. Und dass Udo Drescher kein Physiker war, sondern Informatiker, würde morgen auch niemanden mehr interessieren.

Kubitsch stand auf und ging zu Susannes Platz, um ihr zu sagen, dass er seinen Text fertig habe.

»Das ging aber fix«, sagte sie spitz.

»Ich war heute schon ziemlich früh in der Redaktion«, antwortete er.

»Immer noch deine Physiker?«

»Ja, klar.«

»Solltest dir langsam ein neues Thema einfallen lassen.«

»Morgen«, antwortete Kubitsch, »oder vielleicht übermorgen. Ich muss auf alle Fälle diese Woche noch was schreiben über einen alten Freund von mir, der sich seit Jahren als Rock'n'Roll-Musiker durchs Leben schlägt. Das habe ich ihm versprochen.«

Susanne blickte Kubitsch skeptisch an. Rock'n'Roll war kein Thema, das Stachel juicy fand. Aber sie sagte nichts.

16. September 2001
15:47 Uhr

Als Kubitsch aus der Redaktion kam, hatte er Lust auf ein Bier. Im *Treszi* herrschte ziemliches Gedränge. Über den Köpfen der aufgeregt durcheinanderredenden Gäste sah er ein silbern glänzendes Tablett, das von den Fingern einer Hand balanciert wurde. Miroschnikow war also wieder am Kellnern.

Kubitsch schob sich an schwitzenden Leibern vorbei, bis er unter dem Tablett stand und Miroschnikow direkt in die Augen sah.

»Hallo Miro«, begrüßte er ihn. Er hatte immer noch das Gefühl, ihn den ganzen Vormittag über reichlich patzig behandelt zu haben. Dabei fand er Miroschnikow eigentlich ziemlich sympathisch. Vielleicht etwas zu freundlich. So freundlich war man normalerweise nicht. Jedenfalls nicht dort, wo Kubitsch verkehrte. Aber er war ziemlich sympathisch, fand Kubitsch.

»Hallo Arthur, was macht dein Auge?«, sagte Miroschnikow.

»Das wird schon wieder«, antwortete Kubitsch. »Und wie läuft's bei dir? War ein schöner Vormittag heute in Moosach draußen.«

»Ja, hat mir auch gefallen.« Und nach einer Pause fügte er hinzu: »Weißt du jetzt schon, wer Neumann und Pachmayr getötet hat?«

Kubitsch antwortete nicht. Er gab sich Mühe, möglichst auffällig einer Blondine, die mit wippenden Hüften an der Theke stand, auf den Po zu blicken. Schließlich hatte er Sandra versprochen, dass niemand vor morgen früh von ihm etwas erfahren würde. Das galt auch für Miroschnikw. Für den erst recht, denn der hatte mit Sandra noch eine Rechnung offen. Miroschnikow fragte kein zweites Mal. Kubitsch hatte das erwartet. Er hatte mit Miroschnikows Höflichkeit gerechnet.

»Ich muss morgen nach Hause«, sagte Miroschnikow unvermittelt.

»Nach Bulgarien?«

»Klar!«

»Warum?«, fragte Kubitsch.

»Gestern habe ich den Bescheid von der Ausländerbehörde bekommen, dass meine Aufenthaltserlaubnis abgelaufen ist, weil sie mich exmatrikuliert haben. Da kann man nichts machen.«

»Warum hast du mir das nicht schon heute Vormittag erzählt?«
»Hätte dich das interessiert?«
Kubitsch war über die Frage erstaunt.
»Natürlich«, antwortete er dann rasch, war sich aber selbst nicht ganz sicher. »Das ist doch echt scheiße, dass du jetzt zurückmusst.«
»Ach was«, antwortete Miroschnikow, »eigentlich freue ich mich auf zu Hause. Und immerhin habe ich hier eine Stange Geld verdient. Damit lässt sich in Sofia eine Menge anfangen. Vielleicht gründe ich eine Computerfirma oder so etwas in der Art. Was willst du trinken?«
Kubitsch bestellte sich ein Bier und suchte sich einen Platz an der Theke. Ab und zu blickte er verholen auf den Hintern der Blondine mit den wippenden Hüften. Sie erinnerte ihn an Sandra.

17. September 2001
7:00 Uhr

Am nächsten Morgen stand Kubitsch früh auf. Die erste Meldung im Radio drehte sich um den geklärten Doppelmord in der Münchner TU und um den Toten in der Milbertshofener Wohnung. Die Polizei hatte offensichtlich alles bestätigt, was Kubitsch am Tag zuvor in seinem Artikel geschrieben hatte und was heute in der Zeitung stand.

Aber der Sprecher im Radio wusste noch mehr: Die mutmaßliche Täterin sei gefasst, hieß es. Die Polizei habe sie auf der Flucht festgenommen. Sie habe versucht, sich mit dem ICE aus Deutschland abzusetzen. »Am Grenzbahnhof Passau war ihre Flucht zu Ende«, sagte der Sprecher. In seiner Stimme klang eine gewisse Genugtuung mit.

Für die Zuhörer ist das sicherlich der bessere Schluss, überlegte Kubitsch. In seinem Artikel war Sandra noch flüchtig, und das ließ ein wenig an der Gerechtigkeit der Welt zweifeln. Jedenfalls auf den ersten Blick. Kubitsch hätte Sandra trotzdem ihre Freiheit gegönnt.

Auch die zweite Meldung kam aus München. In den frühen Morgenstunden habe die Polizei eine Autoschieberbande ausgehoben. Ein Gaunerpärchen sei vorläufig festgenommen worden und werde im Laufe des Vormittags dem Haftrichter vorgeführt.

Gaunerpärchen konnte nur heißen, dass sie auch Jana verhaftet hatten. Nach dem Aufsager des Nachrichtensprechers kam der Korrespondent zu Wort: »Die Polizei hat eine der größten Serien von Autodiebstählen der vergangenen Jahre aufgeklärt. Die insgesamt sechsköpfige Bande aus dem Raum München hat seit Mai vergangenen Jahres mehr als fünfzig Autos gestohlen und nach Osteuropa verschoben. Der Schaden beläuft sich auf rund fünf Millionen Mark. Die Polizei schließt nicht aus, dass der Bande weitere Taten in ganz Bayern nachgewiesen werden können. Nach einem Anstieg einschlägiger Autodiebstähle hatte die Polizei die Ermittlungsgruppe ›Soko Iwan‹ eingerichtet. Am heutigen Montagmorgen klickten für den 32-jährigen Russen Igor P. und dessen 28-jährige Freundin Jana N., die ebenfalls aus der ehemaligen Sowjetunion stammt, die Handschellen. Parallel dazu wurden die Wohnungen des mutmaßlichen Gaunerpärchens durchsucht. Die anderen Mitglieder der Bande sind auf der Flucht. Nach ihnen wird noch gefahndet.«

Kubitsch war zufrieden. New York kam erst an dritter Stelle des Nachrichtenblocks. Für die Topmeldung hatte heute er gesorgt. Die Anschläge waren allerdings auch fast schon eine Woche alt. Das machte es ein bisschen leichter. Jana und Igors Schlägertruppe waren vorläufig bedient. Und Heidi Damberger konnte auch zufrieden sein. Jedenfalls war ihr Ärger mit der Versicherung vom Tisch.